神偷與大盜

徐訏文集

小說卷

導言　徬徨覺醒：徐訏的文學道路

陳智德

「個人的苦悶不安，徬徨無依之感，正如在大海狂濤中的小舟。」[1]

——徐訏〈新個性主義文藝與大眾文藝〉

在二十世紀四、五十年代之交，度過戰亂，再處身國共內戰意識形態對立夾縫之間的作家，應自覺到一個時代的轉折在等候著，尤其在當時主流的左翼文壇以外，被視為「自由主義作家」或「小資產階級作家」的一群，包括沈從文、蕭乾、梁實秋、張愛玲、徐訏等等，一整代人在政治旋渦以至個人處境的去與留之間徘徊，最終作出各種自願或不由自主的抉擇。

1 徐訏〈新個性主義文藝與大眾文藝〉，收錄於《現代中國文學過眼錄》，台北：時報文化，一九九一。

一

一九四六年八月，徐訏結束接近兩年間《掃蕩報》駐美特派員的工作，從美國返回中國，直至一九五〇年中離開上海奔赴香港，在這接近四年的歲月中，他雖然沒有寫出像《鬼戀》和《風蕭蕭》這樣轟動一時的作品，卻是他整理和再版個人著作的豐收期，他首先把《風蕭蕭》交給由劉以鬯及其兄長新近創辦起來的懷正文化社出版，據劉以鬯回憶，該書出版後，「相當暢銷，不足一年，（從一九四六年十月一日到一九四七年九月一日），印了三版」[2]，其後再由懷正文化社或夜窗書屋初版或再版了《阿剌伯海的女神》（一九四六年初版）、《烟圈》（一九四六年初版）、《蛇衣集》（一九四八年初版）、《幻覺》（一九四八年初版）、《四十詩綜》（一九四八年初版）、《兄弟》（一九四七年再版）、《母親的肖像》（一九四七年再版）、《生與死》（一九四七年再版）、《春韮集》（一九四七年再版）、《一家》（一九四七年再版）、《海外的鱗爪》（一九四七年再版）、《舊神》（一九四七年再版）、《成人的童話》（一九四七年再版）、《西流集》（一九四七年再版）、潮來的時候（一九四八年再版）、《黃浦江頭的夜月》（一九四八年再版）、《吉布賽的誘惑》（一九四九再版）、《婚事》（一九四九年再版），[3]粗略統計從一九四六年至一九四九年這三年間，徐訏在上海出版和再版的著作達三十多種，成果

2 劉以鬯〈憶徐訏〉，收錄於《徐訏紀念文集》，香港：香港浸會學院中國語文學會，一九八一。

3 以上各書之初版及再版年份資料是據賈植芳、俞元桂主編《中國現代文學總書目》、北京圖書館編《民國時期總書目，一九一一－一九四九》。

可算豐盛。

《風蕭蕭》早於一九四三年在重慶《掃蕩報》連載時已深受讀者歡迎，一九四六年首次結集成單行本出版，沈寂的回憶提及當時讀者對這書的期待：「這部長篇在內地早已是暢銷一時的名著，可是淪陷區的讀者還是難得一見，也是早已企盼的文學作品」[4]，當劉以鬯及其兄長創辦懷正文化社，就以《風蕭蕭》為首部出版物，十分重視這書，該社創辦時發給同業的信上，即頗為詳細地介紹《風蕭蕭》，作為重點出版物。徐訏有一段時期寄住在懷正文化社的宿舍，與社內職員及其他作家過從甚密，直至一九四八年間，國共內戰愈轉劇烈，幣值急跌，金融陷於崩潰，不單懷正文化社結束業務，其他出版社也無法生存，徐訏這階段整理和再版個人著作的工作，無法避免遭遇現實上的挫折。

然而更內在的打擊是一九四八至四九年間，主流左翼文論對被視為「自由主義作家」或「小資產階級作家」的批判，一九四八年三月，郭沫若在香港出版的《大眾文藝叢刊》第一輯發表〈斥反動文藝〉，把他心目中的「反動作家」分為「紅黃藍白黑」五種逐一批判，點名批評了沈從文、蕭乾和朱光潛。該刊同期另有邵荃麟〈對於當前文藝運動的意見——檢討·批判·和今後的方向〉一文重申對知識份子更嚴厲的要求，包括「思想改造」。雖然徐訏不像沈從文般受到即時的打擊，但也逐漸意識到主流文壇已難以容納他，如沈寂所言：「自後，上海一些左傾的報紙開始對他批評。他無動於衷，直至解放，輿論對他公開指責。稱《風蕭蕭》歌頌特務。他也不辯論，知道自己不可能再在上海逗留，上海也不會再允許他曾從事一輩子的寫作，就捨別妻女，

[4] 沈寂〈百年人生風雨路——記徐訏〉，收錄於《徐訏先生誕辰100週年紀念文選》，上海：上海社會科學院出版社，二〇〇八。

離開上海到香港。」[5]一九四九年五月二十七日，解放軍攻克上海，中共成立新的上海市人民政府，徐訏仍留在上海，差不多一年後，終於不得不結束這階段的工作，在不自願的情況下離開，從此一去不返。

二

一九五〇年的五、六月間，徐訏離開上海來到香港。由於內地政局的變化，其時香港聚集了大批從內地到港的作家，他們最初都以香港為暫居地，但隨著兩岸局勢進一步變化，他們大部份最終定居香港。另一方面，美蘇兩大陣營冷戰局勢下的意識形態對壘，造就五十年代香港文化刊物興盛的局面，內地作家亦得以繼續在香港發表作品。徐訏的寫作以小說和新詩為主，來港後亦寫作了大量雜文和文藝評論，五十年代中期，他以「東方既白」為筆名，在香港《祖國月刊》及台灣《自由中國》等雜誌發表〈從毛澤東的沁園春說起〉、〈新個性主義文藝與大眾文藝〉、〈在陰黯矛盾中演變的大陸文藝〉等評論文章，部份收錄於《在文藝思想與文化政策中》、《回到個人主義與自由主義》及《現代中國文學過眼錄》等書中。

徐訏在這系列文章中，回顧也提出左翼文論的不足，特別對左翼文論的「黨性」提出質疑，也不同意左翼文論要求知識份子作思想改造。這系列文章在某程度上，可說回應了一九四八、四九年間中國大陸左翼文論的泛政治化觀點，更重要的，是徐訏在多篇文章中，以自由主義文藝的

[5] 沈寂〈百年人生風雨路——記徐訏〉，收錄於《徐訏先生誕辰100週年紀念文選》，上海：上海社會科學院出版社，二〇〇八。

觀念為基礎，提出「新個性主義文藝」作為他所期許的文學理念，他說：「新個性主義文藝必須在文藝絕對自由中提倡，要作家看重自己的工作，對自己的人格尊嚴有覺醒而不願為任何力量做奴隸的意識中生長。」[6]徐訏文藝生命的本質是小說家、詩人，理論鋪陳本不是他強項，然而經歷時代的洗禮，他也竭力整理各種思想，最終仍見頗為完整而具體地，提出獨立的文學理念，尤其把這系列文章放諸冷戰時期左右翼意識形態對立、作家的獨立尊嚴飽受侵蝕的時代，更見徐訏提出的「新個性主義文藝」所倡導的獨立、自主和覺醒的可貴，以及其得來不易。

《現代中國文學過眼錄》一書除了選錄五十年代中期發表的文藝評論，包括《在文藝思想與文化政策中》和《回到個人主義與自由主義》二書中的文章，也收錄一輯相信是他七十年代寫成的回顧五四運動以來新文學發展的文章，集中在思想方面提出討論，題為「現代中國文學的課題」，多篇文章的論述重心，正如王宏志所論，是「否定政治對文學的干預」[7]，而當中表面上是「非政治」的文學史論述，「實質上具備了非常重大的政治意義：它們否定了大陸的文學史論述」[8]，徐訏所針對的是五十年代至文革期間中國大陸所出版的文學史當中的泛政治論述，動輒以「反動」、「唯心」、「毒草」、「逆流」等字眼來形容不符合政治要求的作家；所以王宏志最後提出《現代中國文學過眼錄》一書的「非政治論述」，實際上「包括了多麼強烈的政治含義」。這政治含義，其實也就是徐訏對時代主潮的回應，以「新個性主義文藝」所倡導的獨立、

[6] 徐訏〈新個性主義文藝與大眾文藝〉，收錄於《現代中國文學過眼錄》，台北：時報文化，一九九一。

[7] 王宏志〈心造的幻影——談徐訏的《現代中國文學的課題》〉，收錄於《歷史的偶然：從香港看中國現代文學史》，香港：牛津大學出版社，一九九七。

[8] 同前註。

自主和覺醒，抗衡時代主潮對作家的矮化和宰制。

《現代中國文學過眼錄》一書顯出徐訏獨立的知識份子品格，然而正由於徐訏對政治和文藝的清醒，使他不願附和於任何潮流和風尚，難免於孤寂苦悶，亦使我們從另一角度了解徐訏文學作品中常常流露的落寞之情，並不僅是一種文人性質的愁思，而更由於他的清醒和拒絕附和。一九五七年，徐訏在香港《祖國月刊》發表〈自由主義與文藝的自由〉一文，除了文藝評論上的觀點，文中亦表達了一點個人感受：「個人的苦悶不安，徬徨無依之感，正如在大海狂濤中的小舟。」[9]放諸五十年代的文化環境而觀，這不單是一種「個人的苦悶」，更是五十年代一輩南來香港者的集體處境，一種時代的苦悶。

三

徐訏到香港後繼續創作，從五十至七十年代末，他在香港的《星島日報》、《星島週報》、《祖國月刊》、《今日世界》、《文藝新潮》、《熱風》、《筆端》、《七藝》、《新生晚報》、《明報月刊》等刊物發表大量作品，包括新詩、小說、散文隨筆和評論，並先後結集為單行本，著者如《江湖行》、《盲戀》、《時與光》、《悲慘的世紀》等。香港時期的徐訏也有多部小說改編為電影，包括《風蕭蕭》（屠光啟導演、編劇，香港：邵氏公司，一九五四）、《傳統》（唐煌導演、徐訏編劇，香港：亞洲影業有限公司，一九五五）、《痴心井》（唐煌導演、

[9] 徐訏〈自由主義與文藝的自由〉，收錄於《個人的覺醒與民主自由》，台北：傳記文學出版社，一九七九。

王植波編劇，香港：邵氏公司，一九五五）、《鬼戀》（屠光啟導演、編劇，香港：麗都影片公司，一九五六）、《盲戀》（易文導演、徐訏編劇，香港：新華影業公司，一九五六）、《後門》（李翰祥導演、王月汀編劇，香港：邵氏公司，一九六〇）、《江湖行》（張曾澤導演、倪匡編劇，香港：邵氏公司，一九七三）、《人約黃昏》（改編自《鬼戀》，陳逸飛導演、王仲儒編劇，香港：思遠影業公司，一九九六）等。

徐訏早期作品富浪漫傳奇色彩，善於刻劃人物心理，如〈鬼戀〉、〈吉布賽的誘惑〉、〈精神病患者的悲歌〉等，五十年代以後的香港時期作品，部份延續上海時期風格，如《江湖行》、《後門》、《盲戀》，貫徹他早年的風格，另一部份作品則表達歷經離散的南來者的鄉愁和文化差異，如小說《過客》、詩集《時間的去處》和《原野的呼聲》等。

從徐訏香港時期的作品不難讀出，徐訏的苦悶除了性格上的孤高，更在於內地文化特質的堅守，拒絕被「香港化」。在《鳥語》、《過客》和《癡心井》等小說的南來者角色眼中，香港不單是一塊異質的土地，也是一片理想的墓場、一切失意的觸媒。一九五〇年的《鳥語》以「失語」道出一個流落香港的上海文化人的「雙重失落」，而在《癡心井》的終末則提出香港作為上海的重像，形似卻已毫無意義。徐訏拒絕被「香港化」的心志更具體見於一九五八年的《過客》，自我關閉的王逸心以選擇性的「失語」保存他的上海性，一種不見容於當世的孤高，既使他與現實格格不入，卻是他保存自我不失的唯一途徑。[10]

徐訏寫於一九五三年的〈原野的理想〉一詩，寫青年時代對理想的追尋，以及五十年代從上

10 參陳智德《解體我城：香港文學1950-2005》，香港：花千樹出版有限公司，二〇〇九。

海「流落」到香港後的理想幻滅之感：

多年來我各處漂泊，
唯願把血汗化為愛情，
遍灑在貧瘠的大地，
孕育出燦爛的生命。

但如今我流落在污穢的鬧市，
陽光裡飛揚著灰塵，
垃圾混合著純潔的泥土，
花不再鮮豔，草不再青。

海水裡漂浮著死屍，
山谷中蕩漾著酒肉的臭腥，
潺潺的溪流都是怨艾，
多少的鳥語也不帶歡欣。

茶座上是庸俗的笑語，

市上傳聞著漲落的黃金，
戲院裡都是低級的影片，
街頭擁擠著廉價的愛情。

此地已無原野的理想，
醉城裡我為何獨醒，
三更後萬家的燈火已滅，
何人在留意月兒的光明。

「原野的理想」代表過去在內地的文化價值，在作者如今流落的「污穢的鬧市」中完全落空，面對的不單是現實上的困局，更是觀念上的困局。這首詩不單純是一種個人抒情，更哀悼一代人的理想失落，筆調沉重。〈原野的理想〉一詩寫於一九五三年，其時徐訏從上海到香港三年，由於上海和香港的文化差距，使他無法適應，但正如同時代大量從內地到香港的人一樣，他從暫居而最終定居香港，終生未再踏足家鄉。

四

司馬長風在《中國新文學史》中指徐訏的詩「與新月派極為接近」，並以此而得到司馬長風的正面評價，[11]徐訏早年的詩歌，包括結集為《四十詩綜》的五部詩集，形式大多是四句一節，隔句押韻，一九五八年出版的《時間的去處》，收錄他移居香港後的詩作，形式上變化不大，仍然大多是四句一節，隔句押韻，大概延續新月派的格律化形式，使徐訏能與消逝的歲月多一分聯繫，該形式與他所懷念的故鄉，同樣作為記憶的一部份，而不忍割捨。

在形式以外，《時間的去處》更可觀的，是詩集中〈原野的理想〉、〈記憶裡的過去〉、〈時間的去處〉等詩流露對香港的厭倦、對理想的幻滅、對時局的憤怒，很能代表五十年代一輩南來者的心境，當中的關鍵在於徐訏寫出時空錯置的矛盾。對現實疏離，形同放棄，皆因被投放於錯誤的時空，卻造就出《時間的去處》這樣近乎形而上地談論著厭倦和幻滅的詩集。

六七十年代以後，徐訏的詩歌形式部份仍舊，卻有更多轉用自由詩的形式，不再四句一節，隔句押韻，這是否表示他從懷鄉的情結走出？相比他早年作品，徐訏六七十年代以後的詩作更精細地表現哲思，如《原野的理想》中的〈久坐〉、〈等待〉和〈觀望中的迷失〉、〈變幻中的蛻變〉等詩，嘗試思考超越的課題，亦由此引向詩歌本身所造就的超越。另一種哲思，則思考社會和時局的幻變，《原野的理想》中的〈小島〉、〈擁擠著的群像〉以及一九七九年以「任子楚」

[11] 司馬長風《中國新文學史（下卷）》，香港：昭明出版社，一九七八。

為筆名發表的〈無題的問句〉，時而抽離、時而質問，以至向自我的內在挖掘，尋求回應外在世界的方向，尋求時代的真象，因清醒而絕望，卻不放棄掙扎，最終引向的也是詩歌本身所造就的超越。

最後，我想再次引用徐訏在《現代中國文學過眼錄》中的一段：「新個性主義文藝必須在文藝絕對自由中提倡，要作家看重自己的工作，對自己的人格尊嚴有覺醒而不願為任何力量做奴隸的意識中生長。」[12]時代的轉折教徐訏身不由己地流離，歷經苦思、掙扎和持續的創作，最終以倡導獨立自主和覺醒的呼聲，回應也抗衡時代主潮對作家的矮化和宰制，可說從時代的轉折中尋回自主的位置，其所達致的超越，與〈變幻中的蛻變〉、〈小島〉、〈無題的問句〉等詩歌的高度同等。

＊陳智德：筆名陳滅，一九六九年香港出生，台灣東海大學中文系畢業，香港嶺南大學哲學碩士及博士，現任香港教育學院文學及文化學系助理教授，著有《解體我城：香港文學1950-2005》、《地文誌——追憶香港地方與文學》、《抗世詩話》以及詩集《市場，去死吧》、《低保真》等。

[12] 徐訏〈新個性主義文藝與大眾文藝〉，收錄於《現代中國文學過眼錄》，台北：時報文化，一九九一。

目次

神偷與大盜

殺機

責罰

我幼年時在一個鄉村小學讀書，那地方很偏僻，離市鎮有好幾里路。那時候私塾還很普遍，上小學讀書的學生，年齡都要比現在的小學生大。那年我在高等小學一年級，同班的同學中有十五、六歲的。但開學以後，忽然又來了一個新同學。他個子又高又大，頭髮分開著，搽著油。看起來年齡比我們孫老師還大。但是他竟坐在我們的一個課室裡，課室的桌椅都顯得不夠高。

那就是張軍。

他的功課不很好，但是國文、珠算，據王老師說，三年級的學生都不如他。後來，我們知道，他一直是在私塾裡讀書的。起初，我們大家都看不起他，因為他這麼大的年紀還在高等小學一年級，而且算術常常不會做，要問別人。但是慢慢的他就做了我們的班長。這因為他替我們高一爭了不少面子。

我們有一個小小的運動場，一下課我們就在那裡踢小皮球，平常總是高三、高二的同學占優勢，但自從張軍來了，他們就開始怕我們。

還有下棋，高三有一個叫沈煥光的同學，我們叫他象棋大王的，竟連輸給張軍三盤，於是張軍就成了我們的英雄。

高三、高二的同學，人數少，所以在一個課堂裡上課。他們聯合在一起，是常常同我們高一對峙的。白天我們人數多，還不怕他們，但到了放學以後，高一的住校生就比高三、高二要少，我們不免要被他們欺侮。張軍也是住校生，有了他，高二、高三的同學就改變了態度，因此我們更看重了張軍。

張軍個子高，在課室裡他坐在最後面，我遠在前面，所以接觸時候少，但在晚上，我同他在一個寢室裡，所以很快就同他熟了。

他教我許多壞事，也教我許多好事。頂有印象的是他帶來了武俠小說，我先看《七劍十三俠》，又看《七俠五義》。

於是他要我還有三個同寢室的同學同他結拜兄弟，我們五個人專門在同學裡打抱不平。碰到高三、高二欺侮小學生，我們五個人就出頭，擺出七俠五義裡的俠客面孔，打倒那些專門欺侮人的同學。這樣我們就受了全校同學的愛戴，尤其是張軍，當然他也就成了高二、高三所最恨的人了。他們的力氣敵不過張軍，於是就暗地裡常常在老師在的地方說他壞話，張軍就常常受老師們的責罰。

住校的學生課後在一起玩的時間多，出了岔，大家都逃避了，高二、高三的同學就在老師面前把責任推給張軍。張軍總是一聲不響，即使冤枉了他，他也不辯。我們的鄉村小學那時還行打手心，老師可以用戒尺隨時打學生的，張軍總是毫不畏縮的伸出手來讓老師打，打完了回到我們的地方來，臉上永遠是驕傲的表情，從來不抱怨也不怪人。他認為，為大家受過就是俠客的英雄本色。

但是有一次，張軍忽然做出一件驚人的事情。

原來我們學校的空地上有一個小小的花園，裡面的花草都是學生的勞作課上去種植的。圍著這個花園是一個短籬，這籬笆不高。記得是通學生放學以後，有一個高三的同學叫做史誠美的，不知怎的竟誇說他可以跳過去，他表現了一次，接著大家都學著跳，張軍當然一躍即過，我也跳了過去；十幾個人都跳過去了，跳過去的人又回轉過來，重新再跳，這樣大概兜了好幾個圈子；不知怎麼，史誠美忽然失了腳，一撞就把籬笆撞倒。籬笆撞倒以後，大家怕老師發現，都各自逃避；可是張軍卻拉住了我，叫我幫他把籬笆豎起修好。就在我們修籬笆的時候，訓導主任毛老師突然出來了，他惡狠狠的就把我和張軍找去。他說：

「是誰？你們是誰推倒籬笆的？」

我正要辯說的時候，張軍搶著就說：

「是我，我滑了一跤，正倒在籬笆上。」

「還要撒謊，我知道你在跳籬笆。毀壞公物，應該怎麼樣？」

張軍不響。

「好，這次罰你二十下手心，以後要是再這樣，我可……」

他沒有說完，張軍就伸出手去；他拿出戒尺，打了張軍二十下。於是問我：

「你有沒有在跳？」

「他沒有，他幫我在修籬笆。」我沒有回答，張軍已搶先代我回答了。

毛老師怒目看我一眼，沒有說什麼就走了。

張軍一面搓搓手，一面就同我到了裡面。這時候，聽見張軍被打的人就過來慰問。後來我們到了課室，有一個同學忽然來告訴張軍，說向毛老師告密的就是那個史誠美，張軍忽然站起來，像唱京戲似的大聲地說：

「好！奸細！」

「這傢伙怎麼那麼壞？」我說。

「我有辦法。」張軍說。

當時大概已經吃飯的時候，我們吃飯是打鐘的，鐘聲一響，我們就要進餐廳裡去，所以我當時沒有問張軍他有什麼辦法。

飯後，我只看見張軍同史誠美在一起，很相好的在說話。八點鐘到九點鐘我們有一小時的自修課。因為住校學生不多，所以高二、高三的同學同我們都在一個大課室。自修課以後，我們就各自回寢室，但是那天卻沒有看見張軍。大概隔了一個多鐘頭，張軍才回到寢室來。我問他上哪裡去了，他說他在操場上散步。

第二天早晨，我一起來就聽見早起的同學在紛紛談論；說是史誠美被人塞住了嘴，在校園的一株樹上綁了一夜，還是早晨老王去買菜看見了，把他救進來的。我回到寢室裡告訴張軍，張軍只是頑皮地笑笑，一聲不響。

許多同學去看史誠美，我叫張軍一同去看看，張軍說：

「何必管人家閒事。」

但是我還是到史誠美的寢室去了，我看見房裡圍著許多人，毛老師、孫老師都在那裡，毛老師不斷的問史誠美到底是誰把他綁在樹上的。史誠美躺在床上，一聲不響，只是哭。

房間裡人越來越多，許多同學都來看熱鬧；毛老師就把我們轟了出來，孫老師又關上房門，以後怎麼樣，我們就不知道。

空氣一直緊張著，早餐後，張軍又被毛老師叫去，大家不知道什麼事，我的心直跳，深怕綁史誠美的事是張軍幹的。許多人跟著去聽，我搶著也跟了去。張軍走到房裡，我們都聚在窗外，只聽見毛老師說：

「張軍，昨天你毀壞了籬笆，怎麼不修好？」

「我修不好。」

「你知道毀壞公物是要賠償的，我們要在你保證金裡扣三塊錢。」

「老師已經打我二十下的手心……」

「那是責罰你行為不好，毀壞公物照校章是要賠償的。」

「哼。」張軍沒有說什麼，但哼得很響。

「你這是什麼？蔑視師長。」

張軍沒有再作聲。

「你的行為要好好改過，……要是我查出來是你，我們學校裡就不能再要你了。」毛老師說著，張軍就走了出來。

我迎著張軍，心裡寬慰不少；滿以為綁史誠美的事不是張軍幹的。

但是張軍嘴裡咕嚕著：

「責而不罰，罰而不責……豈有此理！」

「你不要難過，」我說：「我想我發起叫昨天跳過籬笆的人每人攤一點錢好了。」

「不要緊，我有辦法。」張軍很有把握似的說。

「其實這錢應當史誠美來賠才對，是他跳倒的。」我說。

「啊，他已經吃過苦了！責而不罰，罰而不責。」張軍激昂地說。

那天，在上課的時候，我們從窗口看見老王在修籬笆。我並沒有想到什麼，但是傍晚的時候，張軍忽然找到我同我說：

「我查出毛老師罰我的錢，自己揩油去了。」

「怎麼？」

「你沒有看到籬笆已經修好了麼？」

「是呀。」

「那是老王修的。」他噘著嘴說。

「是呀，上課的時候我就看見他在修。」我說。

「我剛才去問老王，有沒有拿到三塊錢，他說沒有。那麼這錢豈不是毛老師揩油了？」

「其實修修這點籬笆，又不是換新的，也用不著三塊錢。」我說。

「就說要三塊錢，也應給老王。」張軍說：「不要臉，做老師還要揩學生的油。」

「那也太不要臉了。」我說。

張軍沉默了好一回，忽然說：

「我有辦法。」

「什麼辦法？」

「你不用管了，我自有辦法。」說著，張軍就走開去了。

幾天後，有一個早晨，學校的空氣突然緊張起來，教師命令通學生都留在課室中，住讀生都回到宿舍裡。毛老師同胡老師兩個人按著次序在寢室裡搜查學生的行李什物，足足鬧了一個上午。大家都不知道怎麼回事，事後才有人傳出來，說是毛老師的一隻金錶丟了。

毛老師有一隻金錶，這是大家都熟稔的事。毛老師常常在大廳廣場中從衣袋裡摸出那隻錶來看時間的。他拿錶的動作也有一定，總是右手拿著錶，左手拉開那隻麂皮殼子，於是遲緩地按開錶門，看了看時間，又慢慢的關好錶門，套上麂皮殼，再塞到懷裡去。這隻錶有一條黑色絲鍊，一直扣在毛老師裡面的衣裳上的，沒有人看見他解下來過。如果說是被偷，那一定是在晚上毛老師脫去衣服睡覺的時候。

在全校搜查以後，教師與學生們紛紛討論這件事情，說是毛老師發現金錶被偷是在晚上就寢的時候，不是在早晨起床的時候，足見偷兒是白天在毛老師身上動手的。毛老師在晚上睡覺寬衣的時候，才發現錶沒有了，黑絲的錶帶只剩了半段。有些教師們以為也許毛老師看了錶沒有放進袋裡，錶帶斷了就此遺失的，但是毛老師不承認會有這回事。偏偏毛老師於遺失錶的那天到市鎮上去理過髮，所以在全校搜查不到以後，教師們推斷這隻錶一定是市鎮上丟去的。即使是被剪綹，也一定是在擁擠的街上出的事。儘管毛老師再三說明他在回學校的途中還看過錶，但是沒有人再熱心在學校裡追究了。

幾天來，學校裡都談這件事情，但慢慢地就沒有人提起。這就成了一個不解的懸案。

可是不知怎麼，在一個月以後，學校裡忽然傳來了關於張軍的身世。說張軍的父親是看牛出身的，於十七歲的那年偷了人家一隻羊，因此無法在本地立足，流落到城裡，在城裡就做扒手，學會了一手神出鬼沒的扒手伎倆，二十年以後就做了扒手頭，發了點財；前年起才洗手不幹，回到故鄉置產住下來。有了這個說法以後，大家似乎相信張軍一定也有一手神出鬼沒的扒手伎倆，於是毛老師的金錶案，又開始遷疑到張軍身上了。

在我們幾個結拜兄弟中，我同張軍是最接近的。對於張軍神出鬼沒伎倆的謠傳，大家都因為好奇想知道一個究竟，可是，為恐怕被他疑心到我們在打聽毛老師的金錶案，總是沒有去問他。

而謠言這件事情有些奇怪，在小學生群中，一傳兩傳，把扒手的伎倆竟傳得像劍俠小說裡的劍俠一般的神祕離奇，說張軍的父親做扒手幾十年從未出事，他可以在別人打呵欠的時候割去人家的舌頭，別人還以為是自己咬去的。張軍是他的兒子，當然也學會這一套本事，所以這麼大才讀小學三年級。不知怎麼，我對張軍竟有說不出的羨慕，我希望張軍可以教我一點，使我也有點本事可以做七俠五義裡的俠客。

毛老師的金錶案雖是遷疑到張軍，可是因為沒有證據，老師們似乎反而對張軍客氣起來，好像怕他再來使壞；至於同學，對於張軍自然特別敬仰了。張軍自己，不知不覺也有點揚揚得意。

就在那時候，有一天晚上，記得天氣已經熱起來了，四周蛙聲閣閣，月色朦朧，操場上只剩了我和張軍兩個人，不知怎麼開始，我們從劍俠小說裡的人物談到他父親。我說：

「聽說你爸爸也有一身本事，是不？」

「自然，他拜過頂出名的師傅。」

「你看見過他練本事麼？」

「沒有，他從來不告訴我的。」

「那麼你怎麼知道？」

「他的學生，他有許多學生都告訴過我；他們都有神出鬼沒的本領，像這樣的房子，他們在牆上拍拍就上去了。」

「真的？」我當時的確很相信，我說：「要是我是你，我一定要向你爸爸學一點本事。」

「啊，他可不許我提起這個。我不知道是什麼意思，他要我讀書做生意。」張軍說著望著天，忽然又說：

「不過我從三哥那裡也學了些。」

「三哥？你有哥哥？」

「啊，他是我爸爸的學生。他教我許多本領。」

「什麼本領？」

「比方說你袋裡有東西，我只要一拍就到了我手裡了。」

「我不相信。」我說：「你倒試試看。」

我當時穿的是一件竹布褂，裡面襯衫有兩隻袋，一隻袋裡放著一塊手帕、一支頭上有橡皮的鉛筆，還有一些角子銅元；另外一隻好像是幾粒玻璃彈子。我當時站直了，摸摸袋裡的東西叫他試驗。

「啊，這有什麼可試的。」張軍笑著，一面說，一面用右手從後面拍拍我右面的肩胛。

「試試有什麼關係。」我說：「這裡又沒有別人看見。」

「你真要我試？」

「自然。你試試看，試試看。」我凸著肚子，叫他拍我的口袋。

但是他並不拍我的口袋，只是伸出他的左手給我看，原來他左手正拿著我的手帕，手帕裡包著我的鉛筆與角子銅元，同我一些玻璃彈子。一下子，我真是呆了。

「這算不了什麼，」他笑著，眼睛閃著逼人的光芒，忽然斂了笑容說：「你可不許告訴別人。我告訴你，我父親要知道我學會了這本領，我一定要被他打死的。」

「我發誓不告訴別人，你放心。」我說：「你可以教我麼？」

「這不容易，你學他幹麼？」他把手帕交還我，看我收起來放在袋裡。我當時就問：

「那麼毛老師的金錶是不是你拿的？」

「自然。」張軍嚴正地說：「責而不罰，罰而不責。他打了我還要我賠錢，自己還要揩油，我自然要給他顏色看看。」

「那麼那隻金錶呢？」

「我賣掉了。」他說：「你可不許告訴人。」

「我怎麼會告訴人。」我說：「你不信我可以發誓。」

「我叫老王去買菜的時候替我賣掉，賣了六塊錢，三塊錢給老王；算作他修籬笆的工錢，三塊錢就補還我被扣的保證金。」

「老王難道不知道那錶是毛老師的？」

「自然他知道，他知道了毛老師扣我三塊錢作為修籬笆的工錢，但是毛老師自己揩油了沒有給他，他氣得要命；聽說我可以想法子給他三塊錢，他自然很願意同我合夥。」

我當時聽得很有趣，沒有說什麼。

「你可不許說出去，」張軍忽然說：「你要是說出去，我可……我不但不當你朋友，我可還要當你是我的仇人。」

「你放心，我發誓不說出去。」

以後我們就回到寢室睡覺了，但是我竟不能睡著，這是我生平第一次懷著人家的祕密而不安的。我當時就想，假如別人知道了這件事，明明不是我說出去，而張軍倒以為是我說出去的，那麼怎麼辦呢？同時，在以後好幾天中，這個祕密始終在我心中癢癢的，好像如果可以找一個人來談談是很舒服的。

但是我終於沒有在學校裡泄露張軍的祕密，因為我在星期日回到家裡的時候，同我姐姐講了，講出以後，看到姐姐好奇的表情，我心裡有說不出的安慰。

以後我們學校裡生活很平靜，張軍始終是一個受老師與同學重視的驕子。

但是在學期快終結，舉行大考的時期，學校裡忽然發生了鬧飯堂的事件。

我們住讀生大概有六十幾人，每次吃飯是八桌，每一桌上首都坐著老師；我們膳食費不算少，但是飯菜很壞很少，有時候甚至不很夠吃；不過老師不說，學生們也就糊裡糊塗，平常不免多吃點零食。老師們呢，他們常在下午或夜半叫廚房裡弄點心吃，這個我們小學生當然不會去管，也不會知道他們吃的也就是我們所付的膳費。

那一次，因為一個新來的姓蔡的老師，夜裡要廚房弄一碗麵給他，廚房裡不肯。蔡老師覺得廚房對別個教員都肯燒點心，對他不肯，是有意侮辱；所以第二天就煽動學生鬧飯廳了。他提醒了我們付的膳費數字，以及豆腐、青菜、鹹魚的價目，學生們馬上都氣憤起來。加之平常學生為拿開水、熱水、借刀子……一類事情受廚房的氣很多，一時都浮上心頭，大家決定於晚餐時鬧飯廳。不用說，受大家愛戴的張軍就做了我們的領袖。

學生規定吃飯的時間是中飯十二時半，晚飯七點鐘；但中飯因廚房要到很遠的鎮上去買菜，往往來不及，要弄到一點鐘才開飯；晚飯則因為廚房想早點弄好早點休息，所以往往早開半個鐘頭、一個鐘頭。那天我們決定於七點鐘準時到飯廳。

果然，那天六點一刻就打鐘了，我們都不去。後來毛老師他們出來叫我們，我們都在課室裡讀書。幾個高二、高三大一點的同學同張軍為首，一起宣稱還沒有到規定的時間，我們要預備考試。毛老師看我們真的都規規矩矩坐在那裡讀書，也沒有辦法。

七點鐘一到，我們鬨到飯廳；飯桌的上的菜已冷，還聚著蒼蠅。就在大家尚未就座的時候，一個高三的同學就說：

「菜都冷的，還有這麼多蒼蠅，叫我們怎麼吃？」

「我們不吃，要換，要換！」幾個聲音一齊鬧起來。

「叫廚房來換菜。」張軍用筷子敲著碗嚷。

一時大家都敲起碗碟，大聲嚷。

「換菜，換菜！」

「你們不要鬧。」毛老師知道來勢不妙，他說：「有話好講。」

「換菜，換菜！」一片叫聲中，碗碟敲得更響。

「你們不要鬧，我叫廚房來換。」毛老師說著走出飯堂，幾個老師跟著出去。好像沒有蔡老師，他似乎一直沒有在飯堂裡。但是大家還是鬧著。忽然張軍站起來大聲的叫：

「不要鬧，大家不要鬧，等他們來換。」

廚房裡的人終於都出來端菜進去，我們等在那裡。隔了大半個鐘點，菜熱了一下，又端了出來。

老師們又重新回到飯堂，但沒有等他們就座，張軍站起來又叫：

「我們要換熱飯。」

「換飯！換飯！」大家敲起碗碟，大聲地叫嚷。

「不要鬧，你們不要鬧……」毛老師大聲的叫著，但是沒有人理他。他同幾個教員就走出飯廳，大概開了一個小小的會議，決定叫廚房進來換飯；但這時已經八點三刻，學生們說明天要考書，規定七點鐘的晚飯，怎到八點多還不肯換熱飯？大家等得不耐煩，於是愈來愈凶。這時候忽然有人說毛老師所以偏袒廚房，因為他們也是廚房的老闆，他們是同廚房合伙來做學生生意的。小菜愈壞，老師們愈有利可圖，而他們自己反正可以隨時叫點心吃的。啊，原來他們都是老闆！一時仇視廚房的情感忽然轉到老師們身上，各人都說出自己過去受廚房的氣與毛老師偏袒著廚房的事情。就在這群情激憤之時，忽然有人在菜裡發現了一隻蒼蠅。有一個高二的同學說出有一天在菜裡發現蒼蠅，告訴毛老師，毛老師只是輕描淡寫的說：「熱天裡蒼蠅總難免，有什麼大驚小怪？我下次告訴廚房當心一點就是了。」大家認為毛老師是有意出賣同學。一聲呼嚷，有人就把有蒼蠅的菜碟飛拋了出來。於是大家都拿自己桌上的碗碟各處飛拋，接著盛飯的木桶也翻了，板凳也摔了起來。

就在那時候，毛老師在外面覺得無法收拾，他指揮老王關上飯堂門，要把我們關在裡面。但是張軍眼快，搶到門口，就把老王推倒在地上，而別人竟把一飯桶往他身上拋去，一桶白米飯全倒在他的身上。

老王是校役，但也是廚房的一份子；他一面蹌蹌踉踉的捧著頭拍著身子起來，一面大罵張軍。他罵張軍是賊，在我們亂哄哄的飯堂裡，並不能聽出老王在說什麼，我因為張軍告訴過我他叫老王賣金錶的事，知道老王已經把這個祕密說穿了。不用說，毛老師也就在老王那裡知道了一切。

天已經黑下來，我們點起掛在上面的油燈，但仍是很暗，飯堂的空氣早已平靜許多，我們又餓又倦，而可摔的東西都已摔了，在一堆殘瓦廢木之中，我們不知道應該怎樣。在大家正商議是不是該回到寢室去時，我們突然看到了飯堂外面的院子中晃搖著兩盞燈籠。接著有一個五十來歲身體高大的農夫手提著燈籠進來。他一聲不響，很快的就扯著我們高三一個姓黃的同學的耳朵拉出去了。我們聽見那個同學在叫爸爸，一時竟沒有人敢去阻攔。

原來毛老師早已叫廚房裡的人去找同學們的家長，多數同學的家是住在七八里或三四里以外的村莊，不消多少辰光就會陸續找到；姓黃的同學被拉出去以後，許多同學都害怕自己的父親來學校裡。膽子最大的張軍，似乎更顯得特別害怕。

於是在院子裡，毛老師的聲音壯了起來，飯堂裡則已寂然無聲，我們只是屏息的聽毛老師在責罵。從我們飯堂望出去，院子裡的燈籠又多了兩盞；毛老師好像對人就訴述事情的經過。接著，我們聽到了戒尺打手心的聲音，那位姓黃的同學哭號的聲音也傳到我們的耳邊，我與張軍死盯盯望著那些燈籠下的黑影，忽然有同學打開了飯堂的後窗，許多人都從後窗跳了出去，也沒有人去阻止這些跳窗的同學，顯然我們的陣營已完全崩潰。

我與張軍一直站在飯堂裡，看著院裡的燈籠一盞一盞的多了起來。那些從窗口跳出去的人也都已被他們捉到；毛老師在許多家長面前審問每一個同學，按著他的判斷看情節的輕重不斷的打手心，院子裡是一片打聲與哭聲。

於是，院內又亮起了許多盞燈籠，燈籠下閃著三個人影，張軍忽然拉著我的手，我發覺他的手在發抖，他低聲同我說：

「不得了，我父親來了。」

「哪一個？」

「那，面上有鬍子的。」

於是我看到一個蓄著一束鬍子的老頭子，面色很紅潤，即使在燈籠燭光下，我也看到他發光的眼睛。他穿一件紫緞的袍子，黑緞馬褂，戴一個灰色的絨帽。他的莊嚴安詳的態度，使我也害怕起來。我馬上想到學校裡說他是扒手出身的謠言，覺得真是不攻自破的。

毛老師很恭敬的在招呼他，胡老師還端出椅子，他毫不客氣的坐在中間，兩個跟他來的人站在椅子後面。毛老師就站在前面訴說，我們在飯堂裡，距離他們相當遠，當然聽不到他們在說些什麼，但是我竟相信已牽涉到金錶的案子，果然老王也就被傳到了張軍父親的面前。

隔了許久，我看到張軍的父親從座上站起來，他說：

「那麼張軍呢？」

「不知道逃到那裡去了，也許在飯廳裡。」毛老師說。

「出來！叫他出來！」張軍的父親用沉著高昂的聲音。

不知怎麼，張軍竟受催眠一樣的沒有作聲就走出去。我拉他，但是他擰開了我。我看他身子直挺挺的，眼睛一直望著面前，一步一步的，像是我們操體操時候一樣，他走到燈籠光線的面前。

我這時才發現，空洞洞的飯堂，除了滿地殘瓦破木以外，只有我一個人了。而掛在上面的油燈，發出昏暗的光線，把我的影子投在牆上，又長又瘦。但是我沒有走開，我還是躲在窗下偷望。

好像張軍的父親沒有說什麼，他從他身後站著的人手中接過一條藤鞭，就在張軍的身上抽打起來。張軍開始站著不動，也沒有出什麼聲，但是十幾鞭以後，他蹲下去了，開始發出嗚嗚的聲音。

整個的院子，整個的學校肅然無聲，只有藤鞭一鞭一鞭抽在張軍身上的聲音。

大概到三十鞭，張軍已經倒在地上，每一鞭加在他身上，他有一陣抽搐。旁觀的人都嚇得不知怎麼辦好。楞在一邊的毛老師開始請張軍父親息怒，接著許多人，連老王在內也為張軍求情。但是張軍的父親沒有理他們，很輕易把他們推開，繼續鞭打張軍。我這時全身打顫，眼淚流滿了我的面頰，每一鞭似乎都打在我的身上一樣，我全身起了一陣一陣的痙攣。

大概打了有五十鞭，張軍的父親才放下鞭子，他揚了一揚手，一個站在他身邊的隨員就出去了。張軍的父親這時從懷裡掏了一包銀圓，數了十二塊錢給毛老師，他說：

「這是你金錶錢。」

「……」毛老師口齒不清地咿唔著在退讓。

但是張軍的父親沒有理他，一直放在毛老師的手上。這時那個出去的人帶著一頂轎子進來，兩個轎夫都提著燈籠，接著兩個隨員同轎夫就把躺在地上的張軍抬進了轎上。張軍的父親不知同那個帶轎子進來的隨員說了些什麼，轎夫抬著轎子走在前面，那個隨員就跟著轎子出去了。

於是張軍的父親咳嗽一聲，莊嚴地問：

「還有什麼要我們賠償的。」

「沒有，沒有……張先生。」毛老師恭敬地說。

張軍的父親就大踏步走出去，另外一個隨員提著燈籠跟在後面。

一時全場肅然無聲，鬧飯廳的事似乎已沒有人想到。隔了許久，家長們才一一告辭，一盞一盞的燈籠移去。校院中暗了下來，只有學校裡的人楞在那裡，沒有人再發言。最後，毛老師似乎從茫然無措中醒悟過來，他的怒氣已消，好像已忘記了他還該追究誰責罰誰，不斷地說：

「去睡，去睡去，大家去睡去。」

我望見人們層層地散了，我也就從後窗跳出，回到了寢室。

第二天，毛老師在早會演講中有一番訓話，但是並沒有責備同學。飯堂已經掃除乾淨，那天的飯菜特別豐富。

可是隔了幾天，老王忽然報告失竊了。他的一隻衣箱是放在床下的，衣箱裡除衣服外，有十八塊錢——一張十元的鈔票，同八塊現洋。他失去那張鈔票同兩塊現洋。衣箱是鎖著的，一點沒有動過。到底是昨天被偷，還是前天被偷他也不知道。

要是張軍在學校，大家又該疑心張軍了吧？但是張軍沒有來過，一直沒有來過。

我很關念他，但是並沒有再會見他。——一直沒有，一直到我大學畢業在上海做事。有一次我到一家皮箱店去買皮箱，無意之中看見一個面熟的人，他看看我，我看看他，最後他招呼我了。我才知道他就是張軍，那時他就是那個皮箱店的經理。

我們一同到咖啡店坐了一回，談到以前的事，他說：

「後來我就沒有讀書，到皮箱店來學生意了。」

「那麼你那手神出鬼沒的絕技呢？」

「忘了。」他笑了笑說：「父親不許我有這個本領。」

「啊，就是那天以後，你……你被你父親打了……你沒有再什麼過麼？」

他笑笑。

「那麼你學了這手絕技，一生只用過那麼一次麼？那也……也可太可惜了。」

「我用了兩次。」

「怎麼？」

「父親要我從老王那裡拿十二塊錢回來。」

「是你？」我說：「你不是被打得很厲害嗎？」

「第四天。」他說：「當時父親知道了經過，他說老王出賣伙伴，不能這樣便宜他。是他叫我去的。」

陷阱

現在，都市裡一個男孩子同一個女孩子談戀愛，是沒有不花錢的，儘管這戀愛是多麼神聖。假如你沒有錢，你根本就沒有法子接近你所愛的人，看一場電影，喝一杯茶，無論到那裡坐坐，走走，你都需要花錢，更不用說你還要跳舞、吃飯、坐街車送你所愛的人兒回家。在戀愛市場中，金錢並不能絕對注定戀愛的勝利，但勝利者必是有最低的金錢條件，而沒有最低的金錢力量就無法戀愛，更談不到勝利。

自然，當我開始懂得戀愛，開始喜歡一個女孩子的時候，我也需要較多的錢。那時候我用錢很省，母親每月給我一定的零用，因為有了女朋友，我就不得不要求額外的錢了。母親看我有點異樣，就要知道我的用處，她最怕的當然是我有不正當的娛樂，賭錢或者是迷戀了舞場；這使我不得不照實告訴她，我告訴她我愛上了一個女朋友，我常常想同她在一起，因此我必須多要一些錢。母親知道我已經到這個年齡，如果禁止這正當的交遊，怕反而有不好的結果，所以，她總是很自然的多給我一些錢，但是，我還是一直不夠花。後來這事情給我祖父、祖母知道了，聽說他們就怪我母親不應當給孩子這許多錢。其實照現在都市裡學生們的水準來說，那些數目實在很少，不過在我祖父母的眼光裡，已覺得這是一個敗家子的浪費了。母親於是就把我在戀愛的事情告訴了他們，當然是希望他們老人家會因此而原諒自己的孫子。

要是我的祖父母不是開通的達觀的人，母親也不會這樣的去博他們對我的同情。實際上我的祖父母都非常和善、健康、開通。那時候祖父七十四歲，祖母六十七歲，他們倆非常要好。兩個人時常彼此說笑話，他們對母親同我都好。祖父沒有什麼嗜好，只是喜歡喝點酒，每次喝酒時總希望大家陪他喝，可是母親從來不喝。他要我喝，但是母親不許，除了是什麼節日。結果總是我祖母，每餐陪他喝一點。祖母似乎也很能喝酒，因為我從來沒有看見她醉過。可是祖父要她喝酒，她總是半推半就，像客人一樣的要推三推四方才喝一點，祖父喝酒似乎不知道節制，祖母就在適當的時候阻止他，祖父總說：

「你再陪我喝三杯，我不喝了。」

「我再陪你喝這杯，喝完這杯，大家不要喝了。」祖母就這樣還價。最後總是祖母喝了兩杯或一杯半，於是大家吃飯。

那時我父親在北方做事，上海的家裡是我母親當家，這些酒都我母親備的。但是祖父自己很有點私蓄，他常常一高興要打電話叫菜，有時候叫我打電話。我很喜歡他請客，但叫來了菜，母親總是先付錢。有時候祖父也就不提，有時候他要同母親客氣。他很少出門，偶而出門，他愛買許多東西，不是給祖母就是給我母親，或者給我。這些東西，大都是便宜貨，而且沒有什麼用處，但是他總喜歡這樣做。

想起我祖父那時的生活，實在很有趣。他從來不曾在上海做事，所以，沒有一個朋友。他也不去看戲。他有二種消磨時間的方法：一是看報，家裡有兩份報紙，他每天總要把所有報紙上的字都讀遍了，從廣告到附張，從報頭到報尾，讀的時候常常咿唔作聲。其實他閱讀的能力很有限，他不看什麼書，一切的知識與新名詞他都從報上學得；第二種消磨時間的方法就是種花，我們門前只有兩方丈的小園，但是他竟弄來許多瓦盆，種了各色各樣的花。他看見報上出賣花籽的廣告，他總有興趣去買來試種，有時候也叫我去買。他那時身體很壯健，從來不生病，頭髮沒有灰也沒有禿，只有牙齒不很好。祖母呢，她始終是瘦瘦長長的個子，身體也很好，而且還保持一付整齊白皙的牙齒，只是頭髮有點灰白了。她的衣著總是非常整齊，無論衣裙鞋襪，如果有一點污漬，她馬上就換掉，自己洗，自己燙，她不要別人管理她自己的衣服。她的時間大部分就花在衣著上面。她那時早已同祖父分住，一個人住在亭子間裡，我很少進去。她似乎也不歡迎任何人進去，因為，她的房間實在太乾淨，沒有灰，也沒有蟑螂。她從不在房間留一點食物。即使是生病，她也一定不肯在自己房內吃飯，她就怕別人進去會弄髒她的地方。

說實話，我是很喜歡我的祖父母的，母親也非常敬愛他們。現在想起來這樣的家庭好像很難得。但主要的原因，我想是因為祖父母從來不管我母親的事情，他們只管他們自己，所以兩方面相處非常客氣；他們也從來不管我的事情，當然也不責備我；常常在母親責備我的時候，祖父反而說笑話似的來幫我。但是祖父幫我是沒有用的，母親永遠不受祖父的影響而對我放鬆。譬如睡覺，祖父有時也希望我可以多陪他一回，母親來催我的時候，他就會幫我來說幾句，但是沒有用。母親知道時間，時間到了我必須去睡覺，睡不著也應該到床上去。如果我仗著祖父的面情對母親的意志有點反抗，那麼祖母聽到了，就要說祖父，我還是要服從母親的。

所以，很自然的，我同祖父間有一種很奇怪的友誼，好像許多事情母親不能諒解的，祖父會給我諒解。可是對於戀愛花錢的事，母親對我倒諒解了，祖父反而不諒解我，這在我是很奇怪的。但這類事既然是母親所管，母親諒解了，我就有錢。我那時常常不在家，整天想法子同我的女朋友在一起。祖父母從來沒有當面責備我這件事，而事實上我同他們見面的時候也比以前少了。

過舊曆年的時候，我們有送年的禮節。那天晚上，我們都睡得很晚，祭神以後要吃送年酒，母親與祖母吃了一回到裡面去忙，剩下我同祖父兩人，祖父忽然喝著酒同我談到了我的戀愛。他說：

「學登，聽說你在戀愛了，是不？」

「戀愛怎麼樣？」我反抗似的說。

「戀愛沒有什麼，現在自由戀愛正行，你也已經十九歲，可是……」他忽然停頓了，拿起酒杯喝了一口酒，慢吞吞的拿筷子去夾白斬雞。

我望望他，我心裡忽然想到他是反對我向母親拿錢的，我正想找一句話以應付他對我的責備。可是他接下去說：

「可是真正的愛情不是靠金錢買的。」

「我又沒有用錢去買愛情。」

「啊，你不是常常向你母親要錢麼？」

「那是！那只是……」可是我還沒有說出我的意思，他又搶著說了：

「蹩腳，蹩腳，戀愛要靠花錢。」他忽然拿起酒壺自己斟酒，又替我斟一杯酒，於是看看我說：「一個女人如果要看你花錢來愛你，那還算真正的愛情麼？」

「我們總要到哪裡去走走，看看電影，不然……」

「嘖，嘖，嘖……」祖父從牙縫裡發著這樣的聲音打斷了我話，於是他又慢吞吞地說：「你知道我同你祖母戀愛的故事麼？我沒有花過一個銅板，愛情就是愛情。」

「你同祖母戀愛？」

「你不知道，是不？」他又喝了一口酒說：「你現在已經大了，我可以講給你聽。你知道你祖母年輕時候的美名麼？那真是附近沒有一個村莊不知道的，多少有錢的人喜歡她，派人去做媒，但是她竟喜歡我這個窮措大。」

祖父是農夫出身，小時候父母早亡，沒有錢，完全靠自己努力，這個我是知道的。我還知道祖母家裡是鎮上開雜貨店的，但她怎麼會嫁給我祖父，這個我可不知道了。我當時就好奇地問：

「是不是你喜歡她，派人去做媒的？」我又說：「那又不是戀愛，自然不用花錢。」

「哪裡，」祖父說：「我很窮，就是請人做媒，她母親也不會答應，而且我也沒有人可請；就是有人可請，人家以為我癩蛤蟆想吃天鵝肉，也不會同我去說親的。」

「那麼怎麼樣？」

「真正的戀愛！那時候我在鄉下，自己種幾畝田過活，我要走八里路，翻過一個嶺才可以到鎮上。我到鎮上去，第一次碰見你祖母就看中了她，以後我有兩年工夫，每天走八里路去看你祖母去，她就愛上了我。我當時常常在黃昏時，到鎮外一條橋上等你祖母出來。她要關了店門，吃了晚飯才有工夫，我就一直在橋上等著她。她出來了，我們就在田野裡散步談話，但不到一兩個鐘頭，就要送她回去；接著我一個人提一個燈籠，要走八里路，翻一個嶺才回到家裡。」

「以後就嫁你了。」

「那有這麼順利，那時候不是有許多人喜歡你祖母麼？其中有幾個遠村裡地主的兒子，還有鎮上一家洋布店的小開，都派人去做媒。那時你祖母的父親早死了，她的母親還在世，她自然願意自己的女兒嫁個有錢的人。而且那個洋布店的小開，近水樓臺，不斷拍你祖母的母親馬屁，她母親自然經不起這些，很想把女兒嫁他。但是你祖母不答應，她說她母親如果把她許了人，她只好尋死，她母親沒有辦法，一次一次拒絕人家，那時候風氣還不開通，你祖母自然不能告訴她母親她已經有了愛人，她還知道說出去也不會得她母親同情，所以，她只說她不要嫁人，她要侍奉母親到老。到她母親仙逝後再說。」

「她每天出來同你見面，她母親難道不曉得麼？」我懷疑地說。

「自然不曉得，你不知道她們的雜貨店夠多小，只能睡一個人，而夜裡不能沒有人管，她母親不放心你祖母一個人睡在那裡，所以，總是自己不回家；你祖母就在回家的時候抽出一點工夫出來會我，所以我們的會面是沒有一個人曉得的。」我祖父喝著酒，很得意的說。

「那麼她真是等她的母親死了才嫁你的？」我問。

「倒不是這樣。」

「那麼怎麼樣呢？」

「所以婚姻的事情是緣，完全是緣。」他忽然感慨似的說：「你知道那個小地方的人很閉塞，許多來做媒求婚的人，碰了釘子，心裡懷恨，時常造你祖母謠言，誰知道這倒促成了我們的好事。」

「怎麼啦？」我驚奇地問。

說到這裡，母親忽然來了，祖父同我做一個眼色，停止了談話，他舉起了酒壺斟酒。母親就走過來對我說：

「你已經喝了幾杯了，學登？不許再喝了。」

以後祖母也進來了，我同祖父的話就沒有再說下去。可是我心裡始終想著這個未完的故事。

第二天，我看到祖父一個人在陽臺上看報，我就走了出去。我說：「祖父，昨天你講的故事後來怎麼樣了？」

「啊！是的，是不是講你祖母？」他放下報紙忽然說：「你的女朋友呢？有她的照相麼？給我看看。」

「你先講完你的故事。」

「你給我看看照相，我再講給你聽。」

我當時就到裡面把照相拿了給他，他接了過去，一聲不響，一直注意著照相。

「怎麼啦？」我問。

「你真的愛她麼？」

「自然。」

「她呢？」

「她也愛我。」

祖父又不響了，他還是注視著照相。

「怎麼啦？」

「你不要生氣，我看這個女孩子相不好。」

「相不好？你迷信。」我笑著說。

「你看，你不相信；不過你可以試試她，我相信她不會真心愛一個人的。」

「怎麼？」

「啊！這個你將來會知道，現在我說也沒有用。」祖父說了把照相交還給我。

我收了照相，接著就問他：

「那麼你的故事呢？」

「關於你的祖母，是的。你的祖母年輕時候可真漂亮，比你的女朋友不知好看多少。」

「那麼你們後來怎麼樣呢？」我說著坐在他旁邊的藤椅上：「你昨天說許多人造她謠言。」

「啊，是的，那時候許多人造她謠言。她氣得要命，幸虧她母親相信她。」

「有沒有造你的謠言？」

「就是啊！後來有人發現我有幾次同你祖母在一起，他們去告訴她母親，她母親倒反而也以為這是謠言了。」祖父得意似的說：「所以我們也就膽子大了起來。我找你祖母同我在一起，常常待到很晚。那是小地方，沒有戲院，也沒有咖啡館，茶館裡又都是熟人，沒有地方去，所以一直在田野上散步。我們因為怕別人看見，有時候就走得很遠。我不是告訴你從我的鄉村到鎮上要翻一個山嶺麼？就在那山嶺的坡上，那裡有很多的樹木。坐在樹林裡，我們可以看到鎮上的燈火，也可以看到從山嶺上來的人，別人看不見我們。那地方真是又靜又美，尤其是月亮。我們以後就常常到那面去，夏天裡我們一坐就是好幾個鐘頭。」祖父說著很得意地換了一口氣，又說：

「你看，是不是我談戀愛沒有花過一個錢？」

「那麼，祖母怎麼後來就嫁給你了？」

「那是緣，那完全是緣。」祖父很得意似的說：

「有一天，是夏天晚上，大概是八點多鐘的時候，我同你祖母坐在山坡上，四周響著蛙聲，天上滿是星斗，田野裡亮著流螢。遠望鎮上隱約的燈火，我同你祖母大家沒有說話，她的手放在我的手裡，我們陶醉在我們愛情裡面。」祖父靠在藤椅上閉著眼睛，似乎這情景又都浮在他眼前似的。接著他坐了起了，又說：

「於是突然一陣風起來，一霎時滿天黑雲，電閃雷聲，我知道大雨要來，趕快拉著你祖母起來，但沒有走幾步，豆大的雨點就下來了。我們沒有辦法，只是從樹林裡走進去，希望在大樹下躲躲雨。啊！你知道下雷雨時到大樹下躲雨是危險的，但是我們都穿得很薄的衣裳，雨又越下越大，衣裳已經溼了大半，自然先要找個暫時躲雨的地方。

我一面叫你祖母從樹林深處走，一面我又回頭看四周想尋一個比較合適的所在，但忽然電閃一亮，一聲雷聲從遠而近，在我們頭上起了一個霹靂。我聽你祖母「啊喲」叫了一聲，看到二、三十步外火光一閃，一株大樹忽然倒了下來。我一驚慌，再回頭已看不見你的祖母，幸虧那株大樹不是朝著我站著的方向倒，但周圍已經起了極大的混亂，大樹壓小樹，小樹壓雜草。

我大聲的叫你祖母，但沒有聽見她的應聲，我一時真是駭壞了。我還以為你祖母倒在那裡，說不定會壓在什麼樹下，我又怕又傷心，我就在倒下的樹叢中亂找。那時候天又暗，地又溼，雨還是不斷的下，只有電閃亮時，才能看清一點。我心裡慌張非凡，亂找一陣，衣服被樹叢割裂，皮肉也被劃破，臉上腿上都在流血，但是我竟一點也不覺得，我當時只覺得我像瘋了一樣。」

「那麼祖母到底上哪裡去了？碰見什麼鬼了麼？」

「啊，你不要急。」祖父看我一眼，於是換了一口氣說：「就在我從樹叢那裡繞一個圈子回來的時候，不知怎麼，我腳踩了一個空似的，整個的人就掉了下去。」

「掉到什麼地方？」

「一個深坑，你知道這是什麼坑？」

「什麼坑？」我問。

「這是鄉下人捉野豬、山麂的陷阱。大概通常有我三個人深，有兩丈見方。坑的四周都編著竹椿，上面蓋著枯樹殘葉，踩在上面就掉了下去，掉了下去就很難爬出來。我一掉到裡面，就知道掉到陷阱裡了。我的腳跟還受了傷。裡面當然是又潮溼又漆黑，什麼也看不見。

我坐在坑底定神好一回，才慢慢恢復了一點理智。我當時衣袋還帶著洋火，想劃一根看看裡面情形，但是這洋火早已溼透，無法劃著。我沒有辦法，只好安靜地再休息一回。我用手帕扎緊了我的腳踝。我想等腳痛好一點，也許可以爬爬試試。主要的當然是想你的祖母，她到底到哪裡去了，會不會壓在什麼樹木下面？突然，我想到了她也許也正掉在這坑裡。但是怎麼會沒有她的聲音？

我想到這層，再細想下去，更相信她除了掉在這裡是不會到別的地方去的，我想到她一定是跌昏過去了。我抱著這個希望，我一面摸過去，一面大聲的叫。我當時知道這坑裡並沒有野豬、山麂掉在裡面，如果有掉在陷阱裡的，我掉下來的時候，早就驚動牠們，牠們會發出聲音的。

我當時就一直摸過去，摸過去，果然我摸到你祖母的一隻手。奇怪，我一摸她的手就知道是你的祖母，她的手是冰冷潮溼，我趕快過去抱起她，叫她，但是她竟昏暈著，我當時真怕她死了。你知道我同你祖母戀愛了那麼久，但除了她的手以外，我沒有碰她一根汗毛，當時我忽然想到小說書裡所說的，我竟用我的嘴同她的嘴去接氣。」

「那叫接吻，什麼接氣。」我譏笑我祖父說。

「我們那時候又沒有外國電影，男女哪有什麼接吻，我說接氣，是說我當時還不知道什麼人工呼吸，接氣是中國老式的人工呼吸。不過我可也嘗到第一個接吻的滋味。」祖父滑稽地笑了笑，又說：「這真是靈，你祖母果然醒轉來了。」

「那麼怎麼樣？」

「我看她醒來，心裡開始放心。以後我們在坑阱裡，待了一天兩夜。」

「一天兩夜？」

「可不是，我們當時依偎著一直坐到天亮，滿以為天一亮就可以出去了。」祖父已經繼續著說下去：「你祖母真是愛我，她不但沒有哭，沒有急，她竟說我們這樣一直不出去，死在裡面倒也算了。所以我們在裡面倒也不是太苦。後來天亮了，我從坑頂上看到了亮光，我就大聲的叫救命，但是這除非碰到有人在坑口走過，是無法可以叫人聽到的。於是我就想爬出去，偏偏坑裡的竹壁很滑，怎麼也攀登不上。

後來我把這些竹樁挖起來，想釘到壁上爬上去，但是手邊又沒有傢伙。好容易拔起兩根試試釘在壁上，可是竹壁裡面泥土太鬆，打進去一扳就崩裂了。我用盡腦筋，怎麼也沒有辦法。這樣待了一天，我們真是又餓又渴。你祖母雖是很鎮靜，但一面想念她母親，一面因為一直穿著溼衣服，又受了驚嚇，人有點發熱，又沒有水，沒有糧食，所以真是奄奄一息。

我看她這樣，自然更加急了。但是只好坐在那裡，唯一希望就是能有人在上面去過，所以我一聽見一點聲音，就大聲叫救命。但是這些聲音大都是鳥聲蟲聲，我喊啞嗓子也沒有一個人理我。幸虧那天天晴，我從坑頂上看到細微的陽光估計時間的過去。我盡力設法把我洋火曝在細小的陽光中，希望到晚上可以乾燥。

這樣我看到陽光斜過去了，坑中暗了許多，我知道黃昏已到。就在那時候，我似乎聽到上面有人走過，我就大聲的叫；但答應我的竟不是人，是一隻野豬。牠像霹靂一般的從我們頭上掉了下來，幸虧沒有打中你祖母，如果打中，我想多半是要壓死的。牠一到裡面，驚慌萬分，竟橫衝直撞的亂竄起來。你知道野豬的蠻性麼？牠就是亂撞，如果撞到人，這是很容易致命的。」祖父說著，吐了一口氣。

「那麼祖母呢？她……」

「她，她自然駭壞了，我把她拉到我的身後，掩護著她。我想唯一的辦法只有把這野豬打死。」

「你又沒有傢伙，用什麼去打死牠呢？」

「啊！你不知道你祖父那時候身體多好？」祖父說到這裡竟握起拳頭，露著手臂給我看。於是換了口氣，咳嗽一聲又說：「就當我掩護你祖母的時候，那野豬看見我死對著牠，牠更加驚慌起來，牠就愚蠢地像對敵人似的撞過來了。我本想抓住牠，但是牠的速度很快，我知道不容易，我就用腳把牠踩開去，牠跌了一跤，我正想衝上去，可是牠已經一滾起來。」

祖父說到這裡又停了一回，忽然用緩和的聲音說：「所以什麼事情都有一個數。我不是告訴你，我曾經把竹樁挖起了一、二根，預備釘到坑壁上爬出去麼？這竹樁就在地上，誰想到我爬壁沒有成功，這裡倒用著了。我當時一眼看到那竹樁，就搶在手裡，於是我很容易把這野豬殺死了，而我也受了傷。」祖父露出小腿指指腿的一個疤又說：「這就是野豬咬的。」

「後來呢？」

「什麼都是數，真是。幸虧是這隻野豬，不然我們也許也要在陷阱裡餓死了。」

「怎麼？」我奇怪地問。

「第二天獵人看到了野豬的腳印，尋到陷阱裡來，才發現我們。」

「那麼，他們怎麼會沒有看到你們的腳印？」

「我們是在下雨的時候掉進陷阱的，後來還下了許久雨，我們的腳印早就被雨沖掉了。這隻野豬掉下來的時候已經晴了，而頭一天剛下過雨，泥土是潮溼的，所以牠留了很深的腳印。你不知道野豬的蹄子是尖的，身體又重，牠的腳印當然也比人的清楚。」

「那麼他們救起了你們怎麼樣呢？」

「我本來還打算撒謊，說我們是兄妹，但是他們都認識你祖母，她是鎮上的美人，而且也知道我。我們失蹤兩天，外面都謠傳說我帶了你祖母私奔。我當時就解說我在樹林中躲雨，聽見一個女人的喊聲就奔了過去，但怎麼也尋不到人，不意我竟墮入了陷阱，而在陷阱中才發現她暈倒在裡面。

我的解說當然也得了你祖母的首肯，並且為大家所相信，還知道是我打死了那隻野豬。當時我們就在鄉人家換了衣服，吃了東西，喝了茶，我的精神就恢復許多，但是你祖母可是病倒了，她發著熱。後來你祖母由鄉人抬送回去，我也就回家了。

第二天我到鎮上去，鎮上已經傳遍了我們的故事，有人說得很難聽，有人說得很誇張，都是加上了許多自己的想像。我一路上碰見許多人，同我生疏的，他們都注視我，接著交頭接耳的談著；同我熟稔一點，每個人都問我這件事，我每次都照昨天一樣說了一遍。我當然還說到我如何打殺野豬，保護你的祖母。那些人竟們個有不同的反應，有人對我羨慕，有人對我妒嫉，我都沒有心思去注意這些，我一逕就去拜訪你的祖母。

那天她們的小店關了門，你祖母病在家裡，她母親也同她在一起。許多親朋進進出出的在看她們，那個洋布店小開同他的母親也在。這空氣可真使我不舒服。沒有人相信我同你祖母兩天工夫在深坑裡竟是這樣的純潔，但是只有你祖母的母親是相信她女兒的。現在人們已經談到要我娶你的祖母。有人說這是姻緣天定，有人說這是沒有辦法的事。一個女孩子同一個男人單獨在一個陷阱裡待了這麼久，就算真的沒有出什麼事，也沒有法子再嫁別人了。雖然那個洋布店的小開似乎仍舊非常痴心。」祖父說到這裡忽然歇了一回，非常得意的看我一眼，忽然說：

「你知道那是幾十年的事情了，又在鄉下，那時候人們的觀念都不同。當時我看你祖母的母親對洋布店的小開仍舊很好，她好像一方面要使他相信，你祖母同我在陷阱裡沒有出什麼事；另一方面又希望你祖母早點嫁人。我想我不能夠這樣老實了。我找了一個機會，偷偷地同那個小開的母親說：『但是當時在陷阱裡也沒有辦法，我總覺得她的性命要緊，她的衣服全溼了，我不得不將她脫去，而我是一個男人，我有什麼辦法……』」說到這裡，祖父閉閉眼睛，吐了一口氣又說：

「這幾句很有效驗，她就拉了她的小開兒子走了。當時我看了你祖母也就出來。三天以後，你祖母的母親就把你祖母許給我，我們很快的結了婚。我把鄉下的七畝地賣了，幫她們做雜貨生意。一年後就搬到城裡，那時候你祖母的肚子已經有了你父親。你祖母可是真好，我們幾十年沒有鬥過半句嘴。」

說到這裡，祖父靠到藤椅上，閉上了眼睛隔了好一回，忽然說：

「你看，這才是愛情。要沒有這陷阱，也不會有你父親，也不會有你，所以什麼都是緣。有了緣才有愛情，有了愛情才有緣。這兩樣都是錢所買不到的。你說你愛了那個女孩子，她也愛你。但是你要用錢去買緣，這就不是純粹的愛情了。」

「但是，祖父！」我當時真的被他的故事感動了，我說：「你的戀愛是美麗的，是詩意的，是英雄的，但是這樣的戀愛只在小說裡可以讀到。現在時代不同了，在都市裡，什麼都是平凡的庸俗的，我們這一代大家都是用錢在陪情人玩，玩到一個時候戀愛就成熟了。」

「但是那不是愛情，那樣交際來的女人不會是你唯一的女人。」

「那麼應當怎麼樣呢？」

「啊，你也可以不花錢，你可以帶她散步走路，帶她到家裡來坐坐，如果在五個月裡，你不花一個錢她仍會每天同你在一起，那麼她可說是真正愛你了。如果在五個月裡，她可以拒絕一切別人的邀請，她可以不想那些庸俗的遊玩，而只願意同你在一起，那才是你唯一的女性，是不是？」祖父說完了看我許久。

我沉默了，我細味祖父的話很有道理，雖然也覺得不十分可能。

但是，我終於試了祖父的話。實際上也只試了一半，我還是沒有完全不花錢，我可在我原來的零用錢外，不再向母親拿額外的戀愛費了。

那麼結果怎樣呢？

結果是不到一星期，我的愛人就接受了別人的邀請，不到三星期，她就不同我來往了。一個月以後，當我去找她時，她家裡就開始故意告訴我她不在家了。

如今，悠長的歲月已經過去，祖父母都先後過世。我學會如何花錢討女人歡喜，但始終沒有女人知道用愛情叫我為她犧牲一切，為她捨身，結果是我到現在沒有結婚。我不知道這是祖父的教育耽誤了我，還是我辜負了我祖父給我的教育。

馬倫克夫太太

一

我在大學畢業回到家鄉的那一天，就聽到家鄉裡人人在談馬倫克夫的太太。

「馬倫克夫的太太是誰呀？」我問我母親。

「啊，就是曉鳳，曉鳳後來嫁給了一個外國人。」母親解釋著說。

「曉鳳你總還記得的？」有人問我。

二

自然，我怎麼會不記得曉鳳。

曉鳳比我大八歲，我八歲的時候，她正是十六歲。繞圈子派起輩分來，我還該叫她姑姑，可是我總是叫她姐姐。她的家就在我們屋後，她常常到我家裡來玩，有時候也帶我到她家去。她的父親過世時，我大概還沒有出生，母親是後母，我叫她阿祥婆，據說阿祥婆是從妓院裡娶來的，所以許多習慣同鄉下別人家不大相同，村裡的人常常在談她。我雖然年幼，但聽到這些話，隱隱約約也懂得一點。

曉鳳雖不是阿祥婆親生，但阿祥婆沒有其他的子女，所以對曉鳳不能算壞；可是阿祥婆只讓曉鳳讀了四年書，以後就一直待在家裡。阿祥婆有幾十畝田，母女兩個吃吃用用很可以過活。房子雖不大，但是自己的。吃，阿祥婆吃齋，曉鳳也跟著吃素。只是穿，阿祥婆講究穿，也愛打扮女兒，雖是布衣，可是總是穿得很乾淨新鮮。

曉鳳是一個非常漂亮的姑娘，再加上新鮮的打扮，所以遠遠近近都知道我們村裡有那麼一個美女。我記得她的臉是長方型的，眼睛非常俏麗，闊嘴薄唇，一笑就露出整齊的前齒，鼻子端正，兩眉微微上斜，非常挺秀，只是前額稍短，會看相的人就說她少年運不好，所以父母早死。我最記得清楚是她的兩條長長的烏黑的辮子，每個為她梳辮的人都稱讚她的頭髮長得好。有時候來我家，母親為她梳辮子，幾乎沒有一次母親不說：

「曉鳳，你的頭髮真好，又長又軟。」

可惜那時候我太小，還不懂欣賞女孩子的頭髮。

其次她受別人的稱讚的，記得是皮膚。好像村頭村尾的姑娘，都羨慕她的皮膚似的，說它又白又細，脂粉敷上去，就像化在皮膚裡。

可惜那時我也太小，也還不懂得分別女孩子的皮膚。

啊！還有是她的眼睛；幾乎沒有一個看見她的青年男人不在為她的眼睛傾倒；背後裡談到曉鳳就談到她眼睛，光是我聽到的也不知幾千次了。

這個，我雖然年幼，可是也懂得欣賞，靈活、俏麗。我喜歡她看著我同我談話，但在別的女人的口中，可都說她的眼睛像阿祥婆，長得不好。

難怪那時候有許多人到阿祥婆地方來做媒。好像每一次有人來做媒以後，阿祥婆總是要同母親談起，最後總是說：

「啊，我只有一個女兒，我想讓她晚一點出嫁，急什麼！」

三

可是曉鳳十八歲那年冬天，阿祥婆同曉鳳到上海去玩了一個月，回來的時候說是已經替曉鳳定了親。阿祥婆一宣布，沒有一天半，遠近的人們就都知道了這個消息。許多人都紛紛來打聽，為什麼阿祥婆這麼急就把曉鳳許出去了呢！

到底男家是一家什麼樣的人家。阿祥婆說：

「別的都不錯，可惜是續弦。」

「續弦！」許多以前曾經來做媒過的人開始不服氣了。

「有孩子麼？」

「有過一個孩子，三歲就死了，所以很乾淨。」

「那麼男人幾歲了呢？」

「三十二歲。」

「三十二歲？」有人說：「你也太……」

「可是家境不錯。」阿祥婆得意地說：「有洋房……」

「男人做什麼的？」

「是大世界娛樂場的管事，有好幾百元一月……」

「你看見過麼？」

「怎麼沒有？」阿祥婆說：「他到我乾妹妹家來打牌，啊，也是緣份；他的太太死了五年，一直看不到鍾意的人，哪裡曉得一見曉鳳，就托我乾妹妹做媒了。」

四

以後好像許多人都在談這件事。有人說：

「不要是阿祥婆上當了，大世界娛樂場做個管事，能賺多少錢一月？」

「啊，你不要說，這種事情，薪水不大，外款可多。」

「娛樂場做事，還不是都是流氓。」說這話的，當然是到過上海熟識租界裡情形的人了。

母親好像也很關心這件事，有一次阿祥婆來，母親問她可有那個男孩子的照相，阿祥婆答應第二天帶來給我母親看。

第二天，阿祥婆果然把照相拿來了，我也搶著要看。

是一個穿長袍馬褂的男子，圓臉短脖子，樣子很粗健。母親看了看說：

「看上去不止三十二歲了吧？不過身體倒很強壯。」

「啊，本人可比照相年輕許多。」阿祥婆為他辯護著說。

「那麼，下來什麼時候要成親呢？」

「明年春天。」

「明年春天？這麼快？那你可要趕快預備嫁妝了。」

「啊，我同他們說過，我們什麼都不預備。我想最多要些簡單的東西，臨時上海買些也就得了。」阿祥婆說：「現在上海都時行文明結婚，很便當，哪裡像鄉下那樣，要預備這個，預備那個。」

「那麼你一過年就要去上海了？」

「是啊。」阿祥婆說：「曉鳳嫁過去以後，我也預備同他們住在一起。」

「真的？」母親說：「男家願意麼？」

「都是我乾妹同他講好的。這倒是我乾妹的主意；要不是這樣，我怎麼捨得曉鳳嫁到上海去呢。」

「那麼也好，你可以現成去做丈母娘，省得在鄉下這麼勞碌。」

「是呀，就是這麼說，曉鳳嫁了，我一個人怎麼能住在鄉下。」阿祥婆說：「不瞞你說，這件事我也想過很久，我把他們的八字問過十幾個瞎子。」

「兩個人八字合得來嗎？」母親問。

「有七、八個說是很合得來，只有三、兩個說不很合。」阿祥婆說。

母親好像也放心了許多。

五

在鄉下，過年是件大事，忙碌而熱鬧，大家對於曉鳳定親的事已經不再熱心。可是不知怎麼，我看到曉鳳的時候，竟有一種不同的感覺。

新年裡，鄉下廟會照例有社戲。每年這個期間，是我們鄉間最熱鬧快活的日子；農民們很閒，有工夫同兒童們玩，夜裡他們還肯帶我們到廟會看戲。村裡的女眷們總是請他們一早搬長凳去廟裡占位子，夜裡打扮得漂漂亮亮成群結隊去看戲。母親同阿祥婆因為怕冷，很少去。他們不去的時候，我總是跟著曉鳳同去，母親就托曉鳳照應我；記得有好幾次，看了一半，我就橫靠在曉鳳的懷裡睡著了。

曉鳳為什麼願意帶著我這個包袱一同去看社戲，是一件我後來才曉得的事情。原來一到廟會裡，許多有一面半面之緣的野男人，都想同曉鳳搭訕，曉鳳就把我作擋箭牌。我從小很野，但是同曉鳳好，一看男人家對曉鳳輕薄，我就會發野。我那時唯一武器是一雙髒手，那些野男人都怕我的髒手弄髒他們新年裡的新裝。所以曉鳳可以不怕他們過份。

但是，我十一歲的新年，曉鳳叫我同她一同去看社戲，我竟拒絕了她；我說我要同阿富哥他們去。可是到了廟會，曉鳳又找我去吃糖果，一出戲以後，我又坐在她的旁邊了。她突然問我：

「你剛才怎麼不要同我一道來呢？」

「你……你不是就要到上海去嫁人了麼？」

我記得曉鳳臉有點紅，抬起頭看臺上的戲，一隻手緊緊的握著我的小手，她手上的指環壓得我的手有點痛，但不知怎麼，我竟喜歡這個微痛的感覺。

六

新年的熱鬧一過去，學校開學，春天也跟著來了，樹枝上先有了綠意，稻田上也波出青春的禾秧，慢慢的，牆角河岸都出現了或紅或黃的花朵，於是遍田遍野都有了燦爛的深紫與金黃。

我放學回家，常常碰到阿祥婆同我母親在商量什麼，曉鳳也好像很忙，沒有多久，有一天我忽然聽到阿祥婆同曉鳳就要去上海了。

於是在一個風和日暖的清晨，我同母親去送阿祥婆與曉鳳。兩擔行李先出發。阿祥婆、曉鳳、母親同我，還有阿珠嫂、稚媽，總共有七、八個人一同到船埠去。路上的露水未乾，陽光照在春草上點點發亮。我走在曉鳳的後面，看著她美麗的長長的兩條髮辮，同鑲著闊邊的湖色褲褳，一蕩一蕩的晃動，心裡也浮起了不知所以的離情別緒。

母親同阿祥婆一直在談什麼，我也沒有注意；走到船埠，我忽然發現曉鳳腳上的那雙深藍色繡花鞋被露水溼透了。

阿祥婆與曉鳳上船後，船就開了，我們在岸上同她們揮別，曉鳳站在船腰，一隻手遮在前額，一隻手同我們揮手，她的俏麗靈活的眼波一直在我印象中蕩漾著。

七

那年夏天，我在鄉村小學畢業，以後就到城裡進中學，曉鳳的印象也逐漸疏淡。第二年暑假回家，才又聽到曉鳳的消息，說她已經養了一個女兒。鄉下去上海的人，也曾去看過阿祥婆，真是有福氣，女婿果然待她不錯，曉鳳也很快活。阿珠嫂還在托阿祥婆的女婿為她兒子找事情呢。

那時候正是農村開始枯萎，鄉下人都想把男孩子送到城市裡去，所以阿祥婆同曉鳳就變成鄉下人去上海的一個門路；好像就因阿珠嫂的兒子不久就有了事情，大家都去拜托阿祥婆，前前後後帶出不少的男孩子。

以後我一直在學校裡，有兩年沒有回家，一直到我初中畢業，我才有機會重回到家鄉。到了家門，我一面叫著母親，一面跑到母親日常的坐起間，出我不意的，我看見一個女人抱著一個孩子在裡面，母親恰巧不在，這使我楞了一下。

但我一看到她的眼睛，就知道是曉鳳了。她忽然說：

「你不認識我了！」

「我怎麼會不認識你。」

「要是不知道你今天回家，我也是認不出是你了，你已經是大人了。」

「這是你的孩子？」

「我的第二個孩子。」

「好漂亮，眼睛很像你。」我逗著她的孩子，有點窘。幸虧那時母親來了，我就迎著母親敘我們的別情了。

曉鳳抱著孩子走後，我才從母親地方知道了曉鳳的遭遇。

原來曉鳳的丈夫不知為了什麼牽累在一件人命案子裡，被巡捕房捉去了；曉鳳不知用了多少錢，才把他保出來，在法院裡打了四個月官司，官司還沒有了，她丈夫得了一場傷寒就死了。死了以後才知道他丈夫外邊一身債務。曉鳳同阿祥婆帶了一些隨身行李就回到了鄉下。現在她們預備在鄉下長住了。

這以後我常常看見阿祥婆與曉鳳。

曉鳳還是那麼漂亮，只是稍稍胖了些，可是兩條烏油的長長的辮子已經剪去，頭髮分梳著，後面捲上來，倒也別有風致。變化最多的倒是她談話與態度，特別是她學會了抽煙與打牌。

阿祥婆同她還是很講究穿，曉鳳現在完全是上海少奶奶的打扮，一身都亮著花花綠綠的綢緞，比起以前更引人注目，母女兩個人好像整天沒有事，總是拉人陪她們打牌，母親有時候也做她們的搭子。

「既然說曉鳳的丈夫已經破產了，怎麼還有這麼些閒錢，過得很舒服的生活呢？」有一次，我好奇地問我母親。母親告訴我，她們本來鄉下有幾十畝田，母女倆吃吃用用原也夠了，這次她們雖是破產，自然有些私蓄同首飾沒有給外面人知道的，在鄉下，還不可以舒舒服服過日子。

不過現在曉鳳的排場同以前已完全兩樣，以前阿祥婆只用一個佣人，現在因為有兩個孩子，她們請了三個佣人；以前阿祥婆吃素，曉鳳也跟著吃蔬菜，現在她必須吃葷腥了。因此大家都說她們手裡很有些錢，而鄉下人對她們總覺得她們是有辦法的。

有一次，我家裡來了兩個客人，母親就約曉鳳來打牌，我坐在她的旁邊。她打牌非常熟練，一面打牌一面講閒話，一面還是波動著俏麗的眼睛。是熱天，她穿一件短袖的旗袍，在拿牌的時候，她伸出她豐滿的手臂，手臂上是一隻發亮的金鐲，很閃目。不知怎的，我忽然想到以前有人誇讚她的皮膚的話，一霎時我好像我完全了解了。

八

這一個暑假是我見到曉鳳最多的時期，鄉下人背後對曉鳳總有批評，這原因是鄉下人人都有事情，沒有事也要找一點事忙忙，而曉鳳好像整天閒著一樣，每當我聽到這些批評時候，不知怎麼我總要替曉鳳辯護幾句。

曉鳳的兩個孩子都是女的，一個叫康康，三歲；一個叫熙熙，兩歲；都扮得很乾淨，非常可愛。她們的眼睛很像曉鳳，因此有人說，大起來一定也是同曉鳳一樣。

但是，長長的暑期中，雖然有許多野男子來同曉鳳搭訕，可是曉鳳偶而同他們打打牌以外，絕不把他們放在心上，鄉間也毫無別的其他謠言。

所以，母親說，曉鳳只是習慣不好，心倒是很好的。

暑假過後，我進高中了，這次我進的學校遠在北方，因此我一直到大學畢業，方才再回到鄉下來。這一隔是八年，是我自己都沒有想到過的事情。鄉下比以前更窮，許多我認識的人都到城裡去謀生了，許多年紀高的人都過世了，母親也已經老了。

不等我想到曉鳳，我聽到大家在談馬倫克夫的太太。

九

原來三年前，阿祥婆死了；曉鳳賣了田地，把孩子交給阿珠嫂養，自己一個人到了上海。去年聽說她嫁了一個外國人，便托人把兩個孩子帶出去。

那麼外國人，到底是那一國人呢？法國人、英國人，還是美國人呢？對於鄉下人，這問題是不成問題的，大家只知道外國人。

但是怎麼知道他的名字叫馬倫克夫呢？

這是阿珠嫂的兒子鴻宗寫信說起的，說是馬倫克夫先生很有錢。

外國人比中國人有錢，這在鄉下人認為當然的事。因為去過上海的人，都知道上海有錢的地方都是屬於外國人的。如今曉鳳嫁給了外國人，這還了得！在從來沒有外國人，也很少有大新聞的地方，曉鳳嫁給外國人的新聞自然談了幾個月還是很新鮮。因此這個不習慣的外國名字，在鄉下人的口中也變成很順口了。

大家都說，如今又可以托曉鳳在馬倫克夫先生地方找差使了。有的就托阿珠嫂寫信給兒子時提一筆，請他見到曉鳳的時候說說情。阿珠嫂的兒子鴻宗就是當初曉鳳第一個丈夫提拔的，如今已有了幾十元一月的進賬了。

好像沒有多久，鴻宗就來信了，說是馬倫克夫太太倒是很願意幫忙在鄉下一些自己人，只是要會講外國話，才可以找事。

可惜鄉下人都不會講外國話。算來算去還是我。

偏偏我大學畢業了，沒有事，恰巧附近一家鄉村小學裡少一個教員，來找我，我就答應下來。鄉下的親長，說我讀了這許多年書還是回到鄉下教小孩子，太沒出息。既然會說幾句外國話，為什麼不托馬倫克夫太太想想辦法，到外國人地方去做點大事業呢？他們你一句我一句去同母親說，母親就來同我講，但是我可並沒有照母親做。我說：

「馬倫克夫先生大概是做生意的，我對做生意既是外行。托他也不會有什麼事情。」我的冷淡使鄉下人對我很輕視，都說我太不想上進。別人家沒有讀什麼書都想到外面去發展，我讀了這許多年書還回到鄉下來。大概一輩子只配做鄉下人了。

十

我在一家鄉村小學做級任，那學校離家不過一里多路，所以常常回家，一回家就聽到關於馬倫克夫太太的消息。尤其是當阿珠嫂的兒子鴻宗回鄉的一段時間。

鴻宗談到馬倫克夫太太怎麼舒服，怎麼享福，談得鄉下人個個都羨慕不置。有人就說：

「那麼難道曉鳳做了馬倫克夫太太，外國話都會講了麼？」

「自然，自然。」鴻宗很興奮地說。

「也虧她本事。」

「她本來就聰敏，不然怎麼能討外國人歡喜？」有人說。

「看相的說她後福不錯，真是。」

「她就眼睛長得太花，桃花眼，所以嫁了兩次。」

「那位馬倫克夫先生有幾歲了？你看過麼？」

「我自然常常看見他，聽說有五十幾歲了？可是看起來還不過四十歲呢。」鴻宗得意地說。

「他難道沒有結過婚麼？」

「自然，女孩都很大了；太太死了，才娶了曉鳳。」

「他以前的太太也是中國人嗎？」

「是外國人。馬倫克夫小姐也已經有二十歲了。」

「那也不好，這麼大的女兒，又是外國人，曉鳳怎麼同她處得來。」

「你們不知道，外國規矩，根本河水不犯井水；馬倫克夫小姐也在做事，同曉鳳很好。」鴻宗解釋著說。

「到底馬倫克夫先生做什麼生意的？」

「很多生意。我只知道他有一家咖啡館，一個俱樂部，還有，我也說不上來。馬倫克夫小姐就在做咖啡館的經理。」

鴻宗雖是馬倫克夫太太長、馬倫克夫太太短的談了兩星期，但到底馬倫克夫先生有多少事業，什麼事業，他始終說不清楚，鄉下人也沒有弄清楚，不過只知道他有很多錢，馬倫克夫太太活得很舒服闊綽就是。

鴻宗不久回上海去了，動身時候許多人送他東西，因為他總是常常見到馬倫克夫太太的，也許可以為他們的子侄在外國人地方找個事情。自從鴻宗走後，很奇怪的，鄉下人談到曉鳳都幽默地叫馬倫克夫太太，好像一下子已經把她以前的名字忘了。

我想不起後來到底有沒有人找到事情。我的教書生活恰巧一年，第二年我考取教育部的官費留學，我又離開了家鄉。

十一

我在歐洲待了三年，回國後在教育部做事，跑了許多地方。三十六歲那年，我忽然得了肺病，醫生說我至少要有一年的休養，這樣我才辭職回到了家鄉。

鄉下有許多變化。本來小康的，現在都窮了；本來窮的，現在因為兒子在上海賺錢，反而小康起來。阿珠嫂就是一個例子，她因為鴻宗在上海弄得不錯，所以很像樣。

可是人們又在談馬倫克夫太太。

「啊，她怎麼樣？」我好奇地問。

「鴻宗寫信給她的媽，說馬倫克夫太太要回鄉下來住一兩個月，叫他媽媽為她預備一間房子。」

「她要到鄉下來，為什麼？」我問。

大家都不知道，因為鴻宗信上沒有提起。但有人猜她要到鄉下來買田產；有人說她一定是同馬倫克夫先生同來玩一兩個月；也有人說馬倫克夫不會有工夫，也許她的兩個女兒康康熙熙會一同回來一趟的。……諸如此類，各人有各人的說法。

我也沒有辦法再去注意，可是在沒有新聞的鄉下，這樣的消息自然是談不厭的新聞，今天談這幾句話，明天也談這幾句話；東頭談的是這幾句話，西頭談的也是這幾句話。

於是，忽然有一天，有人說馬倫克夫太太一清早已經到了。

「來了？」大家都驚喜地問：「在那裡？」
「早晨坐轎子來的，自然在阿珠嫂家裡。」
「馬倫克夫先生呢？」
「自然不會來，我早說過。」
「那麼康康同熙熙呢？」
「誰也沒有來，只是她一個人。」
「真的？我們去看看。」
這一提議，大家都應和著一同鬨著去了，母親也被人拉著同去，我因為躺在床上，所以沒有跟去。

十二

第二天下午，馬倫克夫太太到我家來，還送了母親一些東西。我聽到她在外面談話，就從房裡走出來看她。

這一次我真是不認識她了。

她已經是一個胖太太，似乎有點臃腫；那雙俏麗的眼睛已沒有光彩，眼袋下垂著，頭髮也有點灰白，她穿一件大花的西裝，露出白胖的脖子，項間掛著一條金鏈，下面垂著一個十字架，胖腿上包著絲襪，腳上穿一雙簇新黃色高跟鞋。

「啊，真是多年不見了。你還這樣年輕。」馬倫克夫太太說。

「你也，不也同以前一樣麼？」

「我，我已經是老太婆了。」

這時候我看到她手上握著一罐三九牌香煙。她的胖胖的手臂，似乎還保住著未老的皮膚，不過戴著好幾隻手鐲。我想說些什麼，但是竟找不出一句話。

但是她可談到她在上海的生活了，談她房子怎麼大，佣人怎麼多；談她的丈夫，又談她的女兒。

這時候，好像母親問她為什麼不帶康康熙熙一同來玩玩。

「啊，她們那裡有空，每天都要招呼客人，我一走，她們更沒有工夫了。」她說：「況且她們也已經是外國派了，鄉下這種地方也住不慣。」於是忽然對我說：「我聽說你還沒有結婚，在上海，為什麼不到我們家裡來玩，康康熙熙都長得很漂亮，她們還有許多女朋友，嗨……嗨……」

不知怎麼，我對於她的笑聲感到很討厭，可是她還是拉拉雜雜的談下去，一面不斷的從她手上的煙罐中換香煙。母親看她自己帶著三九牌，所以也不敢用蹩腳香煙去敬她。

我有點聽得不耐煩，也想拿支煙抽，可是當我伸出手去拿桌上母親的紙煙時，她忽然舉起三九牌罐頭說：

「抽這個，抽這個。」

「一樣，一樣。」我說。可是她走過來搶著給我：

「不，不，抽這個，你抽抽試試看，這個於你身體沒有害處。」

我沒有辦法，只得拿了一支。她自己也換了一支，忽然說：

「我現在什麼Cigarette都不能抽了。我們家裡都抽這個，一天自己人都要吸四罐，那個Old man還不在內，他要抽雪茄，要二元多一支。你想我們家光是吸煙就夠鄉下一家人家開銷了，嗨嗨……」

這時候我真是再沒法子忍耐，我推說要吃藥，就告退了。

十三

此後，我一聽馬倫克夫太太的聲音，就故意避著不再出去，所以同她交談的時候很少。

隔不多久，忽然三光孀來找我母親，說她想為她兒子托馬倫克夫太太找一個事情；馬倫克夫太太說男孩子沒有辦法，女孩子她倒可以幫忙，她說如果三光孀願意讓三妹、四妹跟她去上海，她可以先給三光孀四百塊現洋，一年半載，保管她們有穿有吃，每月可以有五百、一千進賬。三光孀先是答應了，後來想想有點不放心，所以來同我母親商量。

「到底去上海幹什麼，這個到要弄清楚。」母親說。

「啊，我也不知道去幹什麼；前衛村、後衛村有好些人都收了她錢，答應把女兒交她帶去了。」

「你有收她的錢沒有？」

「我收了她兩百塊。不過三妹、四妹每天哭，都說不願跟馬倫克夫太太去上海，所以我想同你商量商量。」

「要是我，也不放心。就算沒有什麼不好，三妹、四妹不過十六、七姑娘，怎麼可以讓她單獨去上海呢？」母親說。

三光嬸聽了母親的話，忽然哭了起來，她著急不知道怎麼樣去推托。

「我想你還她錢就是了。難道你已經把錢花了？」

「沒有，沒有。」

「那麼你把錢拿來，我替你退給她好了。」母親說。

三光嬸感激地回去，當晚上就拿錢來交給母親。

第二天中午，母親請馬倫克夫太太來吃飯。飯桌上沒有別人，只有我與母親同她三個人。母親聽說她每餐要喝酒，所以也預備了酒。我是不許喝酒的，所以只有母親陪她喝一兩杯。

就在喝酒的時候，母親就談到三光嬸的兩個女兒不願去上海，所以想把兩百塊錢還她。

「這算什麼話。」馬倫克夫太太忽然很不高興地說：「三光嬸也不早想想定當，就拿我的錢啦。女孩子還不是一樣，一到上海有好的穿好的吃，自然就高興了。我自己的女兒也在上海，難道我不疼自己女兒麼？」

「介紹她們到哪裡去呀？」我故作不知道隨口地問。

「啊，你去過國外，自然知道。我們有個俱樂部，專門招待外國人的，要請一些hostess。她們自己求我幫忙的，說定了又後悔。」

「鄉下人不知道，她們不去，就讓她不去好了。」

「不過話不是那麼說，我以為說定了，所以別人找我，我都推辭了。」她忽然放下酒，從自己帶來放在桌角的三九牌煙罐裡拿出一支煙，裝到金色煙嘴上，點起火，吸了一口說：「好吧，叫她把錢還我好啦，我以後再也不管她們，看他們一輩子做鄉下人去，將來看別人穿著綢緞、戴著金鐲戒指回來，不要眼癢。」

「鄉下人沒有見過世面，難怪他們。」母親說。

「是呀！只配在鄉下做種田婆。啊，我們那裡，每當外國船到，哪一個外國人不在我們那裡用上三百、四百的。」

聽了她這一句話，我開始明白馬倫克夫太太到底要那些鄉下女孩到上海去幹什麼了，我也開始了解馬倫克夫先生在上海在幹些什麼事業了。

飯後，母親把三光嬸的錢還她，她沒有坐好久就走了。母親開始問我剛才講的外國話是什麼意思，到底她找女孩子去幹什麼。我說：

「人家出了這許多錢，請什麼都不會的女孩子你想是為什麼呢？當然不會是乾淨的職業。」

「我想我們告訴大家，不要讓她騙走女孩子才好。」

「這怎麼去通知人家，也許人家自己願意呢？」

「至少讓他們知道是去做什麼的。」母親說。

第二天，母親轉轉彎彎的托人去通知同馬倫克夫太太成約的人家，但是沒有人相信這轉轉彎彎的通知，因為馬倫克夫太太昨天回去後，已經對她們故意說要不管閒事，收回現金；倒是別人一再求她幫忙，才由她收回成命，並且付清了錢。

馬倫克夫太太再沒有在我家出現，兩天後據說她已經帶了九個女孩子去上海了。

這九個女孩子下落不明，也許隔了許多年也會戴著兩三付金鐲在鄉下出現吧。倒是三光嬸家裡的三妹、四妹，的確不出馬倫克夫太太所料，嫁了人一直很窘困地做著種田婆。

殺機

李斯奇離婚以後，他的太太搬走了，他還是住在布置很舒齊的家裡。觸景生情，心裡當然很空虛，所以他很希望朋友到他家去玩；他的經濟情形不錯，也不怕多有些朋友在他家裡吃飯。那一個時期，他的客廳經常都聚滿了人；開始時還只我們幾個老朋友，後來朋友帶朋友，朋友再帶朋友，每天進進出出，彼此也不介紹，也不招呼，許多人竟都好像並不彼此認識。每天吃晚飯，總有十幾個人，大都數都是面熟陌生的。

李斯奇的家裡似乎沒有打牌的習慣，飯後喝著咖啡，總是閒談。閒談往往引起辯論。那時候大家年輕，常常有一個小問題爭得面紅耳赤，有時候變成兩個集團，一辯論往往到了五更天亮，但是天亮總是一個結束，看到東方的白色，或者聽到雞啼，兩方面辯論的人也都氣衰，辯論雖往往沒有結果，問題也就以不了了之。

有一次，也是這樣，飯後，大家喝著咖啡，天很冷，外面一時下雪子，一時下雨，房間內的火爐很暖，大家坐在客廳裡，又閒談起來。不知怎麼，忽然有人從報上的謀殺案，談到道德與法律的問題，於是又談到了人性。

有人說人性是善的，一切的惡都是社會所造成；有人說人性是惡的，社會創造法律所以使人就善。有人說人性中有善有惡，不過善人善多，惡人惡多。道德為善人所造，法律為惡人而立。

辯論從那裡開始，大家意見紛紛。其中有兩個人，爭得最激烈，慢慢其他的人話都少了，房中只是那兩個人的聲音，最後彼此面紅耳赤，聲色俱全，顯然已變成意氣之爭了。

這時忽然有一個人，從角落裡走到那兩個人的面前，他好像作調解兩方面的意見似的，用很不圓潤的聲音和氣地說：

「法律當然在求社會的相處無爭，並不是在求人人以道德相處。說到人性，那問題太複雜，我覺得我們每個人時時刻刻都會有殺人的衝動；比方你們兩個人辯論，也許你們兩方面已經有過殺人的衝動，不過被另外一個衝動所節制，所以沒有爆發就是。自然，衝動與動機不同，但是也很難分別。」

這是一個我一直沒有注意的人，他穿一件灰色長袍，瘦削的面孔近乎灰白，一頭濃黑的頭髮像是早已該剪修，他露著呆板而銳利的眼光看著那兩個辯論的主角。

這兩個辯論的主角，經他一提起他們殺人的意念，一時竟有點惶惑起來，都沒有說話。他忽然像演說似的四周看了看，又說：

「我們最好不要辯論這些問題，每個人都可以問問自己，我們是不是曾經有過殺人的念頭；因為父親過份無理的打你，你有過殺他的衝動；因為妒嫉你的兄弟姐妹，你有殺他們的念頭；因為你的教師或上司侮辱你，你無法反抗，你有過要他死的想法；或者你受過丈母娘或太太的氣，你想到如何謀害她才可救你自己，甚至對你的朋友情人，因為他們負你，你時時有去除他的意念？我想如果我們細細的反省，坦坦白白來談談，倒是消磨這個下雪的冬夜的辦法。比我們辯論要好。」

他的話使我們一時都楞了，大家似乎都贊成他的話，但都沒有表示意見；又似乎都沉入在反省回憶裡面，看究竟他的話是否有點道理。

他四周望了望，支著他的細長瘦削的手指在爐邊烘烘，看看沒有人說話，他忽然對著李斯奇說：

「你說，在你離婚的過程中，是不是有過殺死你太太的念頭。」

李斯奇好像並沒有經過什麼思索，他平淡地說：

「有的，我承認有的，在我厭煩痛苦得不知怎麼是好的時候，我真是常常有殺死她，預備自己抵命的念頭的。」

李斯奇用平淡的語氣說這樣的話，有些人都笑起來。但是那個穿灰色袍子的朋友說：

「你看；我相信我們誰都有過，而且絕不止一次；如果大家肯坦坦白白把他這種殺念的起伏細細說出來，都是很好的文章，也許都是心理學家的材料。」

沒有人接著說話，坐在我旁邊的是黃大鈞，我輕輕問他：

「他是誰呀？」

「我也不認識他，聽說是新從義大利回來的。」黃大鈞說。大概我的問話，引起了黃大鈞的興趣，他忽然對那穿灰袍子的朋友說：

「我想你一定有過這些反省，那麼你曾經想殺過誰？有沒有殺過？」

「好，好，你先講，先講你的故事給我們聽。你一定想殺過人的？」坐在我們對角的一個青年，響應著黃大鈞的話，對穿灰袍子的朋友說。

「自然，我也是一個人，我也起過殺念。」那個穿灰袍子的朋友忽然壓低音調說：「而且我已經做了出來。」

「那麼你先講給我們聽聽。」李斯奇對他說著，拉了一把椅子過去。還遞了一支香煙給他。

這個穿灰袍子的朋友果真坐了下來，吸起一支煙，說：

「因此我對於人性實在有許多不解。我的故事實際上很平凡，我相信你們經驗的一定比我的動聽的；不過我對我的罪行一直在反省之中，所以我先來講也好。」他說著低下視線，換了一口氣說：「我想反省是一種天賦，有許多人沒有這種天賦，所以就不會反省，不會反省，就永遠不知道自己，也無從知道自己曾經動過什麼樣的惡念。但是反省也是一種訓練，一個人多次反省以後，反省能力也越來越強。太多的反省，就容易使人傾向神祕的命運或宗教，我就是這樣去讀神學的。」

他的聲音帶沙，但是口齒非常清晰；他的話不像說教，也不像閒談，而像一種自語。他沒有再用他銳利目光看人，繼續著說：

「遠在戰前，我在北平愛上了一個叫做林曉印的女子。當時有許多人在追求她，她也同好些人來往，可是慢慢的那個女子就同我們來往了。我說我們，是因為那時有一個趙遙敏是整天同我在一起的。他是我中學同學，多年的好朋友，我們原來常常在一起的，如今變成我們三個人常常在一起了。在外表講，我覺得我比他挺秀，以讀書講，我們倆所學不同，但以前都是用功的學生；以口才講，我比他強，他是一個不怎麼愛說話的人。我比他活潑也比他主動，但不知怎麼，我慢慢意識到我所愛的女孩子好像一步步在傾向趙遙敏，那時起，我心裡常常對他有些疙瘩。

我已經講過我們三個人常常在一起，每當我同林曉印單獨在一起的時候，曉印就提議去找遙敏，我有時候說不要找他了，曉印就有點不高興；但是我知道當曉印同遙敏在一起的時候，他們也一定是來找我的。據曉印說，她認識我們的時候，我們兩個人總在一起，所以她不願意因她而損壞我們的友情。三個人在一起，話總是我最多，他們倆常常露著對我敬慕的目光，聽我發揮我的機智，顯然我在他們之中是居於領導的地位的。我們常常在一起看戲，遠足，聽音樂會……這樣過了許久，於是，有一次，那天我們看了電影，在咖啡店夜談，就在他們傾聽我談話的時候，我忽然發現他們倆的手竟暗地裡握著。這是我第一次警覺到曉印在愛遙敏了。

對曉印，我曾經表示愛過；曉印總是說，我們做朋友很好，為什麼要談愛情。我說，愛情是自然的，我只是告訴她我在愛她就是。她說，她並沒有這種感覺，只覺得我是很可愛的人，很喜歡我做她朋友。自從我在咖啡店發覺她同遙敏握著手的情形，我就找一個同曉印單獨的機會，同曉印說：

『曉印，我同遙敏是很好的朋友。你知道許多好朋友往往為一個女朋友而變成仇敵。你同我們來往已經很久，你知道我在愛你，我相信遙敏也在愛你……』我說到這裡，曉印忽然插嘴抗議說：

『遙敏是你好朋友，他知道你愛我，從來沒有說愛我過。』

『他說不說是一件事，他心裡愛你是一件事，你是一個聰敏的女孩子，誰在愛你還有什麼不知道。你同我們兩個人做朋友，是無所謂的事，但到了如果我們兩個人都愛你的時候，你總不能說也做兩個人的情人，是不？所以問題在是你愛誰。』

『我同你兩個人做朋友很好，為什麼一定要我愛誰呢？你們男人可以今天說愛誰，明天說愛誰。愛情在我可很寶貴，如果我說愛誰，我就要一輩子都愛那個人，我不會隨便愛一個男人的。』

『只要你一天不愛別人，我總永遠愛你，永遠等你；但我希望如果你一旦發覺你愛上別人時，就告訴我，我可以早些離開你。』

『好的，我答應你，但是我希望以後不要老同我談這個問題，你知道遙敏常常以為你在討厭他，他很不願意妨礙你來愛我。他有時很希望我同你單獨在一起，但是我覺得我並沒有愛你，而同你單獨在一起，你似乎總是在情感上脅迫我，這一使我很不舒服。』

『那麼你是不是愛遙敏的？』

『你看，你又來啦。為什麼我一定要愛一個人。我同他也是朋友，以友誼講，我同他的交情，自然還不如同你的交情。』她這句話似乎給我一個很大的安慰，於是我就開門見山的說：

『曉印，我希望你不要怪我，老實說，我心裡很痛苦。我因為那天看你同遙敏在咖啡店裡暗地裡握著手，我以為你在愛他了，我只想問問明白，遙敏是我的好朋友，如果你在愛他，我絕不妨礙你們，我決定暫時離開你們了。』

『你這是什麼話？握手，老實說，我連想都想不起來了。難道我同你沒有握過手？我們三個人一同散步的時候，常常我們手攜手的在一起，而遙敏走在我們的前面的，這難道有什麼特別意義麼？』她說到這裡，忽然拉著我的手臂站起來，她換了一個口氣說：『你是一個男子，怎麼這樣愛自找苦惱；天氣這麼好，我們找遙敏一同到哪裡去走走。』

曉印這一次談話，對我影響很深，她雖然沒有明白的說愛我，但似乎也給我一種保證；我當時甚至覺得她心裡是愛我的，只是要矜持著一時不願說出來就是。

以後我們還是常常三個人在一起，我對遙敏某一種疙瘩倒反而淡了。可是我逐即發現本來不愛說話的遙敏，現在話更少了。他以前就愛用一種淺淺的笑容來回答別人的問話的，現在，這笑容裡好像有一種苦澀的成分；再後來，我漸漸發覺他有時好像不願意同我們在一起似的，推托著要早回去。這使我有一種勝利者對失敗同情的感覺。我發現他的確是深深地在愛曉印，我想曉印不會是不覺得的。

愛情是容易使人自大也容易使人自卑的。我在自大的感覺中，以為曉印愛的是我，遙敏的痛苦只是發覺自己無望而已。現在回想起來，事實上完全不對的。事實上曉印愛的正是遙敏，她的自尊心不願自己有所透露，她一直在期待遙敏對她表示，偏偏遙敏不是這樣的人，他雖然愛她，但因為知道我在愛曉印，他不願意表示，他一直沒有表示。而我當時正沒有想到這些，我只是把遙敏當作失敗者在同情他。」

這個穿灰袍子的朋友說到這裡，吸了一口手上燒著的紙煙；不意煙灰掉到身上，他用他細長的手拂了一下，於是改變了一下姿勢，接下去說：

「於是，有一次，我去看遙敏，我說：

『遙敏，我們是老朋友了，什麼話都可以坦白地談。你近來好像變了，到底是怎麼回事？』

『沒有什麼。』遙敏還是很安詳地，臉上浮著苦澀的甜笑說。

『但是我總覺得你同以前兩樣了。』我忽然問他：『是不是我可以問你，你也是在愛曉印麼？』

『這怎麼會！』他低聲自語地說，於是苦澀地一笑，看我一眼，又說：『我知道你在認識她以後不久，就愛上了她的。我怎麼會愛你所愛的人呢？』

『但是愛情不是這樣理智的。我想你如果愛她，希望你不要為我而不對她表示。』

『我沒有愛她，同她表示什麼？』他臉上又是浮著苦澀的甜笑。

『我雖然一直愛她，但是她始終不承認是愛我的。所以我想如果你愛她，而她也愛你，那麼這是很正大光明的，我應當離開你們。』

『笑話，她雖是沒有對你說，但是愛你是事實。我不會愛她，我怎麼會愛她？如果你以為我對她有愛，那是把你們當作一個人來愛的。』他說：『現在我覺得你們好像因為要我這個朋友，反而不能在……似乎處處恐怕冷落我，這是多麼不好，所以我想你最好有時候不要拉我同你們在一起。我們是好朋友，這絕不會有損於我們友誼的。』遙敏誠懇而嚴正地說，不露微笑，也沒有看我。

我們的談話並沒有什麼結果，我當時也就不再談這個問題。但是，我們的生活也並無變化，我雖是常常想只同曉印在一起，可是曉印總是要拉遙敏，而遙敏也並不能拒絕。」

那位穿灰長袍的朋友說到這裡，歇了一回。忽然房內有一個聲音問他：

「你準知道遙敏並沒有對曉印表示愛麼？」

「沒有，絕對沒有。」他很快的回答：「因為如果當時遙敏對曉印表示了愛，曉印會馬上承認她也是很早就愛他的。假如是這樣，那麼這件事情就很簡單了。」他說了又繼續的講：

「接著，盧溝橋事變發生了。遙敏有一天來看我，他說他就要離開北平到上海去。我當時很鼓勵他，並且告訴他，我也有離開北平的意思，只是不願離開曉印，不知道曉印是不是願意走，她的家都在北平。

「當時，我就想約曉印一同請遙敏吃飯敘敘。但是遙敏阻止了我，他說他覺得還是不要同曉印告別好，等他走了，我再告訴她。他並且一定要我照他的話做。他叮嚀完了，忽然告辭，說是後天就要動身，有許多事情要了。我於是約他第二天吃飯，他又叮嚀我千萬不要約曉印，他當時臉上浮著慣有的甜笑，很幽默地說：

『這些日子來，我們什麼約會都有曉印，這最後一次，希望只有我們兩個人，還是同以前一樣，我有許多話想同你單獨談談。』

他講完這句話就走了。第二天我同他兩個人吃飯，我想他一定要談談曉印了，但是他竟一字不提，談的都是國事，關於抗戰的前途，戰爭可能的變化，與我們個人該努力的方向等等。這餐飯我們吃得非常愉快，是我們有了曉印以後所沒有的，使我重新溫習了我們兩個人過去純粹無関的友誼。我回家以後，深深感到遙敏的友愛與聰敏，如果照我的意思約了曉印，這會是多麼煞風景呢？

遙敏於第二天就離開了北平，我送行回來以後，不知怎麼，只想一個人待在家裡不想同任何人接觸，也不想去找曉印。可是曉印打電話給我，我告訴她我病了，約明天去找她。可是出我意外的，她突然於晚上趕來問我，知道不知道遙敏已經離開北平。我知道她去找過遙敏，於是我老實告訴她，我是知道遙敏走的，不過是他叫我在他走後再通知她。

她聽了以後，你猜怎麼樣？這真是我們男人想不到的事。她突然哭了。她哭得非常傷心，我當時馬上想到也許她發現她所愛的是遙敏了，我一面勸慰她，一面心裡起伏著這種猜疑與妒嫉。隔了許久，她才從啜泣聲裡說出一句我冷不提防的話來，她說：

『你看，你總是把他看得重。他叫你不通知我，你就不通知我了。你是愛我的，但是你對我的愛情竟不如對他的友情。』

在女人面前，越聰明的男人越會糊塗。你看，她輕輕的掩去了她對遙敏的單戀，維持了她的自尊，而表示了對我愛情的重視。不用說，我同任何男子一樣，在這個場合裡總是表示我愛她超過於一切，就是對母親也不能同愛她相比，何況遙敏只是一個朋友。

於是，當她轉悲為喜的時候，我們就擁抱在一起了。她說她一直愛著我，但總覺得我太重視遙敏的友情，而不願破壞我們的生活，所以不願承認。

事情很簡單，我們很快就結婚了。

那時全面抗戰已經發動，我們也就到了重慶。遙敏後來到了昆明，我們一直通訊。

結婚以後的曉印似乎一天一天的更漂亮起來，大家都羨慕我有這樣美麗的太太，我也以此為驕傲。就因為我過份愛她，所以把她寵得很驕。她對我往往用命令式的口吻，而且時時有輕視的態度，譬如說，常常怪我懶惰，說我髒，嫌我把舊書放在床上；還常常愛用如：『真笨……』、『這麼笨，連這事都不會……』一類的語助詞。我起初並不覺得，日子一多我對她不免有點反感。可是當我忍受不住而發脾氣的時候，她總是忍受不響了。所以我們過得也不是頂壞。

那幾年生活裡，要說我們頂快活的時候，則就是在接到遙敏的信以及寫信給遙敏的時候，曉印總是特別愉快興奮，對我也特別親密溫存。寫信給遙敏是我的工作，但信裡的話都是曉印的意思，如希望他來重慶，叫他來重慶時住在我們家裡，再過以前我們在北平時一樣的生活……等等。實際上我們重慶的住處很簡陋，並不能招待朋友來住的，但，曉印好像覺得總有辦法的。遙敏來信大都是報告昆明的生活，唯一使我不解的是他始終沒有結婚，我寫信時有時也問到他的婚事，他來信總是說自由慣了，生活不安定等等，因而談不到成家……

總之，讀遙敏的信及給遙敏寫信是我們家庭中最快樂的生活。

但是在悠長的抗戰時期中，我們始終沒有會見遙敏。曉印養了一個孩子，我們叫他友敏，這是我們要他代表遙敏同我們生活在一起的紀念。

勝利以後，我們回到上海。上海房子很貴，一時我也沒有什麼事情，過了許久的戰時生活，很想安定地在鄉下住一個時候，於是我們預備到餘姚鄉下老家去住半年一年，那面我有一所祖傳的房子同一個園地，好久不回去了，也想去整頓整頓。所以在上海只是一個過路，住在一個親威家裡。曉印常常出去買點東西，都是些到鄉下以後不容易買到的家用雜物。

可是就在我們預備動身回鄉的前三天，曉印購物回來，興奮地告訴我她碰見了遙敏。

『遙敏，他上次的信不是說要回北平去麼？怎麼會在上海？』

『說他到上海搭飛機，所以先來上海玩玩。』

『你怎麼不帶他來呀？』我說。

『他有事，他說六點鐘來，約我們一同外面吃飯去。』曉印非常興奮說著，匆匆忙忙的就回裡面打扮去了。

曉印是一個美麗的女子，在重慶，當然沒有什麼好衣服，到了上海以後做了幾件，雖然在有幾個應酬的場合，穿過幾次，但並沒有加意的打扮。那天她竟把她頂講究的服飾都穿上了，滿面光輝，一身燦爛，她似乎突然年輕了五年，較之在北平的時代，她只是增加了一些華貴與豐腴。

她不但自己打扮，還命令我把頂整齊的衣服穿上。

在我們預備好不久，遙敏也就來了，他還同以前一樣，沒有老，沒有變，只是黑了一點，他的衣飾很隨便，袋裡還插著一份報紙。

老朋友多年不見，這快活是不必說的。我們有說不盡的話。

遙敏還帶來一匣東西，是很講究的一套玩具火車，特地送給友敏。友敏已經六歲，是一個很聰明的女孩，遙敏抱了她好一回。曉印在旁邊一直露著興奮的笑容，眼光裡充滿著驕傲。

遙敏要帶友敏一同去吃飯，我覺得麻煩，而且要她早睡，所以沒有帶她。

在吃飯的時候，我們當然談到要回餘姚的事情。曉印突然提議請遙敏一同到餘姚去住些時候。

『我倒沒有想到，真的，反正你也不忙，一同到我們鄉下玩玩。』我說。

『事情倒是沒有什麼。』遙敏說。

『反正來往不太困難，你隨時不高興，隨時可以出來的。』曉印又說。

『只怕我同你們去了，就不再想出來了。』遙敏嘴角露著甜笑說。

這樣，遙敏就決定了同我們一同到餘姚家鄉去住一些時候。

我們於第四天，就到了我們的老家。那是一個非常靜謐的鄉村，故老舊知都活在過去一樣的生活裡，只是貧苦一點，我回去了，很快的就同他們建立了友誼。我們忙於整頓房子，叫了泥水匠、漆匠、木匠作必要的修葺，並布置可以坐臥的房間。我特別為遙敏整理一間臥室，是偏屋的樓上，窗口在我們後園的上面，遠望去是青黃的山與廣大的天空。我們開始過完全鄉居的生活。

那是秋末冬初的時候，那年天氣特別好，天天有和煦的陽光照耀著黃綠色的田野；和緩的風，親切的鳥鳴，芬芳的泥土的氣息，處處使我們都感到一種逃避了緊張，脫離了戰爭的安詳與愉快。

我們三個人常常早晨到田野間散步，回來後看看泥水匠、木匠的工作，遙敏一定要幫我清理他窗口的後園。那裡除了一角茂盛的竹叢以外，是一棵頑健的盤槐，其餘都是雜草與荊棘。我同他每天就在那裡清理兩三個鐘頭。黃昏時我們總出去散步，有時候走得很遠；夜裡我們常常伴著友敏開遙敏送他的火車，喝喝茶，談談這個那個。在起初兩星期中，我們生活得非常安詳；我一點沒有意識到遙敏是否曾經愛過曉印的問題，遙敏好像比以前愛說話一些，也毫沒有過去一種說不出的不自然，曉印只是高興與愉快。這是當然的事。時間使我們情感都固定下來，我與曉印結婚多年，孩子也已經六歲，當然不像過去那樣去注意她的一笑一顰了。

兩星期以後，我忽然病了幾天。那幾天，當然曉印與遙敏有更多時間單獨在一起了。但是我並沒有什麼感覺，也毫無過敏的想像。我也並沒有注意遙敏與曉印在我面前態度上有什麼變化。

這是後來遙敏告訴我的，就是在那幾天中，曉印責問他離開北平時為什麼不告而別的。

我病後還是照以前一樣生活，可是我開始慢慢地發覺曉印有點變化，她似乎總是避免我正眼看她，特別在性生活中，我覺得她有些勉強。於是我注意到在日常生活中，她的注意力常常集中在遙敏身上，遙敏的一舉一動，一句話一聲嘆息，似乎都值得她全神的關切。她對遙敏的關切不但遠超於對我，而且也超於對友敏，這使我很不高興。

遙敏是一個可愛的人，但是我始終覺得無論在那方面我並不是太不如他。我細細觀察他所以引曉印想像的地方，可始終無從捉摸。不知怎麼，我在理智上一點沒有怪遙敏，可是在情感上開始有點恨遙敏。但這也是無意識的。

於是隔不多久，遙敏忽然同我說，他要回上海，去北平了。

『怎麼突然要回去了？』

『已經住了快一個月，我也不能離社會太久。太久，別人都把我忘了；我要找事也更不容易了。我想早點回北平去。』他說。

『你沒有告訴曉印吧？』

『還沒有，我想不告訴她也好；』他說：『明天一早我走了，我走後你再告訴她好了。』

『笑話，』我說：『明天我們一同送你上長途汽車站。』

『你覺得先告訴她好麼？』他露著他慣有的甜笑說。

不知怎麼，這句話使我非常憤恨，但是我沒有什麼表示。我覺得遙敏簡直是站在勝利者的立場在侮辱我。

我知道他是好意，他一定同我一樣發現了曉印在愛他，所以要偷偷避去。但是這句話也正提醒我，他當初對曉印不告而別也正是同樣作用。似乎曉印的愛我、嫁我，完全是他慷慨的割讓。我一時竟對我頂好的朋友有一種說不出的隱恨。我說：

『有什麼不好？』

他不響，沉吟了一回，他說：

『那麼，晚上我去睡的時候，你再告訴她好了。』

『隨便你的意思。』我說。

但是我遲遲沒有把遙敏要走的事情告訴曉印，我想拖到明天再說也好。遙敏突然要回去的意思，在我細想了以後，正是足夠證明了他們的相愛；也提醒我過去曉印愛的就是遙敏。這使我越想越恨，但我恨的則是自己。原來同我共同生活八、九年的妻子，心裡始終沒有一天愛過我，而我竟到九年以後的今天方才知道，那麼我這許多年所過的生活只是一個傻子。這是多麼大的侮辱呢！這樣想著的時候，我再也無法入睡。聽著鄰床上曉印熟睡的呼吸，我真是又羞又慚又恨。於是我想起我們九年生活中曉印對我的許多小事小節，我覺得她愛的的確不是我，我只是遙敏的一個替身。除了我可以使她回憶遙敏以外，我在她是一個毫無價值的人。

這樣想的時候，一時我很想叫醒曉印把這筆賬重新算一算，但隨即我覺得這樣做是太愚蠢和鹵莽了。接著我又想到，遙敏的要回去的動機，究竟是出於尊敬我們友誼與我的家庭的高尚的行為，我這樣做對他也太不好，而也只顯得我的淺狹。我最後就想到，等明天遙敏走後，我決定慢慢的一個人離家遠行，我要重新生活，重新找一個真心愛我的人……

這樣想著想著，我才慢慢地入睡。但是我馬上做了一個惡夢。

似乎我們三個人像平時一樣，很快活的在山林裡散步。忽然狂風大作，天日無光，後面好像有野獸或惡魔在追我們，遙敏忽然拉著曉印就跑，我跟在後面，大家拚命的奔跑。不知跑了多少時候，轉了多少彎，我突然一失足，從一個山崖上滾了下去。幸喜有一株斷株鈎住了我的衣服，我大聲的叫，沒有人理。於是，我竟聽到了一個聲音在說：『現在，你可以對她承認你是一直愛她的。』接著是另一個聲音說：『現在我可以承認我是一直愛你的了。』跟著又是一個聲音，輕輕地說：『現在你總可以對我說，你是一直愛我的了。』……我正想辨別這是誰的聲音，忽然衣服破裂，我就滑了下去，我昏昏顛顛的聽到許多石子樹木在我身上摩擦的聲音。一陣震動，我突然驚醒。這時候我身上都是冷汗。

我醒來神魂甫定，就聽到下面劈拍劈拍的聲音。一注意，發覺房中已經有了煙霧。我起來到窗口一望，方知我的房子已經著火。那時正屋已經修畢，木匠、漆匠等正在整修偏屋，我想到一定是漆匠的煤油，同木匠的木屑、木板等沒有放好，所以起火的；看起來起火已經燒了有一些時候。

我匆匆忙忙的叫醒曉印。

曉印聽說是火，披上我的一件秋大衣，往窗口望了望，就往外跑，我也跟著出去……」

這位穿灰色長袍的朋友說到這裡，忽然歇了一下，接著冷笑一聲，抬起頭四周望望。問：

「你想她到那裡去？」

大家都注意地在聽他的故事，沒有一個人回答他的問句。他搖了一下頭才接下去說：

「真出我意外，她穿過正樓樓梯的過路，連樓梯都不看一眼，逕向偏屋奔去。我望望樓梯，發覺下面的火還不大，我叫曉印，但是她沒有理我，她一直跑到遙敏的臥房門口，我也跟著。她很用力的敲門。這時偏屋的樓上已是充滿煙火，我想拉曉印先走下樓。但是曉印卻用命令的口氣說：

『你趕快先下去，拿一架梯子放在前面屋檐上。』

『那麼你呢？』我問。

『你真傻，我自然也會從窗口下來的。』

火源就在偏屋的樓下，幾分鐘工夫煙霧已經比剛才還凶了。

慌張中我奔到偏屋的樓梯口，因為從那裡下樓，到後園是一個捷徑，而梯子、雜物都在後園的小屋裡。

但是我一到那樓梯口，發現樓梯已經有火，無法下去。我不得不折回到正屋，我忽然想起友敏，她是睡在我們房間的套間裡。我飛一般的衝回臥屋，聽見友敏正害怕地在叫媽媽。我跑進去，把氈子裹了她，狂奔著，從正屋的樓梯下來，下面雖已經煙霧滿屋，火光耀耀，但是因為我知道方向，所以得很快的衝到外面。外面的這時候已聚著睡在樓下的佣人，同匆匆叫來的鄰人，大家非常慌張，正拿著銅鑼亂敲。你知道我們鄉下有什麼事都是敲鑼，聽到鑼聲的人家也跟著敲鑼，這叫做傳鑼。我們鄉下是很偏僻的地方，並沒有救火的設備；鎮上雖有一個消防隊，但設備非常簡陋，從鎮頭到我們那裡有七里路，都狹得不能行車，所以這些消防隊要來救火也要靠步行。因為救火的事情還是要靠鄰村鄰鄉的居民跟著傳鑼的聲音，帶著木桶梯子來幫忙的。」

說到這裡，大概有人覺得他這種說明是多餘的，忽然發問了：

「那麼後來怎麼樣？你的太太呢？」

那位穿灰色袍子的人望了一下發問的人，拍拍身上的煙灰接下去說：

「我當時匆匆地把友敏交給佣人，很快的跑到後園小屋，拉出一架長梯，放到遙敏窗下的屋檐去。但是……」

他忽然又中斷了，歇歇一回，換了一口氣，於是加重語氣又說：

「當我放梯子的時候，我忽然又有一個奇怪的衝動，我腦筋裡似乎同時的浮起了許多印象。我想到我的夢，我又想到這搬梯子的事情是曉印命令我的，我為什麼要聽她吩咐？我還想到曉印一聽到起火，沒有想到友敏，沒有想到任何財物，甚至沒有想到自己，而獨獨想到遙敏……諸如此類的錯綜變成了一種革命的情緒，一種反叛的憤恨。我手中的梯子很長，可以一直伸到那間房子的窗口，我們鄉下的房子都有板窗，除了熱天，因為怕賊偷，睡前一定是關窗的。當時我看到木窗還關著，我就把梯子頂到窗上，下面正頂著一塊石頭。

我真不知道自己，像我這樣的人怎麼我會有這樣的衝動，下得了這樣的毒手。但是我當時的確這樣做了，那個窗戶打不開，不用說，遙敏和曉印是不會有第二條生路的。

我支好這個梯子，就偷偷地跑到前院，我指揮佣人幫同來救火的鄰人，先救我的正屋。」

「那麼他們兩個人都燒死了？」有人急忙地問。但是穿灰袍子的朋友沒有理他，只是用同樣的口氣接下去講：

「可是，火源既然在小屋裡，會救火的人自然要想到爬到小屋頂上去潑水。於是一部分人很自然的湧到後園，爬上我所放的現成的梯子，傳著一桶一桶的水去滅火了。大概就在這個時候，他們聽見遙敏的聲音，把他救出來了。」

「那麼你太太呢？」有人忙著問。

「她死了。」穿灰袍子的朋友淡漠地說。

「死了？怎麼……」

「聽我講下去。」穿灰色袍子的朋友又說：「遙敏被救出來一見我，他吃了一驚，我自然也吃了一驚。他急忙地問我：

『曉印呢？』

『曉印？』我說：『她不是跑到你那裡來叫你麼？』

『啊！』他呆了好一回，忽然說：『是她！』遙敏驚慌地回頭就走，我也跟著他，沒有走到了後園，知道已經無法過去，整個偏屋已經傾斜，救火的人也早都逃了出來。

『沒有辦法了。』遙敏說著就退到前院。在亂糟糟的環境中，我似乎沒有再看見他。

天亮的時候，火總算撲滅了。偏屋已經完全燒光，正屋則還剩一個屋殼，樓梯、樓板大都成了焦土。我一一向來救火的鄰人道謝。並向鎮上趕來的警官們報告經過，一直忙到下午。這時候我才發現遙敏一個人痴坐在後園殘礫中沉思。但是我竟找不出什麼話可以向他談，他也一直沒有說什麼。許多遠近鄰人都來看我，表示同情與哀悼。他們約我們到他家裡去吃飯，為我們預備房間鋪位，叫我們去住。我當然接受了他們的好意。

友敏同一個女佣住在鄰家的樓上，我與遙敏則睡在樓下一間房間裡，每人一張板鋪。

經過了這樣冗忙煩亂的一天一夜，大家都以為我累了，飯後就叫我們去就寢。但是滅了燈，睡在床上，我竟怎樣也睡不著。而我聽到遙敏在床上也是翻來覆去沒有睡著。奇怪的是我心裡所想的並不是對我的房屋財物戀惜，也不是哀悼曉印，而是我對我自己的謀殺行為的一種痛苦的反省。我不斷的思索，曉印的死到底是不是因為我梯子堵死窗戶的關係。這並不是說我不戀惜我的房屋財物，不哀痛曉印，而是實在因為這份反省太痛苦了，掩去了我戀惜與哀痛以及一切其他的情緒了。幾次三番聽到遙敏翻身，我都想叫他，想盡情把我可恥的行為告訴他，對他懺悔，但是我竟沒有這個勇氣。我嘆了一口氣。

『你也沒有睡著麼？』突然遙敏開口了。

『沒有，你呢？』我說。

『我睡不著。』

『你在想什麼？』我說。

『我在想……』他忽然改了語調說：『讓我們索興點起燈來談談罷。』

他說著就劃亮了一根洋火，點上了燈，吸起一支煙。我也就在枕邊拿起一支煙。坐了起來點上煙，我吸了一口，我說：

『想不到曉印會……』

『我沒有想她，我在想人性。』他說。

『人性？人性怎麼？』我吃了一驚，我想一定是他發現了我的罪行了。

『我覺得我們人性的成份只是神性與獸性，有的神性多，有的獸性多。但是是人，就不會完全是神性，也不會完全是獸性的，不過如果我們不知道尊貴神性崇揚神性，獸性隨時會伸出來的。這就是說先天上我們可能有人是六分神性四分獸性，有人是三分神性七分獸性，但是後天上如果我們一直尊貴神性，崇揚神性，我們的神性就會發揚，獸性就會隱沒。所謂宗教的修煉，想就是要發揚神性。如果一直聽憑獸性發揚，神性也就會逐漸隱沒的。……』
『你這話是什麼意思？』我以為他是在諷示我的罪行，所以有點驚惶。
『我的意思是我想完全改變一下我的生活。』
『怎麼？』
『我想到義大利去讀神學，去做天主教的修士了。』
『怎麼，為什麼忽然有這個想頭，是不是因為曉印死了？』
『是的。』
『是不是你一直愛著曉印。』
『現在也不用隱瞞了，但是我始終沒有對她表示過。』
『但是，』我說：『既然你並不想占有她，她的死為什麼要使你這樣消極呢？』
『這不是消極，這正是積極。我要反省自己，了解自己，面對自己。』他用一種很陌生的堅決的語氣說。
『好像你已經決定要出家了。』
『自然，我已經決定了。』他說。
『如果真的，我同你一同去。』
『你又為什麼呢？曉印死了，你固然傷心，但是我告訴你，曉印並不愛你；在你病的時候，她還責問過我為什麼在離開北平時不告而別。』
『當時你怎麼對她說呢？』
『我說這都是過去的事情，現在我們不必再提，現在大家都很快活，提這些幹麼？』遙敏說到這裡，忽然興奮起來，他聲音變得非常沉重，又好像非常感傷，他說：『啊，我不了解自己，我真的不懂。含章（他一直是叫著我小名的），我們是老朋友了，明天我要離開此地，以後也許永不會見你。我想在我要皈宗教以前，在我要專心向上帝以前，我還是先告訴你好。否則藏在心裡，也許我會終身因此不安的。』

『現在，遙敏，我們還有什麼話不可以說，你剛才說不了解自己，我也發現不了解自己，我也有一件應當向你坦白的事。』遙敏似乎沒有注意我的話，他突然說：

『你知道曉印是怎麼死的？』

『……？』我想說什麼，但竟說不出什麼。

『是我害死她的。』他感傷地懺悔似的說。

『這……你是不是說就因為你沒有接受她的愛，她跳在火裡自殺的。』

『不是，我告訴你，也許你會輕視我，會仇視我，不會再當我是朋友。但是現在都沒有什麼關係了，我明天就要走了，以後也不想再見你了。』遙敏忽然說。

『難道曉印是你謀殺的麼？』我不知怎麼竟問了這麼一句話。

『不，』遙敏忽然沉痛地說：『不瞞你說，含章，我想謀殺的是你。』

『是我？』我非常詫異地問。

『我也不知道，我怎麼會有這樣的一個衝動，但是這是一個事實，是改不了的事實，我恨我自己，像我這樣的人怎麼竟有這樣可怕的獸性。』他說著換了一種語氣說：『事情是這樣的：我不是決定今天離開你們麼？昨天晚上，我一直關念著你是不是會告訴曉印。我心裡有一種預感，覺得如果你晚上告訴她我第二天要走，她半夜裡一定會來找我。我很晚才睡著，奇怪的是我一睡著就做了一個怪夢，我夢見我們三個人在山林中散步，忽然狂風大作，天日無光，說是什麼野獸或惡魔追來，我就拉著曉印跑，你跑在我們後面，不知跑了多少時候，轉了多少彎曲的山路，忽然聽見你一聲叫，回頭一看看見你在一個山崖裡失足了，衣服絆在一株斷株上，在呼救命。我就趕快跑過來救你，忽然聽見有人說：「現在你總可以對她說，你是一直愛她的了。」我一沉吟，你衣服已經撕裂，你就滾了下去，你好像也在說：「現在你可以對她說，你是一直愛她的了。」

這樣我就醒轉來了，我聽到外面正有人敲門。這時候我的心不斷地狂跳，我覺得這一定是你告訴曉印了我要回去，而她不出我所料的來找我了。我應當開門還是不開呢？以我的愛她，我當然要開，但以我的愛你與我的人格，我是不應當開的。因為事實上，這一開我一定會再無法矜持的。我覺得你真不該不聽我的話，而讓我不告而別的。在這個彷徨時間，我屏息而聽，假裝沒有聽見敲門。

於是，我忽然聞到了煙火的氣味，一注意，我發覺房間已充滿了煙霧，翻身起床，就看見樓板縫裡的火光。我再聽敲門的聲音已經消失，我就跑去開門，一開門，濃烈的煙霧一擁而入，我趕快關上門。跑到窗口，但是怎麼也推不開板窗，於是我就想到從門口奪火而出。我再去開門，但是我竟無法衝出去，我知道這是一條絕路了。就在這試衝的時候，我看到了暈倒在地上的曉印，如果這時候我抱她到我房內，她一定還不至於死的。可是她穿的是你的那件秋大衣，在濃煙中我以為是你，不知怎麼，我竟被我夢中的聲音所迷，我沒有理你，或者說沒有理她，我折回房內，關上房門。於是我又去試開窗戶。

可是那時候，樓板下的煙火已經沖上來，房內濃煙漫彌使我無法行動，我怕我也要昏暈了。急中生智，我當時就用我臉盆裡熱水瓶裡茶壺裡的水，倒在一條被鋪上，我把被鋪鋪在地上。這樣我就再用凳子打那個板窗。

板窗並不容易打開，但是外面的人聽見了，他們把我救了出來。這時候我才知道我殺死了一個人，但是我還不知道殺死的是曉印。等到一看見你，我真是又吃驚，又害怕，又慚愧，又難過……整整一天中，我一直想對你懺悔，但是我沒有勇氣。一直到我決定要皈依宗教離開塵世的現在，我才獲得坦白地告訴你的勇氣。你奇怪吧，像我這樣一個人竟有這樣可怕的獸性。』他說完了，像是已用盡全身的精力，忽然啜泣起來。」

說到這裡，那位穿灰色長袍的朋友，換了一口氣，他站起來，走到茶几邊把手上的紙煙按在香煙碟上用勁的熄滅，於是接下去說：

「我聽了他的話，當時真是興奮極了，我從床上躍起，跑到他的床邊，我握著他的手說：

『遙敏，謝謝你告訴我這個，謝謝你，謝謝你。否則我一定會發瘋的。』

遙敏這時對我這種近乎瘋狂的行動，驚愕得呆若木雞。我說：

『我想這也許是因為我友誼太久太深，你想殺我正如我想殺你。』他聽了一時似還不能了解，一點沒有表情。於是我就坐在他的床沿上，把我想殺他的經過從頭至尾告訴了他。

在聽我懺悔的過程中，遙敏開始露出他慣有的甜笑，眼睛閉著，眼淚從眼角漏出來。最後我說：

『不了解的是我們的夢，我們怎麼竟會有完全相同的夢呢？』

『這是心理學上的問題。但是並不稀奇，我雖是第一次經歷，聽到的可是很多了。』

『我們同樣有殺人的獸性。』我說。

『可是我殺死了曉印，而你並沒有殺死誰。』

這時候，就在這時候，我才想到曉印的死，滿心的哀痛一時傳到我全身的血管，我開始哭了。那天晚上，我們沒有再睡，我們彼此都感到我們的友情比以前更濃更真。

我們在鄉下又住了五天，第二天我們找到了曉印的殘骸，我們把她葬在我們的後園那株盤槐樹下。辦完喪事，立好墓碑，我們離開餘姚。我到上海，安頓好友敏，遙敏回北平料理他的事情。三個月以後，我們就一同出國了。」

「那麼遙敏呢，現在？」有人看那位穿灰色長袍的朋友戛然中止，似乎還不滿足地問。

「他已經進修道院了。」

「那麼你呢？」

「我讀了三年神學。發覺自己並沒有這個信心。神父也覺得我不合適，我就出來了。」

「這又是為什麼呢？」有人好奇地問。

「這因為，」那個穿灰色長袍的朋友安詳地說：「曉印一直愛著遙敏，所以他心裡是充實的。而我則沒有人愛過。我愛著我的女兒，我覺得我應當愛護她，她是一個唯一需要我的愛而會愛我的人。」忽然他換了一個幽默的語氣說：「也許……，也許是因為遙敏殺死了一個人，而我不過是動了一個殺機。」

這時候，房中的空氣突然靜下來，沒有人想到這位穿灰色長袍的朋友所講的故事與當初爭論的問題有什麼關係，也沒有人重新提出這個故事到底解決了剛才所辯論的一些什麼問題。

爐火似已隱滅，房中有點清寒，李斯奇撥動著爐子，加了一點煤。坐著的人個個站了起來，有人走到窗口掀起窗簾望望窗外說：

「天已經不下雪子了。」

第二個人走到窗口，忽然說：

「天已經亮了。」

李斯奇也走過去，他把窗簾拉開，房中頓時通明，燈光顯得有點黯黃。

「我們走吧。」有人說。

我發現穿灰袍子的朋友已經穿上大衣，手裡拿著一頂敝舊的帽子。許多人都在穿大衣。

於是大家就陸陸續續地散了。我走在最後，我問李斯奇：

「那個穿灰袍子講故事的人是誰呀？」

「我也不知道他叫什麼。」

「剛才所講的故事是真的麼？」

「你怎麼以為是假的呢？」

「也許他希望你把你的離婚事情換一個眼光來看看吧。」

燈

心病

一

一路上，丁道森都很急於見到他太太，他想很快的把他的事情告訴她，這是他唯一的想告訴而可以告訴的人。她與他共過安樂也共過患難，任何的快樂對她一訴說會增加許多，任何的痛苦對她一訴說也好像會減輕許多。所以二十年來，無論大小心事，他第一個想訴說的就是他太太。而今天的事情尤其不是小事。但是不巧得很，丁道森回到家裡，他太太竟還沒有回來。

他的家，實際上只是一間房間，可是因為在鑽石山這個靜僻之區，窗外還有一個小小的後園。住在那所房子裡的有三家人家，因為丁道森沒有孩子，也沒有佣人，所以同人家沒有什麼糾葛；幾年來那另外兩家房客雖換了好幾個主人，他一直沒有搬家，而且同任何人都處得不錯。

丁道森在一家報館工作，他夜裡出門，早晨方才回來；丁太太以前做過護士，現在沒有事，為人家打針，白天常常出去。但丁先生回家的時候，她總是在家；今天因是丁道森例外的假期，他下午出去了，回家已是黃昏，丁太太說四點鐘就可以回家的，但現在快六點了，她竟還沒有回來。

丁道森走進房裡，看了看桌上的鬧鐘，機械地拿起來上上發條，又放回原處，於是他就在窗前的桌邊坐下來。

他一眼看到了窗外，窗外黃昏的陽光照在綠色的小樹上，小樹上有紫色的花。有兩個孩子在園裡玩，那是劉家的兩個小孩，一個八歲，一個六歲。丁道森自己沒有小孩，很喜歡別人家的小孩，劉家的孩子很聰敏而且規矩，所以丁道森特別喜歡他們。照平常，他一定會到園裡去同他們說笑，可是今天他竟沒有這個心緒。但是他忽然想到自己，怎麼結婚這許久會沒一個孩子，要有一個孩子是多麼不同呢？

丁先生從大陸出來後，有一個時期很困難，那時候自己失業，全靠丁太太替人打打針來維持生活，而當時丁太太認識人不多，請她打針的人家很少。這兩年來總算自己有了一個職業，請丁太太打針的人家也多了，所以比較勉強可以過去。他一直以為在這個困難情境中，沒有孩子是件幸福的事情，但是今天，奇怪的竟想有一個孩子了。其實，丁太太早就想有一個孩子，她是一個護士，很有醫學常識，她知道只要她到醫院去動一次手術，她就會懷孕，可是丁道森一直勸阻她。起初還是大家年輕，不希罕小孩；後來因為經濟情形不好，怕有小孩子的負擔；到香港以後，實際情形更不可能。不要說太太要為人家打針賺錢，就是太太可以抽暇，動手術及住院費也無法張羅。因此這件事也很少想到了。

可是丁太太的心中始終有一種母性的要求，這可以從她對待別人家孩子的態度來看，固然她是一個良好的基督教徒，但她遠比別人喜歡孩子，她幾乎碰到任何的孩子都想看幾眼，或者想同他說幾句話。住在他們附近的孩子不用說了，她對每個人都認識，常常給他們一些糖果，夏天裡為他們打預防針；那些貧苦的人家看不起醫生，小病小痛，問她要點藥，她總是非常熱心幫別人的忙。這也就是為什麼丁太太在這裡的人緣非常好了。

丁道森明知道他太太需要一個孩子，但是他覺得在這樣不安定的困難的亂世，誰也說不定哪一天怎麼樣；想到前幾年自己的困難，看到附近鄰居中男人失業孩子受罪的家庭，他覺得沒有孩子真幸福。所以他常常對他太太講到這個，遇到別人家經濟上健康上困難的問題，他總是說：「幸虧我們沒有孩子，不然真不知道苦到怎麼樣了。」

可是今天，當他一個人對著窗前坐著的時候，他竟想到怎麼不當初順從太太的意思讓她去動手術，現在，也許孩子已比劉家孩子要大了。

他在回家的路上，情緒曾經非常緊張，這時候倒開始平靜下來。他隨手拿出紙煙，正要點火的時候，忽然想到醫生的話語，要他絕對禁止吸煙，他沉吟了一回，看了看手上的紙煙，但是他還是吸上了。他想，就是要不吸，吸完這一包以後再不吸也一樣，多少也不會差這幾支。

吸著煙，望望周圍，他突然看到了牆上的一張照相；是他同他的父親與兩個弟妹在一起的照相，那時候他才十七歲，剛剛中學畢業。這張相一直掛在牆上，除了朋友看到、問及的時候，他很少去注意。可是今天，不知怎麼，他無意識的站起來，走到那張照相的面前，他癡望了好一回；他計算他自己的年齡已經比他在照片中父母當時年齡要大，可是，他們當年已經有了三個孩子，最大的有十七歲，而自己現在竟沒有一個。他心中忽然有一種從來沒有體味到過的一種滋味。像是後悔又像是焦急。

房中除那張照相外，還有一張放在一個五屜櫃上的是他們的結婚像。這張照相一直放在太太的箱子裡，幾個月前買了那個五屜櫃，太太把它理出來放在上面。他當時曾經看了幾次，如今也久不去注意，可是今天竟覺得值得揣摩似的，他把它拿到手裡。

那時候他是二十八歲，他太太是二十三歲；彼此人生剛剛開始，各懷著錦繡的夢。那正是抗日戰爭開始的那年，他們要一同去內地，家裡要他們結了婚再去，這樣他們就在上海結婚了。

「她那年才二十三歲。」丁道森想著他太太的年齡，發覺照相裡的女人竟不像是她太太了。那瘦削纖巧玲瓏的臉，長長的眼睛與圓圓的笑渦，現在似乎都已消失。時間過得真快，跑東跑西，差不多二十年過去了。

「已經老了，彼此都已經老了！」丁道森把照相放回到五屜櫃上，他突然想到如今即使要她去動手術，即使能有孕，怕也已不是養第一個孩子的年齡了，這是太危險的事。

不知怎麼，剛才所受的打擊與苦痛，他想同他太太訴說的，一瞬間竟好像是他太太的問題，他對於自己，反而不再想到了。

他重新回到桌前的座上，發現窗外的陽光已經斜退，小樹在地上有長長的陰影，劉家兩個孩子已經不在那裡，園子裡是空空的。突然他聽到一個人談話的聲音，這聲音伴他已經二十年，他知道是他太太回來了，他的心突然跳躍起來，鼻子酸酸的像有淚要奪眶而出。這經驗，即使在二十年前戀愛的時候，都不曾有過，一瞬間他感到的是一種自卑，正像一個受過委曲的孩子聽見他母親回來一樣，他想跑出去偎依他太太身邊痛哭。

可是丁道森到底是四十幾歲的人了，他極力抑制這奇怪的情感，等待丁太太進來。

一陣熟識的腳步聲，丁太太終於進來了。今天她有一種奇怪的興奮的聲音，說：

「啊，我以為你睡覺了，怎麼不開燈。」

丁太太雖是這麼說，但是她也沒有開燈，這因為她手裡捧著許多東西，她把東西放在床上，才過去開燈。丁道森並沒有站起來幫她，實際上他並沒有注意她捧著這許多東西。

燈一亮，丁太太就看到丁道森同平常有點不同。她說：

「你怎麼了？不舒服麼？」

這聲音在聽慣了的丁道森的耳朵中竟有點異樣，突然他看到丁太太的臉上有一種平常沒有的光彩，他第一次真正發現他太太有這樣的美麗。他回答說：

「我沒有什麼。」

丁太太問丁先生「不舒服麼？」是一句很平常的口頭禪。丁道森近兩年來常常有點胸悶頭暈的情形，發一陣也就好了，丁道森一直沒有當它是一回事。發的時候，他一個人沉在椅子或床上，不聲不響，丁太太總是問：「你怎麼？不舒服麼？」而丁道森也總是說：「我沒有什麼。」「沒有什麼」的意思，就是說「不很要緊」。當時丁太太就說：

「你床上躺一回吧。」可是她馬上發現床上放著她帶回來的東西。她到了床邊，拿拿那一包，又拿拿這一包，裡面有衣物食物，有丁道森的襪子、襯衫、褲子睡衣。丁太太常常於領到錢時，順便買些東西回來，但今天似乎買得特別多，丁道森可沒有問她，因為他心裡一直想苦訴她他要訴說的事情。他回答說：

「我不想睡，真的沒有什麼。」說著，他也就站起來看丁太太買來的東西。

丁太太看丁先生真的像沒有什麼，就把東西一樣一樣打開來，一面非常高興的說：

「今天孫家結賬給我，又拉我去打牌，我贏了十幾塊錢；所以多買點東西。這褲子，你還喜歡麼？我想這是你的尺寸。我自己也買了兩件衣料，你看……」丁太太打開了另一包，忽然看到丁先生並沒有十分注意這些東西，她說：「我看你實在對什麼都太不感興趣，所以越來越暮氣沉沉，又不愛運動，又不打牌，一天到晚不是去報館，就是在家裡，躺在床上看書，多不好。以前你還有興趣看看電影、跳跳舞，現在連這些都沒有興趣了……」

「這都是被這幾年生活折磨的。」丁道森說著微微地笑了一下，望著太太手上的衣料。

「可是現在我們雖說不能寬裕，總比以前好一點，應當有一點娛樂才對。是不？」

丁太太把有些東西放進五屜櫃裡，忽然對丁道森說：

「今天你不去報館，我們到外面吃飯，好不好？」

「好，好。」丁道森看到太太高興，他就隨口的說。

「吃了飯，我們再去看一場電影。我還有一件事情要告訴你。」

「什麼事情？」丁道森想到自己要告訴她的事情，所以急於想知道她的。

「等回去告訴你。」丁太太說：「你洗澡了沒有？你先洗澡去，就穿我給你帶來的新褲子，好麼？」

「我……我也有件……」丁道森沒有完全說出來，看著丁太太這樣高興，他已經不想馬上把他的事情告她了。

丁先生知道了太太一定因為打針的人家增多些，而且還贏了錢，所以這麼高興。他猜想不出她還有什麼事情要告訴他。他沒有說什麼，就拿著衣服去洗澡了。

二

丁太太想告訴丁道森的事情是丁道森所想不到的。她也是本來急於想告訴他，可是在回家的長長公共汽車的途中，她竟考慮到要挑一個最合適的時間來訴說了。一到家裡，她又想一進門就對丁道森說，可是看到了他，她又不想馬上說了。她於是想到他們已經好久沒有到外面吃飯，她就決定到飯館裡再告訴他。

可是在吃飯的地方，人太多，丁太太還是沒有說出。吃了飯，去看電影，時間上很匆促；在電影院中，彼此看著戲又覺得不便談。

如今已經在歸家的途中，他們在公共汽車裡空疏的座位上。

丁道森在飯館，在電影院一直愉快，可是這時候，不知怎麼，忽然又想起了剛才的心事，他變得很沉默。丁太太想到這時候告訴他那件事情，也許是最好的時候了。望望周圍，她開始低聲地說：

「我剛才說有一件事情要告訴你，你猜是什麼？」

但是丁道森似乎沒有注意她的話，他說：

「我倒是真有件重要的事情要告訴你。」

「什麼事？」丁太太問。

「但是我想也許不告訴你反而好些。」丁道森眼睛望著車外，忽然說。

「什麼，道森？」

「到家裡再告訴你吧。」丁道森拍拍丁太太的手說。

丁太太沒有再說什麼，但想到丁道森要告訴她的一定是件不開心的事情。做了近二十年的夫妻，丁道森的心事丁太太有什麼猜不到？丁太太的確以為已經猜著。她想這一定是丁道森又失業了。這兩天沒有去報館或者就是已被裁員。報館本沒有什麼假期，丁道森曾經代一個去結婚的朋友的工作，如今這個朋友返工，他要讓丁道森休息幾天。丁道森這些話可能是為安慰他太太而說的。她猜想這兩天他白天出去，正是在找另外的工作。她希望她猜的沒有錯，那麼等他告訴她的時候，她再告訴他她的心事，她要說她正希望他離開報館，好好養養身體呢。

丁太太這樣想著的時候，她並不覺得丁道森的消息會給她什麼打擊，所以她表情還是非常愉快。

丁道森視線一直望著窗外，像是埋在沉思之中，丁太太忽然很想把自己的事情先告訴他，但是不知道怎麼樣開頭才對。她說：

「道森，我總覺得你報館工作辛苦，應當有一個一年半載長期的休息才好，你時常頭暈胸悶，也該好好去看看醫生。」

可是丁道森並沒有注意她的話，他只是望著車窗的外面。窗外是空曠的，遠遠有黑黝黝的山影，山影下有朦朧的燈火，他一直覺得這地方有點像重慶。在重慶，那時候正在抗戰，他也年輕，生活雖清苦，但覺得什麼都可為，什麼都有希望；如今經過這許多年的磨折，知道自己的一生也不過是這樣了。他又想到怎麼不早養一兩個孩子，他回頭望望丁太太，丁太太忽然說：

「我已經猜著你要告訴我什麼了。」

「你怎麼會猜著？」丁道森微微地苦笑著。

車子一震動，已經到站；丁道森就忙著同丁太太下車。

下車以後，他們還要走一段小路，丁道森袋裡總帶著手電筒，他習慣地拿了出來，但是丁太太接了過來，望望天空說：

「今天有月亮，用不著這個。」她開了一開手電筒，又把它關起來，塞到丁先生的袋裡。丁太太發覺這樣的夜色下，正是她說話的場合，所以她拉著丁道森的手臂，走在他的旁邊低聲地說：

「道森，是不是你騙著我？」

「騙你什麼？」

「並不是報館有什麼同事替你，而是，是……」

「啊，啊，沒有什麼。」丁道森以為丁太太已經知道他的事情，他想也許是她出門時候碰見過他的同事。他不知所措的含糊地應著。但是他馬上想到丁太太今天的精神倒並不像知道他實情的樣子。丁太太則以為自己真是猜對了，她說：

「其實你暫時沒有工作，倒可以養養身體，不瞞你說，現在我們……我想，一時倒不必太愁錢了。」

「啊，但是……但是……」

「我不是有件事要告訴你嗎？」丁太太覺得現在是告訴丈夫的時候了，她說：「你不要奇怪，我發了一筆小財。」

「你？」丁先生問：「是……」

「我中了一點馬票。」丁太太怕丁先生吃驚，她趕緊接著說：「上次我不是告訴過你，我在打針的孫太太家，幾個朋友合夥買馬票，叫我併兩塊錢麼？真的，現在居然中了，我可以分到一萬多塊錢。我們不是可以不那麼愁錢了？你……你暫時不做事，養養身體，不是也很好麼？」

「真的，真有這樣的事情？」丁道森一時也忘了自己的心事，高興的說。

「我想我們倒楣了很久，現在也該轉運了。」

「真有這樣的事情麼？」他說：「那麼，那麼你明天就去醫院裡檢驗，能不能動動手術？現在我想，我們應該有一個孩子才好。」

「啊，道森……」丁道森的話可觸動了丁太太的傷痕，她黯淡地說：「可是，可是現在，我已經四十歲的人了。」

「啊，我不過這麼樣想到，自然這要看醫生怎麼說。」他說。

「怎麼，你怎麼忽然會想到要一個孩子？」

「我們不是一直因為經濟上不可能，所以你沒有去動手術麼？」

「唔，唔……」丁太太一時忽然消沉下來，她有許多感觸。

這時候他們快到家了，路也狹了，丁太太退到丁道森後面，丁道森拿出手電筒，照在前面的路上。彼此沒有再說什麼。

走進家裡，開亮燈，丁道森坐在桌邊的椅子上，丁太太則坐在床邊，她便說：

「我想再要我生育是不容易的事情，我已經四十歲的人，你想。我覺得還是你的身體要緊，你的頭暈氣悶是心臟病的徵象，雖是不厲害，但一旦發起來，就會很危險，所以你應當去看看醫生，休養一段時期。我以前也想到這個，只是沒有錢；現在我們總算有了這筆錢，不大不小，但作為你休養用，大概是夠了，也許這是上帝的意思，不早不晚來幫助我們，就是要你可以休養一個時期的。」

「你真的以為上帝的意思麼？」丁道森苦笑著說。

「可不是，恰巧又在你失業的時候。」

「我失業？」丁道森說。

「你不是說那是騙我麼？你並不是因為有同事替你才可以空幾天的。」

「唔……唔，啊，你弄錯了。」他這才了解太太的誤會，說：「我一直不敢告訴你倒是真的……那天我在報館忽然暈了過去；報館同事找來了醫生，為我打了針，我在報館裡睡了一晚。醫生叫我第二天到醫院去檢查，我已經去過好幾次，又問過三個專科醫生……」

「醫生怎麼說？」丁太太急忙地問。

「醫生都說，我……啊，你不要難過，我最多不過是一年或半年的生命了。」丁道森說。

「啊，這就是你要告訴我的事情麼？」丁太太叫了出來，接著沉默了好一回，她說：「難道沒有醫藥可以救治了？我們現在至少可以負擔些醫藥費的。」

「最多也只能多拖幾個月罷了，我想。醫生說一年已經是最長的期限了，如果我可以不吸煙，不喝酒，好好的平靜地生活；否則那就隨時都有可能的。」丁道森說這話的時候倒是很平靜，可是丁太太楞了。她不敢正眼看他，鼻子酸酸的，突然哭了起來。

丁道森很想找一些話來安慰太太，但是他說不來，他遞了一塊手帕給她。丁太太接過手帕，擦乾了淚水，忽然勇敢地張開眼睛望著丁道森說：

「道森，那麼讓我們用這筆錢痛快去玩玩吧。我們去日本或者哪裡去玩幾個月，我們也許可以在那裡找一個好一點的醫生。」

「如果……如果這真是你的意思。不過我想，我……」丁道森非常消沉地說。

「我知道了。你要我去動手術，為你養一個孩子。」

「如果……如果這是你……」

丁太太突然又哭起來。她嗚咽著，最後擠出她喉底的聲音說：

「好的，好的，道森，我明天去找醫生去。」

「……」丁道森拉著丁太太的手，眼淚開始從兩頰流了下來。

選擇

一

喬真權教授是教我們康德哲學與論理學史的，我在大學三年級選論理學史，四年級選康德哲學；因為我跟他寫畢業論文，所以我在四年級時候同他接近起來。我第一次到他的家去看他也是四年級的第二學期。

喬真權教授住在愚園路，一幢一開間三層樓的弄堂房子，樓下是客廳，二層樓是他的書房；我在他客廳裡只坐了三分鐘，一個女佣人就叫我到樓上去。他的客廳布置得很整齊，可是書房很亂。他從寫字檯站起來，移去了堆在沙發上的書籍與雜誌讓我坐。起初我還有點不安，他談了一回兒以後，我就感到很自然了，不知不覺坐了很久；於是喬教授的太太就進來了，我一看已經十二點半，想已到吃飯的時間，急於起身告辭。可是喬教授留我吃飯，喬太太也跟著留我，說是飯已經開好，不必客氣。

到了樓下，果然已經開好飯；桌子上是五付碗筷，喬教授招呼我坐下以後，樓上走下兩位穿著中西女校制服的小姐，喬太太同我介紹了一下，只說是他們的女兒。

飯桌上我們隨便談些家常；喬太太問我什麼地方人。我告訴了她。她說我是她的同鄉，講起來只有二十里路的距離；好像我們的家族同她們也有點遠親關係，她就問起我一些人，大都是我的長輩。於是她問到我的父親，我又告訴她我父親的名字，她忽然注視我好一回。這使我有點不安。為避開這個不安，我就同喬教授談學問上的問題了。

兩位小姐都長得很美麗，但是都很害羞，沒有說什麼話，吃好飯，她們對我客氣一下，就匆匆上學去了。

大概是我與喬太太同鄉的關係，她同我又談了一些故鄉的情形。吃了茶，我也起身告辭。喬太太忽然說：

「徐先生，星期六夜裡如果有空，請到我們這裡來吃晚飯。」

我沒有回答，看看喬教授，喬教授說：

「你高興來就來玩玩，是我的小生日。」

本來我還可以不去，喬教授既然說出是他的生日，我就不好意思不去了。

因為我在喬教授的書房裡看到他好些煙斗，所以我就買了一隻煙斗算是一件生日的禮物。星期六晚上我就帶著這件禮物去喬家。

我雖是認識喬教授很久，但是我一直不知道他確實的年齡。那天，我開始知道他那年是五十八歲。

那天的客人，除了我以外是喬教授的兩個弟弟同他們的太太，每家還帶著與我上次碰見的兩位喬小姐相仿年齡的孩子，一個男的，一個女的。

喬教授的兩個兄弟與喬教授年齡上相差不多，一個是建築師，一個是什麼銀行的分行經理。

他們對哥哥很尊敬，吃飯以前，喬教授大女兒彈著琴，大家唱《快樂的壽辰》，這兩位兄弟也很高興的唱著，於是舉杯為哥哥祝壽。

我知道他們有一個很愉快的家庭。飯後，喬教授的兄弟提議到國際飯店去跳舞，我也被邀了去。我同每個太太小姐們跳了一支音樂。喬教授只同喬太太跳了兩支。大家玩得很愉快，那天我回宿舍很晚。

就從那天以後，我同喬家每一個人都熟起來。我的父母在北平，上海親戚不多，所以星期天常常到他們家去，總是先去書房裡同喬教授談了一回，以後就到樓下同喬太太，喬小姐們在一起，有時候她們叫我買些東西，我也偶而請她們看看電影。等我大學畢業的時候，我們竟熟得同一家人一樣了。

大學畢業以後，我去歐洲讀書，臨行前夕，他們也請我吃飯。

我在歐洲四年，起初我們也通通信，後來慢慢地就懶下來，最後兩年我們就一點沒有再通消息。

我回國以前就接受了上海一個大學聘約。但是我搭西伯利亞鐵路回國，在北平家裡住了幾個月才回上海。一到上海，我才想到去拜訪喬教授與喬太太。

二

我先碰見喬太太，她這四年來，竟是老的不少。一問喬教授，才知道已經於一年半以前過世了。我當時問到她們的生活。喬太太告訴我喬教授身後還有點積蓄，雖是不多，但現在交給他弟弟做點生意，每月還可以生活。我問到她的兩位小姐。她說都進了大學，大小姐其錦已經三年級，二小姐其繡是二年級。

我與喬太太談了很久，她留我吃飯，於是其繡、其錦先後都從外面回來了。時間真是驚人，其錦與其繡都已是非常時髦的大學生。她們對我還是很熟，很高興的同我談這樣那樣。

其錦與其繡都有一樣的秀麗的臉龐，兩個人眼睛也很相像，都是大大的，眼角有點向上，像她們的母親。可是她們的表情很不同，談話的時候，其錦的眼光總是很活潑，隨著她的語詞在流動，其繡則總愛垂著視線。其錦有一個比其繡挺秀的鼻子，其繡的鼻樑較低，但是有一個比其錦甜美的嘴唇，尤其在她笑的時候。其錦比其繡大兩歲，身材也稍高，而且也比較豐滿。

不知怎麼，我以前同她們在一起沒有想到她們的個性，這一次我馬上發現她們的個性是不同的。其錦比較向外，其繡則比較向內，其錦好勝心比較強，其繡好像比較溫柔。其錦讀的是商科，其繡讀的是建築，我想這大概是受了她們兩個叔叔的暗示，出來也許較容易找事。

那一天我們談得不久，吃了飯我也就回家了。可是以後我們常有往還，我一星期總要去她們家一兩次。

於是我發現其錦常常不在家，想是已經有些交際了。其繡在家的時候比較多。星期日她們也偶而約我去玩，我在她們客廳裡也碰見不少她們的男友。這樣來往大概有半年之久，於是我慢慢的注意到，其錦同一個叫做李秉侖的男友很接近了。

李秉侖是讀國際貿易的，比其錦高一班；高高的身材，面目也很清秀，只是瘦一點。人可是很誠懇。喬太太很喜歡他，我也喜歡他。他很會玩，但不怎麼喜歡談話，靜下來的時候喜歡看看書報。

因為李秉侖與其錦接近，他也成了喬家的常客，所以有時候我帶著其繡同她們玩在一起。李秉侖畢業以後，在一家進出口行裡面做事情，星期日仍是到喬家來，照我們旁觀的人看過去，他與其錦似乎是專等其錦大學畢業就會結婚了。我偶而同喬太太談起，喬太太也是這樣想。

三

就在那個時期，發生一件小小的事情。

是偶而一個機會，有一個朋友帶我到城隍廟附近去看了一個相。對於看相算命一類事情我沒有什麼信念，去的目的也只是玩玩。可是那位看相的把我過去事情竟說得很準。

於是，有一天，記得是一個星期六的中午，我在喬家吃中飯，偶而談起這件事情。當時喬太太竟很有興趣，要我陪她去看，其錦、其繡也要同去。

她們既然那麼高興，我自然也很願意陪她們去。恰巧那天天氣很好。我就說，看了相到半淞園去走走，夜裡我請她們吃飯。

那時候我有一輛七成新的福特車，當時她們就坐上我的車子，很高興的就出發了。

看相的是在城隍廟附近，實際上他也並不是一個很有名的相士。可是他看了喬太太的相，把她的過去也說得很準，說她沒有兒子，但女兒還很可靠，後福無窮。輪到其錦、其繡，這位相士忽然有了很不同的說法。

他說其錦很聰敏能幹，但是很勞碌，很難有錢，有錢也要用盡。

當時我就開玩笑似的插嘴說：

「丈夫怎麼樣？也許丈夫很有錢呢。」

「丈夫，」那位相士說：「唔，如果丈夫有錢，也會蕩光。對不起，先生，我照相直說。也許……」

他說到那裡忽然不說了，他抬起頭來，四周望望，於是他望著其繡說：

「這位小姐就不同了，將來一定會嫁給百萬富翁。」

當時其繡就過去給他看，我就開玩笑似的說：

「說不定會嫁一個窮光蛋，又不是自己有錢，丈夫有錢怎麼會在她的相上。」

「先生，我們看相的照相直談。」他一面說，一面看其繡的相，又說：「這位小姐，要是嫁給木匠，木料都會變金子；要是嫁給泥水匠，泥水都會變金子。你要不信，十年以後來找我。」

接著他又說了一些別的什麼幾個兒子，多少壽命一類的話，自然都是些江湖訣。當時我付了錢，同喬太太她們出來，也沒有把它放在心上，可是我突然發現其錦很有點不開心。我說：

「看相的還不是信口雌黃，一口江湖訣。」

當時，我們上了車，照著計畫遊了半淞園，夜裡我們在靜安寺路吃飯。大家都很快樂，可是其錦始終同以前有點不同，話說得很少。我本來想問她是不是為看相的瞎謅，後來我想問了或者反而不好。而且，自從我們進了半淞園以後，喬太太再沒有提起過看相的事，也許就為其錦不開心的緣故，所以我也沒有再提起。

那天吃了飯，我送她們回家後，我也就走了。

以後到喬家去，會見其錦，還是同以前一樣，那天的不開心，自然也早就忘了。可是我們誰都沒有當一件趣事談起過，似乎也沒有告訴過李秉侖。

天氣慢慢的熱起來，其錦離畢業期也越來越近。

就在那時候，我在北平的父親病了，打電報來叫我回去，我就匆匆離開上海。到北平以後我同喬家經常通信，她們也有信來，但寫信的總是其繡，信很簡單，不外是告訴我一些上海的情形。

其錦畢業的時候，我托一個朋友帶一件禮物給她。她收到禮物也並沒有給我信，只是托其繡寫信時提一筆謝謝我。但是其繡的那封信可真使我吃驚了。她說：

「……姐姐收到你送她的禮物，非常高興，她叫我在這裡謝謝你。姐姐很忙，先是忙大考，忙論文，現在她要忙結婚了。

「你知道她的對象是誰麼？並不是李秉侖，這使母親很驚奇，我想你一定也會奇怪。姐姐這次變化很突兀，我們預先都不知道。他叫劉逸塵，連我也只看過兩次，聽說很有錢，有不少產業，還是什麼汽車在中國的經理人。……」

四

父親的病拖了很久，方才慢慢有點轉機。當時北平有個大學請我去教書，我接受了聘約。但是我需要回上海一次，結束上海的事情，搬理我的書物。

我回上海的時候，其錦已經結婚。我因為忙於事務，沒有很快到喬家去。有一天早晨，李秉命突然來看我。

這真是出我意外的事。我請他坐下後，我說：

「想不到你來。」

「我一直想寫信給你，同你談談。」他說。

我看他比以前似乎更瘦了一些，目光非常不定，有點坐立不安的樣子，我想他是受其錦的打擊的緣故，但是我沒有先說穿。

「你怎麼知道我回來的？」

「我聽人談起。」他不關心似的說。

茶上來了，他喝一口茶。我說：

「你還在那家進出口行做事？」

他點點頭。於是他忽然注視著我，很認真的說：

「你大概知道其錦已經嫁了一個有錢的人。」

「我聽說。啊，真想不到。」我說：「女人似乎都很現實。金錢……」

「但是我倒不敢說其錦是為錢，不過……」他說著頓了一回。

「啊，現在什麼都過去了，你何必還想不開。」我說。

「可是我，我……好像…，也許我太傻。」李秉命說著嘴角浮起一絲苦笑，避開我的眼光，抽起一支紙煙。

半晌，我們都沒有說話。他也不告辭。那時已交初秋，盛暑稍退，窗外陽光如蜜。我站起來，打開一扇窗說：

「天氣真好。」

「你有沒有去過喬家？」李秉倫忽然問。

「每天忙，還沒有去。你呢？還常去玩麼？」

「我一直沒有去過。」

「這又何必呢？我想喬太太一定覺得對你很抱歉。」

一時他又不再說什麼。我只得再回到我的座位上。歇了一回，我說：

「我也每天想去看看她們，總是有點事情。我們現在一同去好麼？」

「我不去了。」他好像以為我馬上要走似的站了起來又說：「我一直想同你談談，可是見了你，倒覺得談也沒有用。」

「有什麼事我可以幫你忙，你儘管說。」

「倒不是什麼事。我覺得我不了解其錦，她到底是怎一回事？」

「情人的眼裡對方都是神祕的，其實她還不是普通一個女人。」我說：「現在你還想這個問題幹嘛，你有你的前途。」

我說著站在那裡，像是等送他的樣子，可是他說：

「你現在到喬家去麼？」

「我一個人，什麼時候都可去。要是你去，那就現在去走一趟也好。」

「也好。我想我一個人是不會再去看喬太太了。」

這樣我就穿了衣服，同李秉倫一同出來。

五

也許是我心理作用，其錦不在，喬家顯得冷清許多。

我們去的時候，喬太太在打毛線。無線電正播送很幽靜的音樂。其繡穿一條藍色西裝褲，一件大紅的襯衫：腳上穿著藍方格的短襪，大紅的帆布鞋。坐在沙發上，腳擱在前面矮桌上在看雜誌。我們一進去，她就跳了起來。

「怎麼你回來啦？」

「我回來有五天了。你沒有收到我從北平寄你的信？」

「你只說要回來，沒有想到你這麼快。怎麼，這次要到北平去住了？」

其繡招呼我們坐下後，她去倒茶給我們。這時候我看到李秉諭正在同喬太太談話，喬太太還是同以前一樣看待李秉諭。我說：

「喬太太，你想不到我們今天會來吧？」

「沒有想到。不過我知道你這幾天總會來的。你父親病好了？」

「謝謝你。他這次病了很久，現在總算可以起床了。」

那天我們談得很愉快。吃了飯，我們還陪喬太太同其繡去看了一場電影。李秉諭請我們在外面吃完飯，飯後才送她們回家。

在我與李秉諭分別的時候，我覺得李秉諭比上午要愉快許多。他還約我下星期日再到喬家去。

那次我在上海只住了二十來天，因為學校要開學，急於去北平。臨行時喬家曾請我吃飯。席上有其繡的兩位叔叔，有其錦伉儷；大概因為怕李秉命不舒服，喬太太沒有約他。

其錦現在已經完全同以前不同，人也豐腴了些，打扮得非常華貴。翡翠的耳環，金鋼鑽的戒指，在其錦的身上竟像是長在她身上一樣的合適。我忽然想到她真是應該選這個有錢的丈夫。

他的丈夫劉逸塵，也很不俗；大概三十幾歲吧，人比李秉命稍矮，略胖，穿一套深灰色的西裝，非常合身。我覺得在外形上講，他也比李秉命配其錦。我看他們感情也不錯，一定生活得很好的。

這是我第一次會見到劉逸塵，也是最後一次會見他。

我到了北平以後，一直沒有再回過上海。

在北平的時期，我同其繡時常通信。大概一年以後吧，其繡來信忽然說她不再念書，預備結婚了。我去信勸她大學總要讀完，就是結婚，結了婚也可以繼續讀書，好在一時還沒有孩子。

這封信可一直沒有回信，於是，兩個月後，我突然接到了她的結婚照相。

我吃了一驚，原來新郎就是李秉命。

同結婚照一起，她有一封信，說：

……你一定沒有想到我會同他結婚，我自己也一直沒有想到，但是命運這樣決定，我也無法逃避了。上次你勸我結了婚還可以繼續讀書，其實我也想畢業以後再結婚，可是秉命要去新加坡做事，他要求我結了婚一同去，所以我也只好輟學了。母親對我的事情沒有意見。親友們都以為秉命別的都好，只是太窮一點。可是我的情感已使無法多考慮。母親以為一切人事都有命運在安排，我現在也以為只有憑命運支配才是對的。……

末了，她留給我一個新加坡地址，叫我以後有信寄到那面去。可是，路一遠，我也就懶於寫信，所以以後彼此的消息又斷了。

我在北平住了兩年，父親於我到北平後第二年就歸天了。當北平國共和談決裂，全城慌張的時候，我伴我的母親在天津搭船到了香港。在流亡飄蕩的生活中，許多親友都沒有消息，也很少想到其錦與其繡的情形。

前年我去新加坡，住在歐羅巴酒店，有一天早晨，侍役說有人來看我。我想到的當然是別人，但是竟是李秉侖。

這真出我的意外。李秉侖胖了許多，要是在路上碰到，也許會不認識他了。我們談了許多別後的情形，他怪我到香港不給他們聯絡。我問到其繡，他說她已經是兩個孩子的母親了。他說：

「本來她要一同來看你，因為有孩子，所以叫我來接你，到我們家裡去住。」

「這不必了，我在這裡也不會太久。」

「你來了這裡，應當玩玩。我們老朋友，不要客氣。我的家同你自己的家一樣，你知道其繡的母親喬太太也在這裡。」

「她也在這裡？幾時出來的？」

「前年，」他說：「我們慢慢再談，現在你先理東西，搬到我們家去。我還要去辦公呢。」

當時我看他非常誠懇，所以也不再拒絕。李秉侖一面就按鈴找侍役為我付賬，我一定不肯，他說我不該這樣見外，一定要為我付。我也只好就聽他了。

出了門，看到李秉侖的汽車，我就知道李秉侖的情況很不錯，一到他家，我真是吃驚了。這是一所簇新的華麗講究的洋房，花園很大，裡面布置得非常華麗，全部裝著冷氣。李秉侖告訴我，那房子前幾個月才造好，他們才搬進來不久。

於是我會到了喬太太與其繡，喬太太雖是老了些，但是精神很好。其繡還是同以前一樣的美麗。我說：

「其繡，你一點沒有長大。」

「已經有兩個孩子，老了。」她說：「你怎麼一直不給我們寫信。我們在報上看到，才知道你來這裡。」

「我哪裡知道你們這個新地址。」我問喬太太：「你什麼時候來新加坡的？」

「去年。」

這時候，李秉侖已經叫佣人把我的行李搬到客房裡了。他自己要出門，就過來同我招呼。我伴他到門外後，回到客房裡理我的東西。

下午，我才有機會同喬太太談談，我問她上海的情形同其錦夫婦的近況。喬太太告訴我，其繡結婚後就來南洋，她就退了房子，一直住在其錦家裡。共產黨到了上海，說劉逸塵的財產都是官僚產業，就沒收了。他還被清算，坐了半個月的牢監，放出來後，也不許離境，情形很悽慘。其錦有了三個孩子，自己很瘦，在一個學校裡教書。喬太太因為其繡叫她出來，她就跟一個朋友到香港，又來了新加坡。她接著問起我的父親，我說：

「他已經過世了。母親同我一同到香港的。」喬太太忽然說：

「日子過得真快。許多變化都想不到。」

「不過你的福氣不錯，秉侖情形不是很好麼？他似乎發了點財。」

「他到這裡做樹膠生意，這幾年來很順利。這都是命運。」喬太太說到這裡忽然說：「你還記得你帶我們去看相，那個相命先生的話麼？」

真的，我一直沒有想到那天看相的事情，經喬太太一說，我忽然想到他所說其錦、其繡的將來，我說：

「啊，啊，我記得，他所說真是……真是有點奇怪。」

「我一直在想，」喬太太忽然說：「如果不是那位相命的對其錦說這樣的話，其錦也許會同秉倫結婚的。」

「你是說那一次玩笑似的去看看相，對其錦有這樣大的影響嗎？我不相信。」

「但是這是真的，我看過其錦的日記。」

「那麼你說這是命定的？」我說：「但是假如其錦嫁給李秉倫呢？難道李秉倫就不會發財了。」

「誰知道，也許李秉倫會不來新加坡，也許……誰知道，這不是人所能猜想的。」

「這樣說來，這不是太可怕了麼？」我當時有很深的感觸，我說：「我不知道其錦會這樣迷信。怎麼就相信了看相的話。」

「她也不一定相信，但是她是一個好勝的孩子，眼看同學們都同有錢的人結婚，經看相的一說，她突然發現李秉倫太窮了。在那天看相回來以後不久，她就對李秉倫說他們只能夠做個很好的朋友。我想就因為那次的看相，使她下決心不嫁給李秉倫的。」

「我真是不懂。」我說。

「天下事情，往往是這樣。」喬太太說著，忽然注視著我不再說什麼了。

我一時很覺得奇怪，猛然想到很久以前，我第一次在喬家吃飯時，她注視我的情形，我心裡有一種說不出的窘迫。喬太太忽然又收斂了她的視線，感慨地說：

「你知道你父親同我的事情麼？」

「我父親？」

「現在你父親已經死了，我可以告訴你。」她說：「我本來要嫁給你父親的。」

我突然感到有點不知所措。但是喬太太很平靜，她緩慢地說：「那時候有人做媒，我們還介紹了見了面。奇怪的是你父親留給我很深的印象，我一直沒有忘記。他很像你，只是有點憔悴，像是剛剛受過什麼刺激。那次見面以後，你父親像對我也很滿意，我們暗地裡還通了幾封信。你父親對我坦白地陳述他過去的浪漫生活，一面我們的媒人在進行我們的婚事。那時候我的父親在上海，我的婚事由我祖母作主，父親並沒有反對。但不知怎麼，父親忽然聽到你父親在上海捧過戲子，與一個叫做小丹蓉同居的事情，所以就親自回家，一定要取消這個婚禮。因為知道我們還有情書往還，所以馬上把我帶到了上海。我當時也著實傷心過一陣。到上海後我住了一年，才嫁到喬家。」喬太太說完了，換了一口氣，望望我又說：

「所以婚姻這事情完全是緣。」

一時我完全被這個故事炫惑了，我馬上想到為什麼我到喬家去就成了他們家的常客，也想到為什麼那天喬太太就約我參加喬教授生日的晚餐了。一切我以後與喬家的來往，成為很深的好友，原來都起因於喬太太對於父親未完成的一段姻緣。

我想得到在我父親的時代，尤其在鄉間，戀愛交友都不很開通，也想得到喬太太做小姐時代對於婚姻選擇是沒有自由的。喬太太與我父親也許真是一見鍾情，但是命運沒有使他們結合。可是結合了又是怎麼樣呢？嫁給我父親不一定就比嫁給喬真權幸福。但是人生所未能擺脫的，偏是一點莫名其妙的情愫。

喬太太的時代沒有選擇的自由，可是喬其錦的時代總有選擇的自由了。但是喬其錦並沒有根據自己的情感在選擇。我想到也許這因為喬太太的時代沒有機會同男人接觸，所以第一個與我父親見面就留了不能忘的印象。喬其錦的時代與男人接觸太多，反而沒有特殊的印象，於是就只好在比較中考慮到現實的問題。這大概也是時代的悲劇。沒有選擇的自由時，不能選擇；有選擇自由時，無從選擇。

當時我望著喬太太不知不覺露出了傻笑。但是我發現喬太太同我母親是多麼不同的典型呢。這時候其繡從裡面出來，她說：

「你們在談些什麼？」我說：

「其繡，我很高興看到你現在這麼幸福。我們正在談當年我帶你們到城隍廟看相的事情。你還記得當年那個看相的人是怎麼說的麼？」

燈

一

在珍珠港事變以前，日軍雖已佔領了大上海，但還未侵入英法的租界，這時期的上海，我們稱之為孤島時期。

那時的租界，是一個混亂的世界。許多報刊，大都聘請一個美國人做幌子，成為美國人的企業，作反日的宣傳。租界屬於英國或法國，英、法在當時算作中立，英、法人出面，仍有許多不便，所以以美國人做幌子為最好。這些受聘的美國人，只用一個名義，現成得一筆巨薪，也可說是一宗畸形冒險家的買賣。日本人對這些報紙的工作人員，明知其為抗日，但除了綁票暗殺外，也沒有其他的辦法。當時，中、日的特務都在租界裡活動，所以暗殺綁票一類事情，日有所聞。但另一方面，漢奸新貴雲起，應酬交易頻繁；一般市民，苦悶不安，多去得過且過，尋歡作樂。賭窟舞榭，酒館茶樓的生意興隆，市面反而有畸形的繁榮。

那時候，我除了用筆名在抗日的報上寫稿外，還辦了一個小小的刊物。這不是一個政治性的刊物，又因並無美國人作幌子，所以只能以冷諷熱嘲的筆調對日人、漢奸與一些變節的知識份子，作挖苦與諷刺。我們對世界大事戰爭狀況，因為已有報紙的報導，所以並不著重，所談所笑的都是那些漢奸醜態社會現狀與人間瑣事。大概就因為這些特點，這個小小的刊物很受社會歡迎。投稿的人很多。

就在那時候，我收到羅形累的一篇的稿子，題目叫做〈從北平到南京〉，裡面所寫的，當然也是從北平到南京的所見所聞，文筆很不錯，只是有些措辭太激烈之處，我怕影響刊物與我自己的安全，沒有得作者同意就將它刪改了。發表後，那位作者就寫信責問我，我因為信裡很難表白我的苦衷，所以就寫了一封信約他談談。

這是我第一次同他見面。

羅形累是一個年紀不過二十三四歲的青年，身材短壯，皮膚黑棕色，眼睛灼灼有光，動搖不定；厚厚的嘴唇在談話時不時露著笑容，他有一口白齊的牙齒，同一頭濃黑的捲髮，我們談了約一個鐘頭，他對我的苦衷也就瞭解，並且答應我以後每期為我寫稿。當時記得我還把〈從北平到南京〉的稿費帶給他，他就要請我吃飯。我也不好意過分拒絕，所以就一起在一家四川館子吃飯。席間，我們談了許多關於刊物內容種種，同一些電影與舞場的市面。他並沒有告訴我他的職業與工作，只告訴我一個我已經在他的稿子上知道了的通訊處。

這以後，我也請他吃一次飯，他就常常來看我，送稿子給我，我們偶而一起去跳舞看戲。總之，羅形累是一個活潑，年輕，生命力很充沛的人，同他偶而在一起談談玩玩，對於我的生活是一種很新鮮的調劑。

那時候，我不過三十二歲，還沒有結婚，但是我有一個我心愛的情婦。那就是在大路舞廳做舞女的丁媚卷，我們相愛已有九個月的歷史，談到結婚，也談到一同到大後方去的計畫。我們會面，一星期兩三次。她住在愚園路一家公寓，很清靜；我們總是在電話裡約好了，由我去看她。平常我是很少到大路舞廳去找她的。我的朋友與她的朋友，都沒有人知道我同她的情誼。

可是，就在我與羅形累交遊之中，有一次，我們一同去大路舞廳；他叫了一個史萍美的舞女，我就叫了丁媚卷。我雖叫丁媚卷，但沒有公開我們的關係，表面上彼此還是很生疏的樣子。散舞以後，我也沒有再想到這件事情。

大概是隔了三天，我到丁媚卷家裡去，我在她的桌上看到了一些她與羅形累的照片，我就問：

「啊，他找你去玩啦？」

「是的，他打電話約我；他們有一群朋友，玩了一天。」

這在舞女生活中原是很普通的事情，我也沒有在意。

但是，幾天以後一個上午，丁媚卷忽然打電話給我，說有要緊事情同我談，請我到她那裡去吃中飯。我想不出有什麼要緊事情，但上午正是她睡眠的時間，她打電話來就已經有點不平常，我就趕去看她。

一進門，我就知道情形同平常不同。丁媚卷不敷胭脂，披著濃鬱的頭髮坐在沙發上，很端莊的在修手指甲；知道我進去也不抬起頭來。我說：

「怎麼啦，你今天這麼早起。」

「我一晚沒有睡。」她說著還是修指甲。

「什麼事？」

「我，我想來想去，還是告訴你好。不告訴你，你也許更會恨我……」

「什麼事啊？」我說著坐在她的身旁，又說：「我們有什麼事不能夠談。」

媚卷這時候好像意識到我要去擁她吻她似的，她突然拋了她修甲的小刀，站了起來。一面背著我走開去，一面說：

「唉，我怎麼說好呢。」

「沒有關係，」我說：「什麼事，你肯坦白的告訴我，我絕不怪你。」

「真的？」媚卷突然轉過身來，望著我說：「真的？」

「自然，」我說著又開玩笑似的說：「假如你告訴我你已經愛上了別人，我可以馬上就走。」

「馬上就走是什麼意思？」

「你不要我了，我還在這裡幹麼？」

「但是我們還是朋友。」

「你是說你真的愛上了別人？」

「是的。」媚卷突然低下頭，非常認真地說：「我愛上了你的朋友。」

「我的朋友？」

「那個羅形累。」

「笑話，他是我的朋友！」我這樣說著，心裡浮起的則是憤恨與妒忌。

「他昨天晚上住在這裡。」

我當時也不知道怎麼，竟無法控制自己；我拿起我身後的靠墊，往媚卷的臉上擲去，我說：

「不要臉。」說著我就想奪門而出。但當時的心境竟是非常複雜，一方面我感到非常憤怒與失望，另一方面又覺得我對媚卷的態度有些過度。所以當我打開房門的時候，我又說：

「我一直把我們的愛看得……」

我沒有說完，喉嚨已經感到啞塞，眼淚禁不住流了下來。

丁媚卷大概也不願意我這樣走掉，她跑過來拉我說：

「我約你來吃飯，你也吃了飯才走。」

她的話似乎想不提我們正面的問題；她一面用手帕揩她的眼睛，表示有許多話要慢慢才能說得明白。

我當時並不能擺脫自己，或者我還有希望可佔有她的情感。我就跟著走過沙發去。

以後我們有很認真的討論。我雖是仍想佔有她，但是我也並不能對她與羅形累的事情有所原諒，我為種種的自解，總想把羅形累說得低微，把媚卷負我的責任推到羅形累身上去。我願意知道媚卷昨夜因為飲酒過多，我願意知道羅形累有點欺騙或強迫的行為。這樣可以使我在理性上對媚卷有一個原諒。

但是媚卷都不承認這些。她不願意我把羅形累說得低微，也不承認自己糊塗，或羅形累對她有什麼勉強。她直截了當說她愛了他。她說她愛我同愛羅形累是不同的；對我是一種敬愛，對羅形累則是一見鍾情的。她在我們相愛過程中，她沒有做一件對不起我的事情。如今已經做了，她願意我只做她最敬愛的師友。她又說她並沒有把我們的關係同羅形累說過，她怕告訴了他，他也許會不再愛她。她說以後也不會去告訴他，可是她願意把什麼都告訴我，因為我在她的感情中，覺得是高於她的一個偶像，而羅形累與她則是平等的。她與她的關係只覺得她是我的，與羅形累的關係，則覺得她在佔有羅形累。

總之，媚卷的話是她已經愛定了羅形累，而要同我走開了。其他的解釋始終是一個解釋。儘管她用多少的眼淚，並不能補救我所受的打擊。

飯開好了，我只喝了一點湯。我沒有再說什麼，飯後就就匆匆告辭。她雖是仍叫我去看她，但是我知道我是再不會去找她了。

二

自從媚卷家裡出來以後，我很想找羅形累，當面罵他一頓，但是我沒有他的住址，只有一個通訊處。我曾一再擬寫一封責問他的信，但是怎麼也寫不好，最後我還是寫了一封簡短的信，約他來看我，我打算當面去責問他。

一個人，在激怒之下，所言所行的事，往往是愚蠢而幼稚。等我寫了信以後，我開始想到我想責問羅形累的實在沒有理由。媚卷既是一個舞女，而我在事前並沒有告訴羅形累我與媚卷的關係，媚卷也並不告訴他我是她的情夫，那麼羅形累所做的也並沒有對不起朋友。何況媚卷已經清楚地說明是她愛上了他。所已經過我冷靜的思索以後，我覺得同羅形累談起這件事，反而見得自己淺狹，反而使他得意自傲。我必須裝作不知，如果我要發洩我的憤恨，我還不如在無意之中透露我與媚卷的關係，並且應當很輕蔑的表示我當她是一個舞女，並不是當她是我情有所鍾的情婦才對。其次我應當裝作毫不知情的同羅形累到別的舞場去玩，希望羅形累會輕易地喜歡別人，並不把媚卷看得很重，這也就可以滿足我一些對於媚卷的報復。

我在這樣的思索以後，我就非常慶幸我沒有寄出我責問羅形累的信，而羅形累應約來看我的時候，我已經想好了我應當對他取什麼態度。

當時我的生活有很大的變化。我一面感到非常痛苦空虛，一面則極力裝作若無其事，每天尋歡作樂。我一面很想念媚卷，但一面須把她想作一個普通舞女，把我們的浪漫史當作逢場作戲的尋樂。羅形累來找我的時候，我更極力裝作我對於孤島生活的苦悶，邀他到賭窟舞榭去找尋刺激。

這一段荒唐的生活，使我與羅形累非常接近，但是我因為注意力完全集中在我們三角的關係上，所以對於羅形累的背景並沒有想去瞭解。

羅形累每天很有興趣的同我一起，但是我並不能使他對別的女人發生興趣，有很多次他提議到大路舞廳去，我總是提出反對，我又時故意輕蔑的說：

「那面的舞女，個個都是老妖怪，沒有意思。」有時我故意挑撥他，我說：

「是不是那面有你的情婦？」我希望他可以由此而告訴我他與媚卷的關係。但是羅形累竟從不露一點聲色，他總是輕描淡寫的提到別處去玩。我慢慢地看出他有時雖是想去大路舞廳看看媚卷，可也怕我看出他們的關係。

羅形累對媚卷的事情與對我的堅守祕密，使我非常恨他。但是我竟無法對他報復。我當時真想找一個機會可以對他爆發一次，打他一頓，但是竟沒有這種機會。

儘管我們天天在一起，他一星期總有兩天推託有事；後來我知道這兩天正是他去幽會媚卷的日子。我往往借此對他挑釁，激他發怒，阻他不去；但是他始終不露一點聲色，當我是一個沒有心計的好人或傻瓜，而從未為遷就我而對媚卷延約。

我知道我心裡還沒有對於媚卷忘情，因此對於羅形累有隱藏的妒恨，可是在羅形累對於媚卷的專情而對於我死守著祕密上，我則在妒恨媚卷。總之，我所想報復的都沒有成功，我變成只是一個浪費了愛情，浪費了仇恨的低能兒。我的痛苦使我看到自己竟是一個卑怯可恥的弱者。

就是那時候，太平洋珍珠港事變突然發生了。日本軍隊接收了租界，孤島的情勢已不再存在，一切藉著租界掩護的在抗日的人都有了重大的變化。我自動的把我的小小刊物停刊。那幾天之中，我都沒有會見羅形累。一直到日本人接受租界三天以後的那個晚上，羅形累忽然提著一個提箱來看我。他的形色非常倉皇，態度非常嚴肅，神情又像是非常疲倦。坐倒在沙發上，他說：

「我可以住在你這裡麼，今晚？」

「自然可以。」我說。

「我只是想同你談談，」他抽起一支煙，於是他站起來，走到窗口，望了望窗外，拉上了窗簾，掠了一下頭髮，又回到原來的座位。於是他看了我一眼，乾焦的嘴角露出一絲苦笑。他說：

「我們一直在一起，但很少談正經事。」

他的話提醒了我，這倒是我從未想到的事。坐在我對面的羅形累，一瞬間好像長大了許多。其實所為正經事，那時候所涉的不外是國家大事，或者什麼團體，什麼朋友的態度，或者是當地租界當局與日本人行動與措施的變化……。這些問題，實際上我們自從交往以來，已彼此瞭解，無需經常的掛在嘴上，即使有一二個新鮮的消息，一兩句話也就完了，沒有什麼可以多談的。而在我，總覺得羅形累並不是可以談什麼的人。今天他忽然提出這個問題，我覺得很滑稽，我笑了笑，沒有回答。

「你是不是打算到後方去？」他忽然說。

「我昨天正想過，有可能，我是一定要走的。」我說。

「可是我還不能走。」他說。

我想我真是一個卑小的人，他的話馬上使我想到了媚卷，他可是因離不開她才不肯走的？我當時就說：

「我想你年輕力壯，可以做很多事，應當去後方才對。」

「不瞞你說，」他忽然低下頭，用低沉的聲音說：「我是有任務的。」

這一句話，馬上使我感到小看了他。我不便再問，也不願再問，我對於我剛才的想法有一種奇怪的內疚。我沒有說什麼，站起來，忽然發覺他帶來的提箱。這一瞬間，我意識到這提箱可能是一種危險得可以使我死亡的東西，我走過去，用腳踢踢沙發邊的提箱，說：

「這是什麼？」

「我那裡不能再住。」他說：「我必須馬上找點掩護……」

「可是，」我說：「我這裡……」

「我知道，我只想待一晚。」他笑了一下，似乎看到了我的膽怯與自私。他忽然說：「我很瞭解你，你的愛國心並不下於我，你也絕不會出賣你的朋友，所以我想托你為我分送幾封信。」

他沒有看我，也沒有得我首肯，隨即站起來，打開提箱。我看看裡面都是衣物用具之類，很凌亂，他翻了一翻，拿出三包密封的牛皮紙封袋給我。他說：

「真是對不起，這個我只好托你了，因為我們一些人已經受到了注意。而這是非常重要的東西，我必分存到別處去。」

我接了封袋，看每個封袋上的字，是一個地址同一個人名，我看了看，說：

「好，好，我明天就替你送去。」

「謝謝你。」他說著抬頭望望我，又說：「你最好三個地方分三次送。」

「那麼你打算搬到什麼地方去呢？」我看他在塞箱子的什物，順口的問。但當我聽到了我自己的聲音後，我馬上想到了媚卷。

「啊，我還沒有決定。」他說著，蓋上箱子，上了鎖，站了起來。

「我是不是要問他們拿一個收條？」我指著三包封袋說。

「用不著，我相信你答應了一定會送去的。」他說著看我把封袋放在桌上，又說：「你先把它收起來吧。」

我當時把那三包東西拿到我書房去，我把它鎖在我的寫字檯抽屜裡。再出來的時候，看見他在打電話。只聽見他說：

「好，好，那麼回頭我來好啦。」他看我一眼，於是又說：

「我，我現在在一個朋友地方。」他背過身去，於是又說：

「一個好朋友，……我知道，我知道。」

羅形累掛上了電話，表情有點變化。他忽然說：

「我想我還是走吧。」

「為什麼，明天走不好麼？現在已經不早了。」

「我已經……」忽然換一個語氣說：「白天怕有人注意。」

「那麼我為你叫一輛車子。」我說。

「好，謝謝你。」

我打了電話，叫了車子，羅形累就拉著我的手，非常誠懇的說：

「以後，也許要很久很久不能同你見面了。」

「真的？」

「我非常感激你，你肯幫我忙，替我送這幾包東西。」

「你放心，我答應你了，一定替你送到。」

「我知道你一定會辦到的，所以我才來托你。可是事實上，我也考慮了很久；但是除了你也沒有別人，我知道你的人格與個性，我相信你。」他緊緊的拉著我手，我發覺他的手有點冷。一時間，我感到我們真可能會很久不見面了，我說：

「你想喝一杯白蘭地麼？」

「好，好。」

我倒了兩杯酒，同他碰碰杯，彼此沒有再說什麼。乾了杯，他又同我握手，這時候外面的車子已來。他就提了箱子出去，我送他到門口。他不要我送他上車，我就在門口看他的車子駛走了，才回到屋裡。

這一瞬間，我對羅形累的確有一說不出的敬意，我已經忘去了他奪去我丁媚卷的妒恨。還覺得我在這時候可以被他信任，為他做點事是很光榮的。

但是當我寬衣就寢的時候，我忽然想到羅形累的去處，從他預備住我這裡，又突然變了主意的過程中，我悟到他的電話是打給誰的，這一定是打給丁媚卷。我想到他把這些東西叫我去送遞，而自己投到媚卷懷裡去安睡，未免是對我一種手段的利用，我又開始妒恨起來。

人心的好壞與變化，也許就是一念之上落；那天整夜我都在這兩種奇怪的情緒中波動。

我雖不至於把他托我的封袋送到日本憲兵那裡去把他出賣，但我真是一再想到把那幾包東西燒去，讓他知道我並不是這樣可以被愚弄的人。

我於天亮的時候才入睡，醒來已是九點鐘。要不是那天的報紙，使我覺得我送那幾包東西不光是為羅形累的話，我也許就想把幾包東西毀掉不送了。

人真是一種難以相信與把握的動物，一些小小的因素就可以改變一個人行動的善惡。那天的報紙記載著幾個愛國的人士——有兩個還是我認識的——的被捕，這使我感到一種對日人的憤怒；我覺得即使是羅形累對我的利用，我為這些在犧牲的同胞，也應當做我答應羅形累的事情了。

當時，我就振作起來，叫了車子，很快的就把羅形累交我的幾包東西按著地址一一送去。辦完這件事以後，我的心寬慰許多。我沒有對不起羅形累，也沒有對不起我的良心。但是這也算是我最後對羅形累與丁媚卷的一種交割，我想我一生當不會再看到他們了。

三

可是，奇怪的是當我在每日變化的日本人所控制的環境中，急於籌畫去後方的當兒，我還是常想念到媚卷及羅形累。原因也許正是我太想把他們忘去。

一個人對自己的悔恨真是一種無孔不入的細菌。在我戀愛失敗以後，我對羅形累的自卑，常常使我想對他有一種報復，以維護我的自尊。我不是希望羅形累另愛他人，證明媚卷所愛非人；就是希望媚卷另有所愛，證明羅形累也並不能得媚卷的愛情。我還希望羅形累會貪圖功利，失節事仇，現出他是一個沒有人格的漢奸。但是這些都不能如我所願，這對於我的打擊實在太大。我一直想報復，但一直沒有機會。當他想利用我為他送幾包東西，我正可以把它送到日本的當局，告訴他們媚卷的住址。為什麼我竟又被他料到，我是一個好人，一個可靠的人呢？為什麼我不能讓他知道他的估計並不正確，偏偏做一件出他意外的事情呢？

我並不能完全是好人，只有善行，而不想到別的；我也並不能做一個惡人，可以有勇氣行惡，而不想到這是不該做的；那麼我正是一個膽怯懦弱的人。

由這個膽怯懦弱，我開始恨自己。而我想到，丁媚卷之不愛我，也許正是發現我這個膽怯懦弱低能的性格。我覺得我應當一個勇敢的表現，不管是正面或是反面；我要使丁媚卷後悔她沒有一直愛我，或者後悔她曾經愛我。我不願意她輕易的可以把我忘去，而可以安然躺在羅形累的懷裡。

是這樣的想法，使我每天夜對於去後方的計畫有所彷徨，可是也並不影響我白天對於這計畫的進行。我在白天的想法與夜裡的想法有許多矛盾，但也是有解嘲的統一。我希望我到後方可以去做點轟轟烈烈的事，以恢復我的自尊；我甚至夢想自己可以成為一個軍人，有一天從日本軍人的監獄裡將羅形累與媚卷釋放出來。

這些矛盾的幻影使我非常痛苦，而就在那時候，我忽然在報上看到日本人通緝洪常則的佈告，佈告上的照相我發現正是羅形累。我頓然悟到我一直是被羅形累所欺騙利用，他連真姓名都不曾告訴過我。當時我知道我的報復的機會並沒有完全失去，但是我竟並不能有勇氣去告發他。事實上，我所辦的刊物對日本是敵對的，而羅形累正是撰稿人之一，我還為他送過祕密的檔案；我把他出賣，我也無從脫離干係。他很容易證明我是他的同黨，而甚至把許多觸犯日本人的軍律的事加在我的頭上。

我的沒有勇氣使我非常看輕自己，也非常痛苦。我時時想在什麼地方碰見他們，也時時怕在什麼地方碰見他們。想碰見他們為實現我的報復，怕碰見他們，也正是怕自己沒有報復的勇氣。我希望碰見他們，正是在他們被日人追捕之際，而我有力量與勇氣解救他們；我希望當我救他們的時候，羅形累還是跑不掉日本人的魔掌，而我救出了丁媚卷……

總之，這種種奇奇怪怪的設想，各種的矛盾，使我非常痛苦，為解救這些痛苦，我必須馬上離開上海才行。這也就是我在白天總是積極地在作去大後方的準備與安排。

但是命運的安排竟不許我有所逃避。也許正因為我在善惡的兩極端擺動之中，上天要對我作一種更深的考驗。一九四一年十二月二十一日的晚上，三個日軍帶了三個偽警突然到我家裡，要我到司令部去問話。

當時我已經定二十八號離開上海，我已經安頓了我應該安頓的許多事情，而恰巧在那晚，我燒去了許多書信。正在我把書信燒完的以後不久，大概是十二點半的辰光，一個日本軍人同一個偽警敲門進來了。他們的態度很好，也沒有馬上檢查我的房間，只是要我立即同他們到司令部去。

我的房子是一間睡房的公寓，我有一個女傭，女傭的房間則在另一個範圍內。

所以當他們敲門的時候，我的女傭並不知道。我當時要求按鈴叫我的女傭，他們也沒有禁止。事實上他們也許並不知我們公寓的僕人臥室是在另一個範圍，所以他們也正好對她有所查問。

我的女傭叫何媽，是一個五十歲的安徽人，對我一直很好。她一進來自然嚇了一跳，我馬上勸她不要害怕。當時我要求單獨的對她說幾句話，日本人不答應。我又要求打一個電話，他們說電話可以到司令部去打。我沒有辦法，只得隨便給何媽一點錢，叫她明天一早通知我一個親戚，並關照她好好看我的房子。

我拿了一頂帽子，披上一件大衣，拿了一把牙刷，就跟他們出來。我看到門口正站著另外一個日本軍人與一個偽警，何媽要跟我出來看看，就被他們攔阻。那兩個人就在我出門時攔著何媽，走進我的房間。我相信他們就在那時候查問何媽並檢查我的房間的。

我隨著他們走到樓下，門口又站著一個日本軍人和一個偽警。我不懂日語，但那個押我的日軍同門口的日軍說了幾句話，我聽得出是要他們上樓的意思。所以押我上車的只是原先進我房子的那個軍佐與那個偽警。

這並不是一輛囚車，而是一輛很漂亮的別克。我坐在他們兩人中間，司機就開動了車子。

車子駛過熱鬧的街道，我很希望有一個熟人可以看見我。我只是意識到車子駛向虹口，但無心注意街景。我所想的只是我的罪狀，是不是因為我以前辦過詆毀諷刺敵偽的刊物？要不然，是羅形累被捕了，他把我拉在裡面。我心裡那時候倒不是一種害怕，而是一種焦慮，我很希望車子快點駛到目的地，讓我知道究竟是什麼原因。

最後車子終於到了司令部，從站著日軍的門口進去，經過一個很大的院落，我望見陰黑的天空與圍著院落四周樓房的發光的窗口，我驟然感到天氣的嚴寒。我並沒有被上手銬，也並有被他們挾持，我只是跟隨著那個日本的軍佐走著。忽然我發覺那個偽警已經不見，押隨我後面的已是換了二個日兵。

這時候，我跟著走下許多石階，被帶進一間空曠的地窖，四面上下都是灰色的水泥牆，幾個扁長形的窗子，開在牆端，從窗子的高度，我可以知道這地窖至少也有一丈的深度。

房內是空洞的，光線很暗，頂上有好些盞燈，但只亮著幾盞，燈罩上都蒙上鐵絲網，真像是一個室內的球場。在房間當中，一盞亮著的燈下，有一張長方白木的桌子，上首放著三把椅子，左首也放著一把椅子。對著那張桌子，離得很遠的房角放著一把木椅。帶我進來日軍就指揮我坐在那張木椅上，他自己就出去了。這時候押在我後面的兩個帶著武器的日兵就站在門口。

在死一樣的寂靜中，我忽然害怕起來。我知道害怕是一個弱點，但是我竟無法克服。

大概隔了半個鐘頭，燈驟然亮了。有三個人從門外進來。兩個是日本軍佐，一個養著鬍子的年紀大概有三十多歲，一個禿著頂的大概有五十幾歲。養著鬍子的一個臂上夾著案卷。還有一個是中國人，穿著便衣。兩個日本人的軍佐像是沒有看見我似的，一進來就向桌子走去。那個中國人一進門就向我望，非常兇狠的說：

「站起來！」

我馬上站了起來。他又說：

「一點沒有禮貌。」說著也就走向桌子。

兩個日本軍佐坐在上面的兩個位子，中國人則在左面一個位子。可是正中的一個位子則空著。我看他們坐下了，也就坐下來；這時候他們就抽起煙談笑起來，沒有看我也沒有問我。我的心忽然跳得很厲害，希望這審判可以早點開始。

這樣一直隔了十多分鐘，室內忽然亮了起來，我注意到現在房內所有的電燈都開亮了。於是門口走進了一個手裡拿著馬鞭的日本軍官，皮靴閃亮，橐橐作響。

我不知道什麼時候起，桌前的三個人都已熄了紙煙。這時候一律站起來，我也就跟著站起。

「請坐請坐，大家坐下。」那位日本軍官揚揚鞭子，用帶東北口音的國語說，又向我用鞭子指指說：「坐下，坐下。」

我坐下，還以為他會走到桌前空著的位子上去了，但是他並不，他只是向著坐在桌前的人問：

「這就是徐國雯？」

「就是他。」那位養著小鬍子的軍佐站起來說，一面翻著案卷，像要報告什麼似的。但是這位問話的軍官揚揚鞭子止住了他。很從容的走向我的面前，於是用很自然的語調對我說：

「你是哪裡人？」

「浙江。」我站起來回答。

「在上海幾年了？」

「八年。」我這時看的那個中國人不斷的在記我的口供。

「你以前在哪裡念書？」

「在北平。」我說，從那時候，他就在我的面前踱來踱去，皮靴敲著洋灰地閣閣作響，一面問：

「你讀過大學？」

「是的。」

「畢業幾年了？」他沒有看我，兩手背在身後弄著鞭子，又問。

「八年。」

「那麼你一畢業就到了上海。」

「是的。」

他這時突然迴身站在我的面前，很和氣地說：

「你不要害怕，只要好好回答我，就沒有事。倘若有一句謊話，那就不要怪我們不客氣了。」他就一面踱開去，一面又說：

「我們皇軍最主張公道，不願意冤枉人的。」他說著歇了一回。這時候他已經走向桌邊。桌邊的三個人都站了起來，我聽不見他們在說些什麼，只看見那個養著小鬍子的軍官，翻開了案卷給他看了看。

他於是轉過身子，背向著桌子，向我走來。我站了起來。他說：

「你坐，你坐。」

我坐下，我看到桌邊那三個人也跟著坐下。他慢慢踱到我的面前，又說：

「你辦過刊物，詆毀過我們大和民族。」

我不作聲。

「你始終為敵人張目。你還在刊物上譏笑過皇軍。」

我不作聲。

「你承認不承認？」他忽然提高聲音說。

「我承認。」我低聲的說。

「你承認就算了，我們可以寬恕你。」他忽然又和氣起來，於是說：「只要你以後什麼都說實話。」

我不作聲，他歇了一回，說：

「你有一個朋友叫做洪常則，是不？」

「我沒有叫做洪常則的朋友。」我說。

他於是從衣袋裡摸出一疊照相。兩隻手一張一張的數著。在第三張上我看到的正是我的一張半身照相。到第五張，他抽出來給我看：

「你不認識他？」
「我認識的。」我說。
「剛才你怎麼說你沒有這個朋友。」
「他的名字並不叫洪什麼？」
「他叫什麼名字？」
「他叫羅形累。」我說。他接著就一連的很快問我以下的問句：
「你認識他多久了？」
「半年。」
「怎麼認識他的？」
「他來投稿。」
「此後常在一起麼？」
「一起玩過幾次。」
「你知道他是幹什麼的？」
「不知道。」
「最後你是什麼時候見他的？」
「兩個月以前。」我說。
「說謊。」突然他厲聲地說著，用鞭子抽在我的臉上。
我用手摸摸我的臉，我的眼角已經流了血，但我倒沒有覺得很痛。他忽然說：
「十二月十一日晚上，他來看你，有沒有這事？」

「有的。但是這以前我有好久沒有見他。」

「那麼，現在他在哪裡？」

「我不知道，他也許已經離開了上海。」我說。

又是一鞭打在我臉上，他說：

「你這狡猾的東西！」轉了一個身，他揮了一下鞭子說：

「把他押起來。」

兩個士兵走過來時候。審問我的軍官對桌前的人說：

「現在你們去審吧。」

桌前的三個人站了起來，那個軍官揚著鞭子就走了。

但是那三個人並沒有馬上審問我。當時我就被兩個士兵挾持著，押出門口，走過長長的走廊，光線越來越暗，空氣越來越潮陰，最後我被推進一間房間，裡面有四個日本士兵。他們把我身上搜索了一遍，拿出了我袋裡所有的東西。我看他們把這些東西都放在我的帽子裡。當時押我的兩個士兵已經走了，由裡面的一個士兵押我出來。

我就被投入一間昏暗而奇臭難聞的牢房裡了。

四

一進牢房，鐵門在我身後關上，我就跌了一跤；我才知地上正睡著人。

光線暗得我一時看不清我的周圍，我只聽到地上的人在罵我，我沒有作聲。我極力用我眼睛去適應黯淡的光線，我靜靜地坐在地上，這時候我才意識到地上鋪著潮陰的稻草。我用我的視線向四周探索，我知道這間小小的牢房一定已經有許多人了。一瞬間我竟希望我可以碰見一個熟人。

於是，我在我坐處的斜角看到了一對發亮的眼睛，這一對眼睛像是死了一樣，瞪著我一動也不動。

這是一個人，一個靠著牆坐著的人。我於是看到他狹長瘦削的臉，蓬著灰色的頭髮；支出兩隻尖尖的耳朵。

他的眼睛一直瞪著我。我也好像就被它吸引一樣，就很想過去，看看他究竟是死人還是活人。這時候的我還沒有受刑，也沒有受什麼大罪；但是奇怪的是我竟並沒有站起來走過去，我像是怕人發現似的，順著牆腳爬了過去。

當我爬到那個人的身邊，我用手感覺他微溫的呼吸，我才證實他還是活著，我拉他乾枯的手臂，把他平放在稻草堆裡，我用我的大衣蓋在他的身上，這時候，他忽然呻吟起來，於是用低啞的聲音說：

「你是新來的吧？」只這一聲，他就安詳地閉上眼睛，不久就入睡了。

我沒有回答。靜靜地坐在他的身旁，靠在他剛才所靠的牆上。

從那時候起，我慢慢習慣了刺鼻的臭味，可是陣陣的寒氣從地上侵入我的背脊，慢慢地散布到我的周身；我的四肢很快就凍僵了。

我很需要我蓋在那邊我放下去的犯人身上的大衣。

但是我沒有去拿。我一再在他口鼻前探索他的呼吸，我好像在等候他的死去。像是他一死我才有權利去拿我的大衣似的。

這是我對於自己的道德良心一種奇怪的經驗。大衣既然是我的，為什麼我有一個好心要蓋在別人的身上；當我凍冷到無可奈何之時，我竟並不取回我的大衣。要說這是因為我有顆高貴與良善的靈魂，我自己也無法相信，因為我是不斷的在期望他死。

而他竟沒死，一直沒有死；就因為蓋著我的大衣，他睡得非常安詳。我不願意去取回我的大衣而驚醒他的安睡，我也不願意他佔有我的大衣而讓我受凍，我在期望他死。

我對於我自己心理的分析，使我也瞭解我為什麼不把羅形累的下落告訴日本人。羅形累是住在丁媚卷地方的，這個我很清楚，只要我說出來，我就可以無事。為什麼我要自己受罪而不願招供呢？我捫心自問，我不是出於我的高貴性格，也不是出於愛國的熱誠，而只是出於一種沒有理由的本能，一個奇怪的道德的本能。倘若這真是出於我高貴的性格；或是出於我愛國的熱誠，我應當並不以為我的受罪是有什麼冤枉，或者甚至以為光榮才對。但是我並沒有，我這時候的心理，竟希望羅形累被捕，就在我苦坐在牢獄裡時，他在外面已經被捕了才好。那麼明天一早，我也不必再遭審問，就可以被釋了。我希望他被捕，但不希望我告發他；正如我希望那個躺著的人死去，而不希望去取回我的大衣一樣。

羅形累現在被捕，我做到了忠勇的英雄而可以並不受刑，躺在我旁邊的人現在死去，我做了善人而可以並不受凍。這竟是人的綜錯可恥的心理。

在這樣反省、自慚、痛苦、矛盾之中，我尋到了這房中黯淡的光線的來源。原來在水泥天頂上，隱隱地嵌著一盞蒙著鐵絲網的燈。鐵絲網上的灰塵，厚得已經使光線無法透過，但是光線還是在擠出來。不知怎麼，我對這盞燈忽然發生了奇怪的興趣。我一直注視著那盞燈，我把它看作被壓在雲層中的月亮。我想到了過去的日子中，我曾經與丁媚卷坐在草地上望著這樣的月亮；夜深天寒，我把我的上衣披在她的肩上，我自己可也在發抖，但是我假裝作我並不冷，好像我必須是一個為她抵擋任何災難的人似的。

我忽然想到，如今正是我在為她抵擋災難，但是這有誰知道呢？我很想鼓作勇氣做一個壞人，我沒有理由要將羅形累的住址隱瞞，我決定在下一次提審時，把丁媚卷位址說出去。我要收回我的自由。

這樣一想，我似乎也應該有勇氣取去我的大衣了。

但當我看到躺在我身旁的人時，我發覺牆的上端有一個扁狹的小窗，窗上有六條鐵檔。原來天已經亮了。我已經整夜把大衣讓那個人蓋著，如今天已經亮了，我要取回，也應當讓房內的人都看見我的好心才對，為什麼就在他們快醒時去取回呢？這樣我就重新看躺在地上的一群人。

這群人一共是七個。兩個是十六、七歲的中學生，擁在一起睡在右面；一個穿著一件黑長袍的人，兩袖抱頭蜷縮在那兩個中學生的腳後，我沒看見他的臉；還有一個是粗壯的青年，打著鼾；另外兩個則是穿著西裝，一個側睡著，戴著絨帽，一直套在臉上，一個仰睡著，兩腳豎起，一條圍巾蓋在臉上，他的腳正頂著牆，已經無法伸直，但是我知道他是醒著的。我很想同他說話，但好像房中太靜，我的話一定會被人厭憎，所以也不敢啟齒。

扁窗這時已經亮了許多。

忽然鐵門開了，發出刺耳的聲音，門外似乎有四個人，但只進來兩個。

這兩個人都是中國人，都穿著短襖褲與戴著呢帽；其中一個瞟我一眼，但隨即避開了我死呆的眼光。他們兩個人踢著地上兩個穿西裝的人：「起來！起來！」

躺著的人彎身起來的時候，他們就一人一個拉著兩個人的衣領把他們推出門外。

門重新關上。

這時候，整個房中的人都坐起了。沒有人說一句話。都像是等待什麼似的，我只聽見外面皮靴的聲音遠去。我望望每個人的面孔，我想那些人發現我這個新來的人，總該有一點驚異與好奇，但他們似乎都像沒有看見。一霎時我真想開口了。可是，外面突然傳來了：

砰！砰！——

這是槍聲！我開始悟到剛才的兩個人已經被處決了。

房中的人們情緒忽然鬆下來。兩個中學生呆呆對視著，露出驚惶的神情。

那個粗壯的青年，瞪了一眼，吐一吐口沫，又倒在地上。

那個穿黑袍的人歎了一口氣，我看他頭髮很長，人很瘦。他慢慢地爬起來，拱著背，靠在牆上坐著。

可是，蓋著我大衣的人，並沒有點表情，他把我的大衣蒙上頭，又倒在地上睡了。

我正想對他的無理表示點什麼的時候，外面又傳來砰！砰！砰！的槍聲。

我吃了一驚。

「你是新來的？」那個穿黑袍的靠在牆上的人忽然問。

我點點頭。

「聽慣了就沒有什麼了。」他說。

我沒有說什麼，外面又傳來砰！砰！砰！的槍聲。

從那時候起，一直不斷的傳來新的槍聲；我有點驚惶不安。

「你還不如中學生。」那個人又說了：「新年正月初一，你難道沒有聽見到處的爆竹聲麼？」

我瞪他一眼，當作不在乎似的，靠倒在牆上；這次我可用腳蹬那個躺在我旁邊擁著我大衣的人了。

他不動。

鐵門又響了。

進來的是一桶水，一桶飯。

那個粗壯的青年像是有預感似的，一躍而起。大家都很快的起來圍上去。

我望著那桶飯上灰斑一樣的鹹菜，沒有動。

躺在我身邊的人，這時竟像有奇怪的活力一般的去取飯食。我於是很機會的攫取了我的大衣。

五

兩盞燈射著灼人的光線。起初我只覺得刺我眼睛，很快的我的眼睛像已是瞎了一樣，我覺得它在刺我的臉、我的心、我的整個的肉體。於是我的肉體也就像失了知覺，燈透過了我的肉體，像是直接刺著我的靈魂，我感到焦熱、乾燥與一陣一陣的刺痛。

當我被押到那個燈前時，我一點也不害怕；因為我抱定把丁媚卷的地址告訴他們，他們在丁媚卷地方就可以抓到羅形累，我也就可以自由了。

但是，他們並不允許我輕易說實話。我一坐下，四周圍就是奇奇怪怪的聲音。起初我還可以隱隱約約意識到這些發聲的人們，但不一會，我就無從想到這些人，我只聽到高高低低的聲音，這聲音像是來自四面八方，一連串一連串的直接襲擊到我的神經。

「你認識羅形累有多久？」

「我不是早說過了麼？」我說。

「有多久？」接著，我頭上被一條橡皮管抽了一下。我只覺這聲音是從我所不知的地方來的。

「半年。」

「誰介紹你們認識的？」

我楞了一下，想看看發問的人，但是我只看到強烈的光亮。

「快說。」奇怪的聲音，混合著橡皮鞭子的抽打。這二者馬上混在一起。

「沒有人介紹。」我說。

「怎麼認識的？」

「他寫信給我。」

「為什麼寫信給你？」

「他寄稿子給我。」

「什麼？」

「他來投稿，在我主編的刊物上投稿。」

「你就約他見面？」

「是的。」

「那麼是你寫信約他的？」

「是的。」

「那麼為什麼你剛才說他寫信給你？」

「撒謊！」皮鞭混合著凶厲的聲音。

「見面以後，他就要你掩護他的工作？」

「我一直不知道他是幹麼的。」

「你不知道？他不是投稿嗎？」

「我是說他別的工作。」

「啊，你知道他有別的工作？什麼工作？」

以後，我就再不知道我聽見了什麼，我也不知道我回答些什麼。聲音、光線、皮鞭的抽擊像混而為一，我像是暈過去又醒過來，醒過來又暈過去。……

我最後醒過來的時候是在我的牢房裡。

我感到刺骨的冷。我首先想到的是我並沒有把羅形累住在什麼地方告訴他們。

牢房中的同伴像已經有了變化。於是我突然感到有人把大衣蓋在我的身上，我的大衣在被審時似乎被剝去，現在也不知道在哪裡了。我張開我的眼睛看看我旁邊的人，我說：

「你是新來的吧？」

「是的，」他說：「你不要說話，蓋著我的大衣睡一會吧。」

我把他的大衣蒙上了頭。我心裡想到，那個人一定在希望我死，我死了他可以收回他的大衣。但是我不死，我不動，我也不響；我睡著了。

睡著；我就看見兩盞發著強光的燈。燈照著我，像太陽照在雪上，我慢慢地溶化，溶化成一堆膿血。我心想把羅形累的住處說出來，但是我說不出；我忽然發現我只是一堆膿血……

好像我那在膿血裡尋找什麼，這裡面究竟有什麼忠義與愛，使我一直沒有說出羅形累的住址。……

我醒來時看到嵌在水泥天頂裡的燈，在帶著灰塵的鐵絲罩裡，像是帶著酒意的女人的眼睛，而這竟是丁媚卷的眼睛，在羅形累臂上的眼睛。

我有什麼理由使自己被強烈的燈光曬成一堆膿血，而為這樣的卑鄙污穢淫蕩的眼睛保護一個懦弱的男子。

「哼！哼！」發出一陣冷笑。

突然，坐在我旁邊的男子睜開眼睛，用冷酷妒忌的眼光看我。

我知道他在注視蓋在我身上的他的大衣。

我不理他，我決心要整夜佔據他的大衣，像那天別人佔據我的一樣。

我說「那天」，因為我不知道我究竟被疲勞審問了多少時候。

我突然感到飢餓，一種從來沒有經歷過的飢餓。

「你醒了？」那個坐著的人問我。

「我睡了多少時候了？」

「從今晨三點鐘睡到現在，現在大概天又快亮了。」他說著眼睛注視著在我身上的大衣。

我不再作聲。我感到飢餓。望望上面的扁窗，天已經發白。我計算送飯來的時間。

「你受刑了？」那個人忽然問我。
我點點頭，沒有作聲。
「你沒有招供什麼？」
我搖搖頭。
「你真是了不得！」他忽然改變了眼光說，這時候他雖還看著裹在我身上的他的大衣，但是他在為他的大衣光榮；像他這樣一個人的大衣竟有機會蓋在一個英雄身上的光榮。
「你難道預備供認一切麼？」我問。
「我？」他苦笑一下，於是低下頭輕輕的說：「我帶著毒藥。」
「沒有搜你？」我低聲的說。
「在這裡。」他指指褲腳的邊沿。
我忽然覺得這是愚蠢的事。除非他現在吞服，等到刑審時，他還有什麼機會讓自己去拿毒藥。我說：
「你預備什麼時候吃呢？」
「必要的時候。」
「什麼是必要的時候？」
「當他們要用刑的時候。」他慎重地說。
「那你還有什麼機會吃它？」我說著，哈哈的笑起來。
他似乎很不高興，但忽然和顏悅色的說：
「你現在想吃麼？」

「我不想吃。」我笑著說。我馬上想到他在希望我死，我死了他可以很自然的拿回他的大衣。我又說：「我想活，我想活下去。」

他失望了。我也感到失望。我不再作聲，我忍受我的飢餓。

天慢慢亮了。

外面傳來了一聲聲砰！砰！的槍聲。

我很害怕，我環顧周圍；在這間房裡，如果也有人要受死刑的話，很可能就是我了。我忽然想到我身邊那個人的毒藥。我說：

「你說毒藥，給我一份好麼？」

那個人突然露出得意的笑容，從容不迫的拉起他的褲腳，拆褲腳上的縫線。可是那時候鐵門響了。我還以為這真是輪到我去被處決了，我的心猛跳著，我催旁邊的人，快點給我毒藥。但是外面竟是送飯來的，門口送進了兩隻鉛桶。我飛一般的去領糧食。

當我領了飯食回來的時候；那個人還在搜摸他珍藏的毒藥。我說：

「你不吃飯？」

「這樣髒？」他說著皺皺眉。

「我吃飯了。」我指指他的褲腳說：「這個，你留著自己用吧。」

他放下他的褲腳，很快的在我肩上拿他的大衣說：

「我……我實在太冷了，對不起。」

六

審問的目的如果想使犯人招些什麼，那麼他們的觀念一開始就錯了。

在我細細回想那一段生活的時候，我真覺得這些審問的人實在太愚蠢了。他們一開始就把我當作絕不想招供的英雄，使我很想招供的心理無法直截了當的供認。其次就是他們總以為我是有意要撒謊，實際上大部分的話不是我記不清楚，就是我驚慌中偶然說錯。他們把這些錯失都當作我的狡猾，想在那裡發掘什麼事實，那反而使我無法供認他們要知道的什麼了。

第二天夜裡我被押出去刑審，我是確確實實準備好我要供認的。但當我被上刑的時候，竟使我無法供認了。這因為在上刑的當兒，我痛苦得無法說話，刑後我竟又無力說話。

我不想描述我被刑的種種。事實上當時的感覺與心理的變化太複雜，我很難在這清靜安逸的現在來記述這些痛苦的回憶。我可以記述的是我受了三種的毒刑。

第一種是他們把一個圓形的鐵桶套在我的頭上，一直到我的肩胛，他們用棒在外面打這個鐵桶。

他們打了二、三十下，問我願不願說話。

「願意！」我說。這時候，我的頭仍舊在鐵桶裡，本來是漆黑的，這時候竟浮起了兩盞強烈的燈光，我馬上就昏暈過去了。

而他們以為我不願招供，接著又打起這個鐵桶來。

我不知道昏暈了多久，或者是昏暈了幾次。總之，當他們把鐵桶從我頭上移去的時候，我眼睛所看到的是兩盞強烈的燈光，我已經看不見任何其他的東西；我耳朵是鐵桶的聲音，我已經聽不見任何其他的聲音。

他們讓我休息了半小時，似乎當時只有我一個人，在漆黑的房裡。

於是燈亮了，人來了。

接著就是第二種的毒刑。

他們讓我的身體躺下，頭倒掛著；於是，我感到鼻子裡被倒灌一種奇怪的液體。

我不知道，生物對於痛苦忍受的限度可以有多少，可是我在那時候，似乎已經產生了一種本能的抵抗的能力。這能力就是眼前浮起了兩盞強烈的燈光，接著就是昏暈而失去了知覺。

當我被扶起逼供的時候，我已經不知道我是否還活在世上；我腦子裡也找不到有羅形累這一個人，我像是一個與過去已經是脫離關係的新生的人了。

但是他們竟以為我在倔強。

第三種毒刑是他們用一種馬尾似的細絲，插入我的生殖器裡。在前兩種毒刑上，我嘴部沒有發聲的自由，這次我的頭部是自由的，我號叫起來。這一號叫，我嘴裡吐出一大口血，我一見那血就看到了強烈的燈光。這燈光像太陽照雪一樣的，我就融化了；我昏暈過去，再也不知道什麼。

以後，我一直沒有清醒。

當鐵門響的時候，我本能的醒來，我才知道我又被送回到牢房裡了。我先還以為是領飯的時刻，但並不見鉛桶。兩個中國人進來踢著我，我知道我是完了。我馬上想到毒藥，可是旁邊的那個人蓋著大衣躺在地下，我已經無法向他要了。我被他們提著領子推到門外。

我並不是英雄志士，也不是有什麼信仰或高貴的靈魂。但是我終於要像英雄志士一樣的死去。我內心覺得實在可笑。

我被押到了門外後，通過長長的走廊，上了石階。那裡是一個廣大的院落。院落裡停著一輛吉普車，我就被推進車裡。

車子駛出了大門，駛到街上。我開始想到我是不是去被槍決了；但是我不敢問我身旁押我的人。

最後我發現我是被送入了一所醫院。

我在醫院裡被醫生徹底檢查了身體，靜靜的躺了五天。我想知道我是否已經恢復自由，但是沒有人能夠告訴我；我想通知我的親屬，但是被護士拒絕了。

第六天早上，一個日本軍官自稱朝信潤次郎的來看我。

「真對不起，」他坐在我病榻的旁邊，用流利的國語說：「要你受驚了。」

我當時真是受寵若驚，我說：

「是你保我出來，是你把我送這裡來的？」

「是的。」

「為什麼？你……」我非常詫異了。

「我讀過你許多作品。」

「你客氣。」我說：「究竟其中還有什麼原因呢？」

「我只覺得我們可以做一個很好的朋友。」他說：「我從你作品裡認識你很久了。」

「你是不是要我告訴你羅形累的下落？」我幽默地說：「可惜我實在一無所知。」

我一直想供認，但在吃了這許多苦以後，我真的不想說了。可是對方像是沒有聽見我後面一句話似的，他說：

「他們把你交我，我不得不監護你，一直到願意告訴我的時候。」

「那麼我是不是算是自由了呢？」

「沒有，沒有，」他笑著說：「我保了你，他們把你交給我。慢慢地你會瞭解我，你一定不會叫我無法交代的。」於是他視線轉到窗外又說：「如果你走了，到了他們的手裡，那麼……那麼我也無能為力了。」

「那麼……」

「你靜靜地養養，醫生說你三天後就可以出院了，我來接你。我在家裡為你布置了一個房間，你暫時算是我的客人好了。」他說著就站起來，匆匆的告辭出去。

三天後的上午朝信潤次郎果然來接我。我同他坐著很漂亮的汽車到他的住處。

原來他住在愚園路一所洋房裡。鐵門外有兩個兵站著崗，裡面是一個花園。汽車直駛到花園裡。下了車，從石階上去，走進一間可以容差不多四、五十人的客廳；布置非常華麗。客廳的右面是一排落地的玻窗，兩扇開著，外面是一個廣闊的陽台。

僕人帶我到樓上的一個房間裡，房內滿室陽光，窗外可以看到幾株槐樹。我對著窗，坐了許久，以後僕人就來問我是否洗澡。我因為沒有衣服可換，就拒絕了。這時候朝信潤次郎進來，他已經換上和服，手裡拿一隻信封，態度很從容瀟灑，和藹地說：

「你可以開張單叫人為你去買些需要的東西，這是錢。」他說著把手上的信封遞給我。

「那麼，我可以請你派人到我家裡拿去些衣服麼？」

「自然可以，你可以寫一封信。信裡最好只說你在司令部裡，一切叫你親友放心。衣服不妨多拿些來，我派車子替你去拿好了。」

「你意思是希望我長住這裡麼？」

「我希望你會喜歡住在這裡。」他說著站起來，看看周圍，又說：「你先寫信。回頭我們一起吃飯。」

七

我雖然失去自由，不許出門，但是我過得非常舒服，我可以看我愛看的書，也可以聽我愛聽的唱片。朝信出門後，整個的房子只有我一個人，非常清靜。他早晨出門，我還未起來，所以一直要等他到晚上回來時我們才見面。他好像每晚總是回來的，不過有時候他回家休息一回，換換衣服，再出去吃飯。有時候，他同我一起吃飯，吃了飯，很晚才再出去。

但是五天後的一個晚上，他回來後說不再出去了，他換上了和服，用非常閒適的態度同我一起吃飯，飯後，我們在融融的壁爐前喝咖啡，吸煙，我們有較長的談話。

他是一個很有學問也較為瞭解中國的日本軍官，所以有許多話可以談。我們也談到文化與藝術一類的課題，但是我極力避免同他談政治。他說：

「我希望你當我完全像你的朋友一樣，不必有什麼顧忌。」

「但是我們是不平等的。」我說。

「在兩個人的房間裡，我們有什麼不平等。」

「我總是你的囚犯。」我說：「你一句話就可以馬上把我送到牢獄裡去受刑，也馬上可以把我槍斃。在這樣的情形中，我們是沒有法子可以像朋友一樣的談話的。」

「你在這裡覺得不舒服麼？如果我有招待不周，你可以隨時告訴我。」他忽然笑著說。

「我很舒服，並且非常感謝你對我的優待。但是你知道，現在我在這裡已經五天了。我現在缺少的是什麼，你自然是知道的。」

「什麼？」

「自由。」我說。

「哈哈，自由，可是現在戰爭時期，誰有自由？我有自由麼？」他說：「只有像今天晚上這樣，忙裡偷閒，可以在家裡吃飯，同你談談。這總算是一點自由。」

「那麼你要我陪你自由。」

「我知道在你也許不以為這樣的閒談是自由，不過我已經盡我的權力來幫你了。同你在牢獄裡比，你總已經是自由了，是不？」他說：「自由本來是比較的，同有錢一樣。」

「究竟，」我吸起一煙說：「你把我留在這裡有什麼用意？要把我拘留到什麼時候呢？」

「他們總以為你是知道那個洪常則的下落的。」

「你看我的身體，」我靠在沙發上伸開兩臂說：「像我這樣的身體在你們的毒刑拷問下，沒有招供，這還不足證明我是真的不知道嗎？」

「其實，我是相信你不知道的。」他忽然站起來背著爐火說：「如果你知道了而不願意出賣你的朋友，這也是應該尊重的。」

「那麼對我還有什麼要求呢？」

「那是政治。」他拿了一支雪茄，用火柴在煙頭上鑽洞，一面說：「其實，你只要說出一個羅形累的其他朋友，就再沒有你的事了。」

我吃了一驚。難道他知道有丁媚卷這樣一個人麼？他接下去說：

「你說出另外一個人，總不算你出賣羅形累，是不？至於那個人是否出賣他的朋友，那就不是你的事了。是不？」他忽然吸著雪茄踱過來，笑著對我說：「你是一個充滿自卑感的人。」

「自卑感？」

「太不瞭解你自己。」他又走開去說：「你以為用你的生命換羅形累這樣一個人的生命是值得的麼？即以對中國來說，像你這樣一個人難道不比羅形累這樣一個人更值得珍貴與有意義嗎？」

我坐在沙發上，一直望著朝信，眼線跟著他的身子，但這時他正走到一盞講究的玻璃燈下，我看見了那燈。

那盞燈由一個雕花的玻璃罩下托著，旁邊倒垂著許多反光的玻墜；在白天，我雖會欣賞它的華美，但因為沒有開燈，所以並不覺得它燦爛耀目。這一瞬間，我正面的看到它的光亮。

就在這一回兒，我眼前忽然只看見了強烈的光，正像雪在太陽下融解一樣，我像是被那強烈的光所透過般的，我只聽到朝信的聲音，但不知道他在說什麼，這聲音逐漸地糊塗起來，我像是在被疲勞審問時一樣，我突然暈了過去。

醒來時，我在我臥房的床上。

朝信拿著一個玻璃瓶在我鼻子上讓我嗅，一個男僕拿著一杯酒站在旁邊。

「你醒了？」朝信看我張開眼睛，他說，接著從男僕手上接過酒杯拿到我唇邊說：「你喝了這個。」

他看我喝了那杯白蘭地，於是說：

「你靜靜休息吧。明天見。」

說著，他為我關了燈，同男僕一同走出去，拉上了門。

這時候，門內陰黯寂靜，我忽然發現一顆微缺的月亮正掛在我的窗外，一層一層灰雲在上面駛過。我很快的就想到了牢房裡那盞嵌在水泥天頂上的有鐵絲罩的燈與那燈上的灰塵。我想到對著那盞牢獄裡的燈，我曾經想到與丁媚卷月下的纏綿，何以在這樣的月夜，我竟想到牢房的燈光呢？

我重新憶起我剛才暈過去的一忽，那正是我在被刑審時的境界。在刑審時的昏厥，我原以為是痛苦極頂的一種生理現象，這時我忽然想到這實在是我心理上對自己保護的一種機能。而我現在難道已成了一種病症？

我當時很想再試試自己，我開亮了燈，我用全神貫注的注視著這個燈光，我把它想像成疲勞審問時對著我的強烈的燈光；我以為如果我已經成了病，我一定也會昏暈過去的。

我足足注視了十分鐘，我始終很清醒，這使我對於剛才暈去的現象，實在得不到一種合理的解釋了。

是不是我房中燈光的強度不夠呢？或者我試驗時心中太意識著昏暈，有一種害怕的心理呢？還是因為朝信的盤問使我有疲勞審問的感覺呢？

以朝信這個人來說，我並不討厭他，或者說很喜歡他來陪我，在囚禁中同我談談話；但是他是一個日本軍人，是一個侵略我們的人。他是統治者，我是一個囚犯，我們間無法有更深的友情。至於說羅形累的下落，我一直都想招供出去的。但是每當我要供認的時候，他們都沒有給我機會。剛才朝信所說我的自卑感實際上正是打動了我的自大狂。我相信我可以在將來對中國有更大的貢獻，而羅形累最多不過是一時的機要，我為什麼要以我的生命換他的生命。就在這樣一念的時候，我是很快的就想把一切都告訴朝信了。

於是我看到了那盞燦爛的玻璃燈，那燈光就像太陽融雪一樣的把我溶了。

我就忽然暈倒。

這樣回想的時候，我就發現在我的心裡正是有一種傳統的力量在控制我的供認，所以即使在我意願供認的時候，或在我無法支持肉體的刑痛而想供認的時候，我心理的自衛機構就使我突然暈去了。

三天悄悄的過去，我再沒有機會與朝信有安詳的談話。他總是很忙，天天回來又出去。早晨雖在一起吃早餐，各人手上一份報，彼此交談，都是不關緊要的話，他用完早餐就又匆匆出去了。

可是第四天早晨，他忽然告訴我，他晚上在家裡請客，希望我也可以是他一個客人。我既然不能出門，與其一個人關在房內，自然不如參加他的宴會。而且我是他的囚犯，沒有理由要拒絕他的好意。

他早餐後就出去了，下午回家較早，他親自指揮傭人布置一切。我起初以為是他隨意請幾個人吃飯，現在看他的安排，才知道是一個很有規模的宴會。我說：

「你希望我穿什麼衣服麼？」這意思當然是問是否應穿禮服。

「你沒有帶禮服麼？」他問。

「沒有。」

「中國的長袍馬褂呢？」

「我沒有馬褂。」我說。

「也許我的衣服你穿得的。」他說：「我拿來你試試看。」

當時朝信就把他的常禮服借給我。他同我高度相仿，只是比我壯一些，所以穿起來，倒還合適。

「很好，很好。」他說。

所以那天晚上，我就穿了那件常禮服在宴會中出現；可是當客人陸續的到來，我就覺得很窘。因為來的都是軍人，個個都是戎裝。我懂得日文有限，但我可以聽出，他們都是些從前線戰區回來的軍官。朝信同我一一介紹，對我的身分也只說是他的朋友。可是我還是很不舒服，原因是所謂朋友也就是漢奸的別名。其次是他們的談話，我無法插嘴，站著坐著，都像是一個傭人頭。

就在我坐立不安的時候，外面有許多汽車的聲音；一大群人湧了進來，這裡面有八個日本軍人，竟有十六個中國舞女。我很快就看出，這些軍官乃是被請的陪客，都是在上海工作的，帶著這些舞女正是為侍酒的。

在一一介紹之中，我很快就發現了丁媚卷，而我還發現她早已在注意我了。我雖然吃了一驚，但還可鎮靜；丁媚卷也沒有同我特別招呼。在宴席中，他們分派了一個姓何的舞女坐在我的旁邊，丁媚卷則在另外一桌。我意識到丁媚卷不時在注意我，並且有意無意的在對他身旁的日本人地方打聽我。事實上，在這場合中，我是唯一的中國男人，也是唯一的穿著民服的人，所以很自然的在被人注意。我可一直避免著丁媚卷的視線，極力同我身旁的何小姐找話談。

開始時，大家不過是隨便的說笑；可是酒至半酣，當男人的蠻性逐漸流露，軍人的粗野開始放縱，征服者的狂傲不再掩飾時，情形就不同了。好些舞女們被強迫飲酒，都有了醉意；軍人們彼此敬酒，座位換來換去，秩序漸漸混亂。

現在我開始注意到，與丁媚卷在一起的日本軍官，是一個不但國語講得很道地，而且上海話也講得很流利的人。

他突然拉著丁媚卷走過來。第一個就拉我喝酒。那個日本軍官說：

「丁小姐說你們是老朋友了。我的名字叫木藤，我們三個人喝一杯。」

「啊啊，丁小姐。」我舉著杯站起來，希望很快的應酬過就算了。但是丁媚卷帶著酒意忽然說：

「想不到在這裡碰見你。」

「人生何處不相逢！」我笑著乾了杯。

我看丁媚卷好像還要說什麼，為打斷她的話，我馬上指著朝信說：

「丁小姐，你應當先同我們主任喝一杯。」

當時我藉著倒酒，就拿著酒壺到朝信面前去了。

當丁媚卷與朝信喝酒的時候，她似乎又在談到我；我只好不去理她。我不知道是木藤還是朝信竟由此看出了我與丁媚卷的特殊關係？也不知道他們是想從丁媚卷來偵查我，還是想從我偵察丁媚卷，總之，是從那時候開始，他們沒有放鬆過這個線索。

席散後，我想偷偷地退到寢室去，但被木藤拉著談話，一直沒有機會。這時客廳裡已經預備跳舞，我過去正式向朝信推說酒喝得太多，先行告退；但又被朝信拉住。這時丁媚卷恰好過來，朝信就說：

「你應當先請丁小姐跳舞，你們是老朋友了。」

我當時很想避免同丁媚卷接近，如今已經無法推託。我於是就想趁此關照她一聲，叫她不要多談我的事情，可是在我與丁媚卷跳舞的當兒，丁媚卷竟先用譏笑的口吻說：

「想不到在這裡碰見你。」

「我也想不到。」我說。

「我以為你已經去內地了。」我從她聲音聽到她是帶著酒意的，

「不要談這些好不好，我們跳舞。」我說。

「啊，你怕談這些！」她冷笑著說。

「這裡不是談話的地方。」我說。

「那麼明天下午我請你在歐羅巴咖啡館喝茶。」

「那是不可能的事。」我說。

「啊，你現在不同了。」她的話當然在譏笑我，以為我可以接近許這多日本要人，一定是一個重要的漢奸了。

「我還是我，有什麼不同？」

她冷笑一聲，於是說：

「那麼為什麼明天不願意來看我？」

「媚卷，」我很正經地說：「我們的關係早已完了。我們還有什麼可談？」
「至少我們都當你是我們的朋友，當你是一個真正中國人。」
「『我們？』」我冷笑了：「我並不希罕『你們』當我什麼！」
「原來你並沒有當我是朋友。」
「我不愛聽『我們』、『我們』的。」我說。
「可是羅形累一直同我談到你……」
「這裡不要講，好不好？」我說：「我在這裡並不是自由的。」
「啊！對你前途有影響，是不？」

音樂停了，我離開了她。

當時我就偷偷地對朝信推說酒醉告退，沒有驚動別人，就獨自退入了寢室。

一直到現在我還無法瞭解，究竟丁媚卷對我是愛，是恨，還是妒忌？或者真是為愛國而輕視我，而為我可惜？總之，她對我的關心，大概也就是她對日本人透露了太多關於我的事情的原因。當夜樓下的音樂聲人聲一直吵鬧著，我的心有奇奇怪怪的想法，我一直無法入睡。

人的道德心理真是不容易瞭解，我一直想招認羅形累的下落以救自己，但在與丁媚卷會面以後，好像就會怕她對我看輕，我竟有一種俠義的心理，不斷地為她與羅形累擔心。我很後悔沒有找機會叫丁媚卷說話當心。奇怪的是我當時竟沒有想到我現在還是一個囚犯，也沒有想到我為羅形累所受的非刑，我好像是深怕洩漏我們個人間的祕密似的，我的擔心真是非常的空洞。

就在我的擔憂與失眠的當兒，窗外的月亮又引起了我的遐想。我始終無法擺脫我在牢房裡的印象，那盞嵌在水泥天頂的燈與燈上鐵絲網與灰塵，以及我在那裡所想到丁媚卷所度的月夜。當時我發現我仍有佔有丁媚卷的欲念。在這個舒服溫暖的床上，我的青春裡的愛欲對我有很大的支配力。我忽然有一種奇怪的念頭，我覺得應當把我為羅形累所受的非刑讓丁媚卷知道，表示我的英雄的堅貞的光榮，並且由此叫丁媚卷警告羅形累離開上海。使我可以重占丁媚卷的愛情。

這種奇怪的念頭一直困惑著我，我幾乎想下樓再去參加跳舞，以便找機會進行我的計畫了。……

我不知道我是什麼時候入睡的。醒來已是不早，等我下樓吃早餐時，就看到了朝信。他還是同平常一樣，什麼都沒有提，但只是輕描淡寫的說下星期一他還要在家裡舉行一個宴會。

我當時有一種奇怪的矛盾，我希望可以在那個宴會中看到丁媚卷，而我也害怕他們真會把丁媚卷請來。

八

然而丁媚卷終於還是來了。

伴她來的仍舊是木藤，木藤以外，還有五對客人；今天我們吃西餐，沒有那些前線來的軍官，所以空氣與上次完全不同了。

大家喝的都是白蘭地與威士忌，所以酒比上次鬧得更凶。我也有了八分酒意。

飯後我們跳舞，大家還是喝酒。丁媚卷酒量本來不大，這一來真的醉了。當時就由朝信陪她到樓上去休息。朝信陪她上去後，就下來，又一起歡舞。我一時竟也帶著酒作樂，忘去了我所處的環境與一切痛苦的現實。

當時的種種我已經無法記清。我上樓就寢時大概已是早晨四時。我關上房門，開亮床邊的燈，我突然發現床上正睡著丁媚卷。

她已經睡了幾個鐘頭，我的燈光把她驚醒；她看了我好一回，忽然歇斯底里似的叫起來，一面從床上一躍而起；她說：

「你不要臉！」

「不要嚷，你聽我講。」我說。

「我怕什麼。」她說：「你不要以為你做了漢奸，闊了，想用勢力來欺壓我。」

「我沒有，你聽我講。」我說。

「你用不著講，我以為你請我吃飯，想同我談談；原來你存這個心。」

「我請你吃飯？」我說：「我自己被他們帶來帶去的。我請你吃飯？」

丁媚卷忽然匆匆的找她的手袋，她從手袋裡拿出一張請帖拋在床上，一面說：

「你知道什麼？我同他們在一起，是幫羅形累做工作；你幹麼，你就以為可以借你的地位重新佔有我。老實說，我早就知道你是一個卑鄙的小人，所以我不愛你了。」

她說著拿起大衣與手袋想奪門而出，我阻止了她，我央求她說：

「我絕不侵犯你，你放心；現在已經四點多了，你出去也沒有車子，我們談一回，你就走好了。」

「我們倆沒有什麼可談的。」她說著披上了大衣，拿著手袋說：「我到客廳去。」

「不過我希望你相信我一句話：我在這裡並不是自由的，昨天也不是我請你來的。」

「我自然相信，做漢奸是不會有自由的。」她冷笑著又往外走。

「那麼，」我說：「你睡吧，我到客廳去睡去。明天我希望你晚點走，我們談一談。」

我說著就開門出去。我一出門，丁媚卷就關上了房門，在我身後上了鎖。

我滿以為等丁媚卷冷靜下來以後，她見我並沒有壞心，一定也想同我談談的。我還想到丁媚卷醒來時，朝信潤次郎一定已經出門，我總有機會可以同她談談。我如果硬要她開門，她一定會疑心我有什麼別的用意，而且一定會驚動別人。所以我想了一回，就下樓走到客廳，桌上有酒，我喝了一杯，又抽了一支煙，才熄了燈，在沙發上躺下。

我自然沒有立刻睡著，在沙發上，我可以看到窗外的月亮。它還是使我想到我在牢房裡所見到的水泥天頂上的燈光。

我不知道怎麼入睡的，睡夢中我只見到強烈的燈光，我就在這強烈的燈光前被他們在疲勞審問。我不斷的想使自己昏暈，但不知怎麼，我總無法失去知覺，我非常疲乏，我又感到口乾。我看到審問我的人們有的喝著酒，有的喝著咖啡，有的喝著茶。

我問他們要一口水，他們就說，只要我說出羅形累的住處，他們什麼都可以給我，我於是就說：

「他住丁媚卷那裡。」

「大聲點。」

「他就同丁媚卷住在一起。」我大聲地說。

這聲音很大，好像就把我自己吵醒了。

窗外已經都是陽光，我馬上看到朝信潤次郎在電話旁邊；我一躍而起，揉揉眼睛。

朝信潤次郎掛上電話，回過頭對我笑笑說：

「謝謝你的合作。」

「你是說……？」我以為他聽到了我夢中的話了。

「昨夜你們在房裡的話都有了錄音。你現在可以自由了。」他笑著說。

「丁媚卷……？」

「她已經在司令部裡了，還有羅形累。」他得意地微笑著說。

我當時似乎還無法相信他的話似的，飛一般的跑到樓上，我推開我的房門。房中一切依舊，被鋪還是散亂著，只是沒有了丁媚卷。就在床鋪上我看到了那張請客單，單上正印著我的名字。

念著那張請客單，我在床沿上坐下，我說不出是痛苦還是悲哀，我滯呆地向視窗走去。在窗口，我望見了太陽，像一盞強烈的燈光，我想到丁媚卷與羅形累一定已在這強烈的燈光前，被疲勞審問了。

凝視著太陽，我正像面對著強烈的燈光，像雪在太陽下面一樣，我立刻慢慢地融化。我終於暈倒在地上了。

一九五七年

神偷與大盜

神偷與大盜

一

出縣城三里，是野浦鎮。

野浦鎮雖是只有一條長街，但比縣城任何一條街熱鬧，這是因為野浦鎮依傍一條寬闊的河流，一切工藝品的進口與農產品的出口，都是以這條河為最經濟的交通。這條河就是野浦河。

野浦鎮的長街就是與野浦河平行的，在街端的右面有幾家茶館，其中的一家叫做望浦樓。

望浦樓的樓實際只是一間後架上去的一個閣樓，但是三面有窗，從窗口望出去，倒可以看到那條水道泊著船隻的野浦河，蜿蜒曲折，向東一直可以望到入江的河口，向南看過去是河的對岸，有一片比櫛的屋脊，越過這些民房，就是一望無際的田野了。遠處右面是一些小丘，出著煙的是磚瓦廠，有濃密樹林的是果園。向西，野浦河就狹小起來。它分為參差的支流沒在村落中，遠遠的可以看到城牆，它早已殘缺不整，但還是縣城的象徵。

望浦樓的生意一天到晚是忙的。早晨，鄉下人到鎮上來，把瓜果蔬菜賣掉以後，都會到茶館去吃點心。下午那些城市裡來收買茶葉蠶繭以及蔬菜瓜果的會在茶館裡談生意。這茶館也賣酒菜，小小的閣樓，正是鎮下最好的雅座。夜裡，打烊以後，有一批借宿的人集攏來。開始時，也許因為野浦鎮沒有旅館，有人只好在茶館裡借宿；慢慢習以為常，就有一批人以此為家。他們晚上回來，在樓下洗臉、吃酒、喝茶，閣樓上就為他們設地鋪，每個人只要付四角銀幣，就可以借宿一宵。那間閣樓有時候也容納了七、八個人。

那一天，是初春的一個黃昏，天已經暗下來，但還未上燈，樓上自然還很亮，可是樓下已經不容易在二十尺以外看清人的面目了。

整個樓下的茶座有十來個人，有幾個坐在憑街的桌邊，也許是等人，也許是在看街景。裡面散散落落的有三、四桌，但頂裡面，面著牆壁，有一個人獨自在喝酒，誰也沒有看到他是什麼時候進來的。

他穿著一套黑色的襖褲，戴著氈帽，一直沒有除下。他只是獨自喝酒，連頭也不回一下。天黑下來，樓上的客人散盡，樓下坐在臨街茶桌邊的人先走，接著裡面三四桌的人也都散去。伙計上了排門，點上了燈；於是陸陸續續的從小門裡走進那批常客，就些是預備在這裡借宿的人了。

這時候，樓上正在搭地鋪，樓下可熱鬧起來。

起初，大家還沒有注意到那個面壁坐著獨自在喝酒的人。一直到了一個高個子出現，他嚷著說：

「我請你們吃酒。」

「怎麼，昨天發了點財？」許多人圍上去說。

「哈哈。」高個子說著，眼睛向四周望望。

這時候，高個子就發現屋角面壁坐著的人了。他說：

「這不是神手李七麼？」

大家往屋角望去，異口同聲的說：

「神手李七，啊，他已經出來了。」

好像大家正要過去找他的時候，那位面壁坐著的人，忽然站起來，轉過身子，面對著大家，把壓在前面的帽往後一推，說：

「是我，我坐了四個月，出來了。」

「沒有想到你會失手。」一位矮瘦枯黑叫做矮黑的人同情地走過去。

「是的，我失手了，我以後不會再幹這一行；你們不用認我是朋友，也不要請我喝酒。我明天就要離開這裡了。」李七兩手插在衣袋裡，望望大家說。

「誰也沒有笑你。」高個子走過去說：「我們誰不是失過手。」

這時候，許多人都隨著高個子走過去，大家眼睛裡都露著好奇的眼光，等待神手李七的發言。

二

神手李七到野浦鎮周圍二十里來活動，到現在已經四年零六個月，他一直沒有失過手。普通竊賊到野浦鎮地區來活動的，一年不失手已經算是能手，三年不失手是絕無僅有的事。所以李七多年來沒有失手，就成為同行中人所羡慕佩服驚異與妒忌的對象。

李七的行竊，據他自己說，已經有十八年的歷史，他從十歲開始已經做他父親的助手。他的父親在他十六歲時死去，以後他一直一個人行事，十二年來他只換過五個地區，從來沒有失過手。

在望浦樓借宿的人叢中，誰都沒有待過四年以上，除了那個大家叫他夜來白的高個子同李七。夜來白這三年來曾經失手兩次。第一次是在二十里外一個鎮上，那家人家有隻警犬，他因而被人所捕，那次他被判入獄三個月。

就在夜來白在獄中的時期，神手李七拜訪過那家有警犬的人家，他就偷了那隻警犬，把牠偷攜到火車上，帶到省城，賣了一百元銀元。

夜來白第二次失手是在十四里外的一個村莊，那回他去光顧的人家有人會一手拳術，他因而被捕。他們沒有報警，私自把他吊打了一天一夜。夜來白回來，到破廟裡養傷，大家幫助他，足足睡了兩星期。就在他養傷時期，李七去拜訪那個村莊。他於黃昏時到那裡，專打聽那個拳擊手的家，等到三更時候動手，他偷了他老婆一隻金釧，四隻指環同四十三元銀元。

這兩件事，使在野浦樓借宿的人無不驚異，他們都開始叫他神手李七。

可是夜來白後來講起來並不服氣，他說李七的成功完全是因為他受到了教訓，把失手的原因告訴了他，使他可以事前有準備與提防。

夜來白的說話雖有理由，但人們總是以成敗論英雄；神手李七慢慢就成了大家的偶像，年長的想同他合夥，年輕的想拜他為師，可是他卻不願接受。

李七自然有他理由，他說：

「行竊是一種玩意兒，靠本事吃飯，自己做事自己當。行夥結幫那是強盜的勾當，不是靠本事，而是靠暴力。想學這玩意，必須實地學門徑，他如帶徒弟去行竊，反而累贅，徒弟如不實地跟他學，就學不到什麼。」

自然，有人不免要請教他行竊的秘訣，他就說：

「天下事不外天時、地利、人和。如到路徑曲折樹木濃密之境，要月夜動手；如進大院高廈之宅，則應在陰雨的夜裡動手。地理固然要熟，但切記進路易找，退路難尋；明進要預備暗出，暗進要預備明出。至於人和，則講究無窮，不但裡面的人要注意，宅外周圍尤應當心。往往以為宅內的人都已睡熟，急於動手，而被鄰人發覺，這是最冤枉的事。如偷為富不仁之家，雖遇其呼喊捉賊，也可不怕，因為絕不會有人應聲；如到和衷同濟之村，一家門響戶驚，人人都會喊訊，這都是必須預先了解之事。」

自然，這種行竊的哲學，並不能滿足發問者的心願，人家進一步就要問他的方法。李七說起來可也是非常空洞，不外是：「虛則實之，實則虛之；以進為退，以退為進；守雌待雄，聲東擊西。」一類的教條。

但如果有酒在手，主賓歡洽，李七也會高興地說他自已的經驗，成為他理論與教條的實例。

譬如說，他有一次去拜訪一家人家，他知道他們兄弟不睦，所以他明知那個弟弟未睡，他就大膽動手。後來他聽到那位弟弟聞聲想起身，而做弟媳的勸阻了丈夫，說：「這麼冷天，起來幹麼？偷的又不是我們。」所以他就毫未受阻。

譬如說，他初初獨立行竊的時候，有一次，他就在人家關門之前，蹲進人家的院落，他以為等天黑了可以開門預備出路，誰知那家人家關門時上了大鎖。幸虧他們院子裡有曬衣裳的竹竿，他只好逾牆出來，可是少帶走兩個包袱。

譬如說，他有一次偷一個寺院，被和尚發覺，一打鐘，幾百個大小和尚都追出來。那天月明如畫，如他往外跑，必被追獲無疑。所以他把偷得的東西抛在門口，自己則往裡跑，結果大家往外追去，他一直躲在裡面。等大家回來就寢後，他偷了另外一批東西再從容地走掉。

同行中，有人失手，事後大家往往要討論到失手的原因，李七就會提出原則上的教條，他會說：

「竊藝有三忌：忌貪，忌執，忌偏。」

同行中人往往聽不懂這些，他於是就解釋說：

「貪是貪多；執是偷到的東西，在危急時不肯放棄；偏是一定想偷什麼，不知隨機應變。」

接著他就會批評失手的人是犯了那一條。

李七從來不談到行竊的技術問題，如越牆鑿壁，裝雞鳴鼠叫之類，他認為這是最基本的功夫，用不著談。技術不夠，根本就沒有資格行竊，只配行夥結幫去打劫。有了技術，才可以講到「玩意兒」，玩意兒就是如何運用技術。

李七對於自己的玩意兒，很有自信，他常常自負地說：

「我如果有一次失手，我也就從此洗手了。」

三

可是，李七終於失手了。

這自然很轟動了同行裡的朋友。

李七的失手，判徒刑四個月；四個月的徒刑對於李七不是受不了的事，可是對於他的心裡有很大的打擊，他的聲譽將再無法維持，真所謂「一世英名，付於流水」了。

有些人嘴上雖是同情，心裡可不免也覺得痛快，夜來白就是一個，他想：

「你終於失手了。」

如今徒刑滿期，李七回來。大家都有一個願望，就是想要他報告他失手的經過。

夜來白當時看大家圍上來，他就說：

「我請客，替神手李七接風。」

「不要你再這樣叫我。我已經喝了酒，我要去睡了，明天我離開這裡。」李七說著想離開大家到樓上去，可是大家圍著很緊，也一時無法脫身。這時候，那個叫做矮黑的人擠上去，拉著李七說：

「我知道你說過，你要失手，就此洗手。你洗手了，自然不要我們這般朋友。但是今天你還沒有離開這裡，我們還是朋友，明天你要走，我們現在大家給你餞行。你就喝我們這一杯。」

這一番話，立刻得到大家異口同聲的贊成。於是有人就擺起圓檯面，李七被拉到了上座。李七原以為自己一出來會被大家譏笑，如今看大家並不笑他；幾杯酒以後，空氣也就自然起來。這時候有人就問：

「李七，你說說你失手經過，好麼？」

「我不想說，我現在正想改行。」李七說。

「是不是因為你當時酒喝得太多，一時疏忽了？」另外一個人問。

李七搖搖頭，只管喝酒。

「那麼是女人？」一個坐著對面的人問。

「女人？」李七忽然笑起來，一口喝乾了門前的酒，大聲地說：「女人，女人！」

這時候，矮黑一面為李七斟酒，一面望著李七說：

「你看，英雄難過美人關。你一直關照我對這一關要小心，現在，哈哈，你是不是同我前年那次一樣，被你的姘頭出賣了。」

「不是，不是。我老實告訴你，我因為替一個女人抱不平，所以……唉。」李七說了，又喝一口酒。

「怎麼回事？」夜來白說：「李七，不要吞吞吐吐，從頭講起。」

「好，好。我講，你們聽，你們可不要笑我。」李七說：「老實說，我在監裡幾個月每天也笑自己，笑我自己愚笨，笑我自己狗矢。」

「誰也沒有笑你，你講，你講。」夜來白放下筷子說。

這時候，李七正夾著鱔絲往嘴裡送。他嚼了幾下，咽下去，然後他放下筷子，左手握右手，對大家看了看說：

「你們當然知道我是在那裡失手的。」神手李七開始說：「那是雪照寺，那個了空和尚那裡……」

「我知道，那個和尚是喝酒、吃肉、窩藏女人，無所不為的。」其中有人忽然說：「他就是那裡的當家和尚。」

「我也知道，我還看見過他，是一個四十幾歲，看起來只有三十幾歲的人。」又有一個人說了：「他是不是會點拳術？」

「你們聽李七講下去好不好？」夜來白用筷子裝著手勢說。

「雪照寺很大，了空和尚則住在右邊一個院落裡，那個院落很精致，正面三間，左右兩個廳，院中種著很好的花草，靠牆有一株很大的木樨。牆外並沒有鄰居，沿牆是一道山溝。」神手李七說著喝了一口酒，又接著說：「我在山溝上擱了兩株小樹，用繩子套到院裡的木樨樹上，就從牆上進去。一到牆頂，從高看下，很清楚的可以看到那五間平房。

那正面三間，有兩間是暗的，右邊一間點著燈；緊接著那間，是右廳，也亮著燈。對面的左廳則並無燈光。

我當時看到右廳窗上隱隱約約的人影在移動，所以就順著牆脊向右端走去。走完牆脊，我發現亮著燈光的右廳有一扇氣窗半開著。我馬上看到，如果我走到右廳屋檐，就可以從氣窗上窺看裡面了。所以我就到右廳屋檐，斜掛著身子看進去。」

這時候有熱菜上來，是一碟蝦仁，大家舉起杯子；李七停止了談話，也舉起杯子，喝了一口酒，用羹匙舀了些蝦仁，吃了一回，再接著說：

「原來裡面正是那個和尚同一個女人在喝酒，桌上是一個火鍋。那女人一塊一塊的夾著東西到火鍋，燒熟了再夾給和尚。這時候我看著真是一肚子氣。我看了半天，我發現裡面沒有別的佣人，因為許多事情都是那女人親手在做。房裡還攏著火爐，那女人曾經兩次起身去加木炭，所以氣窗裡出來的空氣很暖和。

那和尚穿著黃綢子斜襟的小襖，女的則穿一件湖色緞子的晨衣，頭髮攏著一個髻，看上去不過二十七、八歲，生得非常端正，真是人難以貌相！我想她一定是良家婦女，難道是誰家的寡婦？我看那個女的一直在服侍這和尚，心裡越看越生氣。那女人坐在下首，正背著身子，所以我看得不清楚，只是在她兩三次起身回來的時候我才看到她的臉孔。和尚則坐在女的左首，正背著門。我當時就想到我怎麼樣去教訓他們一下，給他們一點驚嚇。」李七說著喝了口酒。

這時又有一道熱菜上來，是青豆炒雞絲，李七開始吃菜。

「媽的，我聽了都氣，」矮黑一面舀一匙青豆雞絲，一面說：「後來怎麼樣？」

「這時候，」李七又喝了一口酒說：「當時有一隻鳥忽然從木樨樹上驚起，我吃了一驚。我重新收回身子，回到牆脊上，這時候我發現月亮從雲端出來，牆裡牆外，都可以看得很清楚。牆外是山林，沒有一個人；牆內是一個院落。這個和尚要偷女人，我知道一定關上了院門，與寺院的交通早已隔絕。而那五間房子也決不會有別人住在那裡，否則他那裡有這樣大膽。所以我心裡非常舒泰，我想我就是把左面兩間房裡的東西都偷光了，他們也不會知道的。

這時候我倒是已經不想去教訓他們，我只想到早點下手。我從木樨樹下去，我先到了正房，那左面一間正是和尚的臥室，我拿了他一隻金鋼鑽石戒指，四隻金指環，兩隻玉鐲，兩百幾十元現款。隔壁一間我拿了尊金佛。這尊金佛是我以前聽別人說過，說是全金鑄的。我還到左廳裡去看看，那是一間書房，沒有什麼可拿的，只有一尊佛，有一尺多高，像是玉製的，我就拿了下來。

這些東西，都很輕便，除了那尊玉佛大了一點，其餘我都可裝在衣袋褲袋裡。我拿了這些東西，爬上木樨樹，跳到了牆脊。這時，我剛才那一陣想教訓那對狗男女的氣湧到心頭，看月亮箇直沒有移動，時間還早，因此就又到右廳氣窗上去窺看，我當時就把玉佛放在牆頭與右廳屋檐交接的地方。

啊，這一看可出事了。原來那女人正坐在那和尚懷裡，那和尚抱著她，好像正在問她什麼。忽然間，那和尚一把把她推開，大聲地說：

『丈夫，丈夫，你到底要我還是要你丈夫。』

那個不要臉的女人，那時竟還想倚靠攏去，一面在求和尚，我清清楚楚聽見她說：

『你總也該替我想想，我不能不管我的家，我還有孩子。』

這時候，我的一肚子火已經無法按捺。那裡曉得那和尚竟伸出左手打了女人一個耳光，一面罵著：

『兒子，兒子，知道你有兒子，你跟誰養的？誰養的？』

那女人蹌踉地退到柱邊，手按著臉，一面哭著，一面不知道嘰哩咕嚕的在說什麼，我沒有法子聽清楚。」李七喝乾一杯酒，沒有吃菜，接著說：

「啊，當時我真是再無法忍受了。我很快就退到牆脊，順手拿起那尊玉佛，就匆匆沿木樨樹下去。我從正房中間進去，穿過右邊亮著燈光的房間，到了右廳，右廳的門是虛掩著的，我一腳踢開。正當我跳進廳內，那女的先看見了，就叫了一聲。我沒有想到一個女人的叫聲可以有這麼難聽！當時我就用那尊玉佛像那和尚的頭上敲去。那和尚因為那女人一叫，一回頭，我手上的玉佛沒有打中他的光頭，卻打在他的右肩，滑到了地下。這時候就用我的左臂挽緊他的脖子，一面罵他說：

『你這不要臉的王八蛋。』」這時候，伙計送上一隻糖醋黃魚。打斷了李七的話。

矮黑一面為李七斟酒，一面說：

「後來怎麼樣？」李七喝口酒裝著手勢說：

「那時候那和尚兩隻手在扳我胳膊，一面掙扎著起來，我用右手拉緊左手，用勁鎖住他的脖子。這樣掙扎好一會，那和尚就用腳支著桌子，椅背頂我的身子。我只好鬆了他的脖子。但我馬上撇開椅子，趁勢把他摔倒，他當時反面的覆在地上。我就騎住他的身子，把他的頭按在地上撞。」

「好呀。」矮黑叫了起來，一面又為李七斟酒。李七喝了一口酒，拿起筷子說：

「可是，他媽的，就在這時候，我頭上突然的被打了一下，我很快的想到那是那個女人，但是我已經滿眼火星，天地搖蕩，一霎時就暈了過去。」

李七說著，拿筷子去夾黃魚。吃了魚，望望大家，才慢吞吞的說：

「醒來的時候，我已經被縛在木樨樹的下面，頭上流著血。那個女人早已不在，了空和尚也不在場，眼前都是燈籠，圍著一大群和尚。隔了不久，四個警察就來了。這時候我才想到，那女人就是用那尊玉佛把我打昏的。你看，我為她打不平，她倒幫那個和尚。」

李七說完了，喝乾了一杯酒，大口的吃菜，這時候伙計送上一碗干絲湯同一大盤炒麵。李七舉起筷子，敲敲桌子，一面伸手去夾炒麵，一面說：

「好，好；我從此也只好洗手改行了。」

四

兩點鐘的時候，野浦鎮似乎只剩下望浦樓地鋪上的鼾聲。可是李七並沒有入睡，他靠牆坐在地鋪上，望著窗口的月光，一時想到他在雪照寺牆脊上所看到的月光，一時又想到在牢獄裡所看到的月光。

在牢獄裡，他碰見一個同獄的囚犯，這家伙叫做海怪，是一個被判五年徒刑的強盜。李七看不起強盜，可是海怪也瞧不起小偷，兩個人不時爭論。一個說偷竊才靠真本領，強盜不過是結幫行凶欺弱怕強的廢物；一個說，小偷才是沒有膽量勇氣的膿包，做強盜的哪一個不是不怕死的英雄好漢。接著他說了許多轟轟烈烈強盜的生活，而這竟是李七從來沒有聽見過的。當李七把失手的經過告訴海怪的時候，海怪竟哈哈大笑，說些這真是小偷的伎倆。李七就問：

「假如是你，碰見這情形怎麼辦？」

「我？」海怪添著厚嘴唇說：「我把那和尚先綁起來，我連他的嘴都不堵塞，我要對著他強姦那個淫婦，看他有膽量喊人不敢。」

「強姦？」李七總覺得強盜的行徑太暴戾了。

「這樣的女人，有什麼罪過？」

「你說把他綁起來，你怎麼把他綁起來，你也許打不過他呢？」

「我有武器，我們做強盜的決不會用玉佛去打和尚的，玉佛是和尚供奉的，他自然要幫和尚。」他說著又哈哈笑起來：「你是什麼神手李七，你倒是佛手李七呢。」

這以後，海怪就把李七叫做佛手李七。這個綽號就此傳遍獄中，所有人犯以後都叫他佛手李七，這對李七真是一個很大的諷刺。他是以神手出名，如今被叫佛手。自然心裡起了一種說不出的自卑，他開始悔恨自己不是一個強盜，開始對自己的一行輕視起來，他最後決心要在出獄後改行了。想到他以前說過的話，他若是失手，也就是洗手。他決不同那些小偷們為伍，他要同大盜們結夥，他以後決定棄竊從盜了。他當時把他的決心告訴過海怪，海怪刑期還有三年，自然不能幫他，但是海怪願意介紹他一些朋友，叫他一出獄就去找他們。

這就是李七到望浦樓時的想法。但是到了望浦樓，他又開始有些彷徨。如今同同伴們喝了酒，倒在一個地鋪上，他又覺得猶疑不安起來。他想到海怪在獄中被判了五年，現在還有三年，這悠長的歲月，實在太可怕。偷竊犯不過幾個月徒刑，出來還是一樣；如果被關了三年五年，那就什麼都不同了。一個人到底有幾個三年五年？這樣一想，他馬上又想到這竟是沒有膽量的一種想法。他決心要去做強盜試試。

這樣左思右想，他怎麼也無法入睡。最後他忽然想到佛手這個綽號，他覺得這是一個他一生都無法補救的恥辱。獄中還有其他的人，如果出來了，這裡一群朋友就會聽到他的這個綽號。以後他將失去原來神手的稱呼，大家一定會叫他佛手李七，他怎麼還能夠在這個行業裡活下去？

月光更深的照進房內。李七吸起一支煙，忘了料峭的春寒，站起來，走到窗口，他望到那蜿蜒向東的閃著月光的河流，望到比櫛的屋脊，望到遠遠的田野與起伏的丘岡。他猛然想到海怪的話，要把和尚綁起來，強姦那個淫婦。一種奇怪的欲求從他心底燒起，一時平靜的月色像是都紅了起來。

李七把煙頭向窗外擲去。他突然注意街頭，街上沒有一點聲音，但是野浦河的水流與偶然的雞啼則清晰可聞。裝雞啼鼠叫的伎倆，李七十六歲以前早已熟練，他對於這些熟練的技藝向來自負，但是現在，當他想到海怪，他竟覺得小偷伎倆正像男扮女裝一樣的可恥。他要大聲吼叫，搖著火把，揮著刀，直搗雪照寺，把了空和尚綁起來，把那無恥的女人衣服撕去，赤裸裸的。他要對那和尚說：

「你有勇氣就喊，你有膽量就喊。讓你的徒弟們來看，讓她的丈夫來看，讓警察來看！」

想到這裡，李七再沒有猶疑，他已經說過洗手改行，他應該明天就去找海怪的朋友。

這樣想著，他就覺得該早點就寢。他回到自己的鋪位，可是一躺下去，又想到海怪在獄中還有三年。三年是多麼悠長的歲月呢。這時窗外的月光斜過來，正照在他的身上，他又想到那夜被捕前屋脊上所看見的月光了，他突然有一種奇怪的欲望想到那屋脊上去看看。

就在一瞬間，他想到了他為什麼不能一個人去幹一次大事？他為什麼要投身到別人幫口那裡？照那天的情形，他只要在氣窗口施一點悶香，什麼仇不可以報復？一個人如果可以報仇雪恥，比投身到強盜幫口再去報復，豈不更有光彩？

這樣一想，他就覺得無論是否改行，他必須一個人先去做這一件事。報仇雪恥是另一件事，恢復神手的聲譽是最要緊的。不然他一世神手英名，變成佛手，既是改行依靠到別人幫口，也還有什麼面子？別人不是很容易說他因為沒有本領行竊，才去投身做強盜的。

他這樣就打定了主意。他脫了衣服，在地下躺下，一翻身，就呼呼入睡了。

五

住在望浦樓的人，天一亮就都要起來。起身時，似乎大家還看見李七，可是一轉背，李七就不見了。

有人說李七不會改行，不過是換一個地方行竊吧了。

有人說，李七說過失手就是洗手，他一定不會再幹了。

有人說，他這幾年來也賺了不少錢，他的錢並不胡花，都是寄到家裡去的。也許已經買了田也說不定。

但是沒有人想到李七所謂洗手改行，是想去做強盜。

晚上，夜來白忽然同矮黑說：

「矮黑，我想明天去拜訪一趟雪照寺。只是路太遠，你做我幫手怎麼樣？我們照李七的路徑去，你在牆頭把風，我到裡面去，三七發財。」

可是那位矮黑不答應，他要對拆；商量許久，才講定四六拆帳。

夜來白認為李七打抱不平實際是一種對了空和尚吃醋的心理，吃醋也就是迷於女色。他自然不會再去管這些閒事。問題就怕那個女人不在，院門未關，或者裡面倒住了別個和尚。所以要矮黑把風。商議定當，兩個人就開始準備。到雪照寺，要先搭船到橫水埠，再走上山去。從野浦鎮去橫水埠，因為是逆流，搭航船要四個鐘頭。航船是內河搭客的班船，沿途逢大村小鎮都要停靠，所以慢些；如果自己雇快船去，那麼兩個鐘頭也就夠了。夜來白他們既然要在夜裡行事，所以並不急。他們計畫搭下午第一班航船，五點鐘就可以到橫水埠，上山不過一個多鐘點，等到二更三更動手，還是很從容的。

第二天，他們兩個人就在一起吃中飯。夜來白不免講到神手李七，他說他以前失手兩次，都由李七為他報仇，所以這次李七失手，他必須為李七報仇才對。不用說，夜來白心裡想到，他要顯身手，長聲譽，這是最好的機會了。

飯後，二人束裝上船，心裡十分舒泰。天氣很好，太陽非常和暖。他們預計晚上一定會有月亮，但計算日子，月亮升得很晚；這於他們得手後下山是一個很大的方便。

可是一到橫水埠，船在靠岸的時候，岸上就有人同船上的船夫講起雪照寺了。那個人一面接纜，一面嚷：

「你聽見新聞沒有，雪照寺了空和尚出事了。」

「就是那個酒肉和尚？」船上的船夫問。

「今天一早，警察把他同一個女人，雙雙的綁了起來。」

夜來白聽了就是覺得奇怪。上了岸，就同矮黑到茶棚裡去打聽。茶棚裡大家都在講這件事，不過說法不一。有的說，是有人把他們兩個人赤裸裸的綁了，去報告警察的。有的說，是那個女人就是王鄉紳家的媳婦，同警察局局長的太太很熟，常常在一起打牌的。……

夜來白同矮黑自然也搭訕著去問，但是問不出一個究竟。不過，他們心裡都明白，這一定是神手李七幹的事情，但是想不到他這麼快。

雪照寺既然出了事，這時一定有警察把守著。他們兩個人今夜去行竊，當然是太不適合。從橫水埠上山到雪照寺也有十多里山路，兩個人因此就不打算上去，預備搭下一班的航船回野浦鎮去。時間還有半個鐘頭，他們就在附近一、二個破廟裡去玩玩。

在航船快開行的時候，夜來白與矮黑才趕到，這時候船上客人已經很多，突然矮黑發現裡面坐著神手李七。李七也看見了他們倆，就先叫起來：

「矮子哥。你們到那裡去？」

「啊，李大哥。我們回野浦鎮去。」

「我也是，那麼我們同路。」李七說著就坐到外面來，一面他就同夜來白招呼說：

「白大哥，你好？」

「你好？聽說你要出門，怎麼還沒有走？」

「我暫時不走了。」李七說：「我本來想，我們這一行沒有出息，想找找朋友，尋點別的的生意；可是我家裡不喜歡，我只好不走了。」

「李大哥，」矮黑忽然說：「你聽說雪照寺的事情麼？」
「啊，大家都在講這件事。」
「到底是怎麼回事？」旁邊一個老婆婆插進來問。
「那個了空和尚同一個女人通奸，被人捉到綁了起來。」
「誰去捉奸的？是女家的人麼？」另外一個男人問。
「大概是寺院裡別的和尚吧。」李七說：「昨天四更時候有一個和尚到警察局去報告，說是了空和尚出了事，叫警察馬上就去。警察局還以為又是捉到了賊。趕到那裡，了空和尚的院子裡門都打不開。他們撞了進去，發現一男一女赤裸裸的被綁在床上。聽說那女的還是警察局長太太的朋友呢。」

鄉下的航船永遠是這樣的熱鬧，一件小小的新聞可以談個不休。當時那位問話的老婆婆就說李七說得不對，院門關得緊緊的，怎麼會是別的和尚去捉奸的。一定是如來佛顯靈，在他們熟睡時綁了他們；那個去報警察局的和尚也一定是佛法化身，在清淨的佛地幹這種事，如來佛怎麼不動怒。這一個說法馬上被全船的客人所接受，一時大家你一句我一句的談到以前雪照寺如來佛顯靈的故事。大家肯定了空和尚的事，也一定是如來佛顯靈，否則不會出這樣的怪事的。

六

鄉下的新聞傳得很快，這時候，野浦鎮早已傳遍了雪照寺了空和尚的事情。一天工作完畢，談新聞正是民間的娛樂。夜裡九點鐘的時間，野浦鎮家家戶戶可以說都在談論這件事。望浦樓借宿的常客，這時候也多已進籠，大家所談的也正是這個消息。但是他們同別人有一點不同，他們每一個人都猜到這是李七幹的事情。

李七同夜來白與矮黑，就在那時候遛進望浦樓。一看見他們進來，大家自然都圍上去問消息。那一天李七可同前天不同了，他非常高興，要請大家吃酒。席上他開始詳詳細細講了他昨夜的經過。

原來他昨夜跳上後牆的時候，那五間平房只有那間臥室裡亮著燈。他先還以為那個女人不在，後來下去一探虛實，就聽到那個女人同和尚在談話。他等他們睡下了，就上了悶香。以後他進去了，又讓他們聞了幾分鐘他帶在身邊的手帕上的外國悶藥。以後他就把他們脫光了縛在一起，在他們嘴裡塞實了東西。於是他就大搖大擺的拿細軟值錢的東西，還拿了空和尚的一件僧衣同一頂僧帽才出來。到了外面，他先安置好賊贓，才扮了和尚，到警察局去告急，說是他們又捉到神手李七，縛在樹上，請警察們快去。他自己又偽稱了空和尚還要叫他通知別人，就先走了。以後他脫了僧衣，一直在雪照寺附近聽消息，看熱鬧，到黃昏時才下來，在船上就碰見了夜來白與矮黑。

李七講完了又說：

「本來我想改行，你們知道我去幹什麼？我想去做強盜。」

「強盜？」大家都驚奇起來，因為李七平常最看不起強盜。說強盜不靠本領，只靠暴力。怎麼他要不用一身神技，而要做愚蠢野蠻的強盜呢？

「是的，因為我在監獄見一個囚犯，是一個江洋大盜，他就時常笑我們既沒有氣派，又沒有膽魄，鬼鬼祟祟都是些沒有男子氣的家伙。他告訴我他的過去，說他們強盜永遠是翻山越野，大隊的人馬，騎在馬上，亮著火把，操著刀，掛著盒子砲，他們搶最有錢的豪富，說那些作威作福的人，見了他們就苦苦叩頭求饒，那些裝腔作勢的女人，當她們說饒她一命的時候，沒有一個不服服帖帖的。

『你看，這多過癮！』他說：『那裡像你們這些小偷，什麼人都怕。』我當時就很不高興，說我們小偷才靠真實本領，不像他們強盜，只靠暴力。他就笑我那是老鼠對老虎說的話。他說，這世界到處都是暴力，搶到天下，就可假作公道。他還勸我改行去做強盜。我們雖然常常彼此開玩笑，但那個人很爽氣，所以倒很談得來。

後來我把我失手的經過告訴他，他就更譏笑我了，他說：『只有你們小偷會用玉佛去打和尚。你叫什麼神手李七，你倒是佛手李七呢。』以後獄中的人大家都叫我佛手李七，大家都笑我假慈悲，沒有種，沒有膽魄。我想大丈夫男子漢，為什麼一定要學雞唱狗叫，不轟轟烈烈，堂堂皇皇去搶去。所以我決心出來後要幹一套給海怪看看。他因此就要我出獄以後去找他的幾個朋友。」

李七一面講，一面大吃大喝，大家聽得出神，都沒有搭話。李七於是舉起酒杯，望望大家，又接下去說：

「但是現在我不改行了。我不用改行，已經治了那個和尚同那個淫婦。憑我雙手空拳，你瞧。」

「現在，他們知道了，總也不會再叫你佛手李七了。」有人笑著說。

「佛手李七，這個名字很好。」矮黑忽然說：「今天船上，不是有一個老婆婆在說這是佛法無邊，如來佛顯靈，給這個和尚一點懲罰麼？他們還說到警察局去通知的和尚也是如來佛化身哪。」

「你說改行，我還以為你想換一個地方去幹，沒有想到你真的要改行。」夜來白說著又轉向大家，指指矮黑說：「不瞞你說，我們兩個人今天也是想為你去報仇的。可是到了橫水埠，就聽到這個新聞，所以就不再上去，那裡曉得一上船就碰見你。」

「你下手得真快，」矮黑對李七說：「要不然這功勞也許是我們的。」

七

當那群常客在閣樓上就寢的時候，月光已經照進房中。

李七起初不能入睡。過度的興奮，使他並不感到疲倦。他腦子裡還都是昨夜的印象，這些印象實在同他十八年行竊的生活並不調和，他忽然想到這或許已經是強盜的行徑，他很想把他的勝利讓海怪們知道，他還希望所有同獄的囚犯都知道他昨夜的收穫。

大概半個鐘頭以後，房內已經響起了鼾聲，李七才慢慢的迷糊起來。

他似乎仍舊在獄中，聽別人叫他佛手李七。他又像聽到海怪放浪的笑聲，譏笑他雞啼鼠叫的伎倆。於是他就漸漸地滑入夢境：

「你看我們強盜。」海怪裂著大嘴對他說：「我們想幹的都是大事。我告訴你，今夜我要越獄了。」

「你？」李七感到又驚奇又羨慕：「你一個人？」

「自然有跟我的。」海怪笑著說：「你，佛手李七，有膽量跟我走嗎？」

「好，好，我跟你走，我為什麼沒有膽量？」李七心中浮起冒險的好奇，興奮地說。

可是海怪忽然拍拍他的肩膀：

「我同你開玩笑，你不必，你知道我們已經挖好地道，我們走的時候，你為我們不斷的裝著耗子跑路的聲音，那就很好。你自己一兩個月就可以出獄，何必跟我冒險。你知道越獄被捕可能加判十年呢。」

「那麼你不怕……」

「我們強盜有的是膽魄。這是同你們佛手不同的。」海怪笑著說：「你要跟我，還是等出獄以後來找我，現在耐心一點，不要冒險了。」

「假如你今晚不成功呢？」李七囁嚅地問。這時候，海怪臉色陡變，他瞪著李七好一回，忽然說：

「你要是告密，你休想活下去。」

「你怎麼，這樣想我？」李七聽了很不高興說：「你要是不相信我，何必告訴我？老實告訴你，我們幹偷竊的絕不會出賣朋友，你放心。」

「我同你開玩笑，我知道你也不敢。」海怪又拍拍李七肩膀說：「我所以告訴你，因為我一出去就要為你報仇去。那個淫婦，是不？嗨嗨……嗨嗨。」

「你替我報仇？啊，我……我不要……至少也要等我出去了一起去，是不？」李七幾乎懇求似的說。

「你去有什麼用？我們……嗨嗨，那個淫娃。」海怪臉上浮起色情的笑容，接著他又拍拍李七，低聲地說：「女人，我就喜歡壞女人。碰見壞女人，我玩她；好女人，那就她玩我了。你知道強盜為女人出事的，都是好女人。她們要從一而終，一哭二鬧三上弔，使你無法拋棄她，無法殺她，結果一定誤了自己。八年前，我們有一個夥計，他就是為了一個女人，誤了我們大事。我們約定一個地方，要他聯絡，結果他晚到了半個鐘頭，害得我們半數落網。你猜後來怎麼樣？」

「怎麼樣？」

「我們要把那個伙計處死，或者由他自己去殺那個女人，隨他挑選。這家伙竟情願自己受刑！你瞧瞧。」

「你們把他殺了？」

「自然，這是王法。」海怪隨隨便便的說：「可是那個女人真是個好女人，她知道男人死了，她自己也上弔自殺了！」

李七聽了，覺得強盜真是太把人命當兒戲。心裡有說不出的不快。可是海怪接著說：

「所以我頂喜歡壞女人，嗨，嗨，那個和尚，我要讓他知道知道我海怪。嗨……嗨……嗨……」

李七在這夢境中突然驚醒。海怪「嗨嗨嗨嗨」的笑聲還在他的耳邊。這時候月光正照在他的臉上，他突然想到昨夜在牆頭上的月光。

他奇怪他當時怎麼沒有把那個女人……

他施了悶香，他很可以先綁那個和尚，再把他們弄醒，於是，就在那個和尚的面前，……

這才是強盜的氣魄！

怎麼他會沒有想到，沒有想到海怪的話。那時候時間很多，讓和尚看完他所幹的，再把他們綁在一起，也很容易。怎麼他竟沒有這個氣魄！

李七有說不出的自卑與懊惱。他想到要是讓海怪知道他所做的，一定又要譏笑他總是一個小偷，沒有作為。他一定會帶著輕視的口吻告訴獄中的朋友，說佛手到底是佛手。

「壞女人，」李七又想：「是的，我怎麼樣這……這樣……我真是佛手李七。這樣好的運氣，這樣機會也不容易有，壞女人大概很多，但是十八年來就碰到這一次，而我，我這個小偷，只想到錢！小偷，小偷，我真是沒有用的小偷……」

想到這裡，李七再也不能安睡，他披上衣服，吸上一支煙，走到窗口。他一眼望去，發覺東方已經白了。街頭是冷靜的，春寒料峭，一兩盞燈火非常黯淡，四周響著雞啼，野浦河上船家有斷續的咳嗽聲傳來。

天空上星星已疏，月色仍好。李七順著蜿蜒的河流，一直望到入江的盡頭，藍灰色的彩雲正在透白的東方浮蕩。

他從遙遠的大地想到火把，想到刀，想到馬，想到盒子炮，想到大隊的人在廣闊的原野奔馳。他從窗口拋了煙頭，重新回來到枕邊取一支紙煙，他突然發現那局促的閣樓雜亂的地鋪以及那惡濁的鼾聲的可憎，一瞬間他覺得這同牢獄裡的情形並無兩樣，而他竟已經待了四五年。

「越獄！」他開始想到剛才的夢：「強盜竟有勇氣想越獄，而小偷竟不敢跳出這個閣樓！」

天已經亮起來，東方的藍雲開始透明，李七重新回到窗口，一直吸盡那一支紙煙。

等李七第二支紙煙頭拋到窗外的時候，東方的藍雲下已經湧出紅光，一剎時天空蕩漾著各種不同的顏色，野浦河閃耀著燦爛的流水。

李七忽然想到了昨夜的收穫，他必須先去取贓。以後……以後，他可要遠遠的去找海怪要他去看的朋友，那裡有馬，有火把，有刀，有盒子炮，有壞女人……

這時候，地鋪上的人已經醒了，矮黑揉著眼睛，一見李七站在窗口，他問：

「李七，怎麼，你這麼早起來。」

「我要走了。」

「上那裡去啊？」

「我洗手了。」

「洗手？」

「我不是說我失了手就洗手麼？」

「那麼你是真的要改邪歸正了。」

「也許。」李七說著已經在整他的衣服。

地鋪上的人已一一清醒。

「李七。」矮黑不知說什麼好，叫了他一聲。

「再見了，諸位朋友。」李七說著，揚揚手，就匆匆下樓。

當李七走出野浦鎮。太陽已經在東方出現，大地茫茫，一片金光。

望浦樓的窗口這時還站著矮黑。

「你看，那不是李七麼？」矮黑說：「他向那面走啊？」

「哪裡？」夜來白正同另外一個吃早點，也一同擠到窗口去看。

「他大概去搭公路車吧？」夜來白說。

「你說他真的洗手了麼？」矮黑問夜來白。

「也許，」夜來白說：「他一定先去取贓，以後……以後他可以到他老家去種田。」

「種田？」其中有一個人說：「等賠光了，再下海。」

「我想他說洗手，一定不會再幹了。」

野浦鎮已經開始熱鬧，望浦樓要迎接早晨的客人了。

夜來白拉著矮黑們下樓，匆匆地，就在野浦鎮的街上消失了。

一九五七，八，一五，晨。香港。

笑容

一

錢令真從英國回來時，與巧明認識，很快就戀愛結婚，這份姻緣可以說是非常順利美滿。巧明在香港四年，自己認識的同別人介紹的男人何止三、四打，但竟沒有一個是她看得上眼的。她對她所不喜歡的人常常似理不理，許多男人見她一、二次也不敢再找她，所以有一個時候，她顯得很孤獨。

在香港，她沒有一個其他的親戚，只有我。她一個人要從大陸出來，家裡本不放心。她寫信給我，要我給她母親寫信去勸她老人家，她母親因為有我在香港會照拂她，才讓她出來的。她來香港時就住在我家，這是很自然的事情。她是我姑姑的女兒，我從小看她長大。妻同我結婚，也是我姑姑介紹的。她是小妹妹，我們都很疼愛她；我們給她一間房子，不去擾她，聽她自己進出。但是她只住了兩個月，後來找到了事，就要搬出去與朋友合住。我當時還以為妻有什麼地方虧待她，很不安，再三挽留她，要她說出她不滿意的地方。她沒有表示，我因此就不許她搬，我說：

「你一個女孩子，不住在自己人家裡，倒要找房同朋友合住，這是說不通的。將來有什麼事，我怎樣對得起我姑母。」

她當時沒有說什麼，後來她同我妻講，仍是想搬。我沒有辦法，說她要搬，除非搬到女青年會去，外面租房子，我絕不能同意。

這樣，一星期後，她就搬到女青年會去住了。

她搬出去後，還是常來我家。後來我發現，她同妻的感情一直很好，只是她愛清靜，又有潔癖，而我們家朋友來往太多，而這些朋友多不是她所喜歡的。

太有潔癖的人往往是孤獨的，我的姑母就是這樣的人。她很早就死了丈夫，一手把兩個孩子撫育成人，巧明就是她的大女兒，大學畢業了又獨自來了香港。

巧明那年才二十二歲，長得高高的，有一個很端正的臉龐，眼梢長長的，鼻子小小的，嘴唇薄薄的，一口短齊美麗的牙齒，的確很可愛，可是偏偏不苟言笑，衣服永遠筆挺，一有一點污漬或皺紋就馬上換去。她的房間裡永遠一塵不染，桌上沒一滴水，椅子上沒有一瓣灰，像這樣的脾氣，我真擔心她會找不到丈夫。

她搬到女青年會以後，每次來我家，我總問她有沒有男朋友，可以一同約他來我家玩，她總是冷笑一下，不說什麼。起初妻還怪我不給巧明介紹，所以逢到像樣的獨身漢，就愛備酒備菜的請他們吃飯，可是吃了飯總是沒有下文。巧明眼界高，不是說人家髒，就是說人家粗俗；不是說人家愚蠢，就是說人家沒有學問。日子一多，妻也不像以前熱心，所以當錢令真回到香港來看我時，我與妻都沒有想到可以為巧明介紹。

錢令真可以說是一個圓滑大方討人喜歡的人。他學的是文學，可是對文學並不愛好；常識很豐富，但並無專長。他的學問似乎剛剛夠他交際，他的文藝趣味正好夠他談情說愛。他的記憶力口才都很好，英語講得很漂亮，巧明從小在教會學校讀書，也有一口流利的英語，我想他們也許就是以英語來談戀愛的。

錢令真到香港時大概還有點錢，所以很悠閒。許多人請他教書他都不幹，他蕩來蕩去，沒有事，看看那個朋友，又看看這個朋友。我的家交通方便，所以許多朋友都愛來玩，錢令真因此也變成常客。據他對我說，加拿大有一個學校要請他教書；美國又有朋友可以為他找事；南美洲也有一個親戚在辦廠，可以去幫忙；可是他還未決定到哪裡去。

有一天，他於傍晚時分到我家，正是我們吃飯的時候，巧明也在，我就替他們介紹了。錢令真說已經吃過飯，就在書房裡等我們。飯後我們吃水果，我就邀錢令真一同來吃；這是錢令真同巧明交際的開始。水果是巧明帶來的，是梨與蘋果。巧明好像說那蘋果是美國來的，錢令真說是南非貨，他說了一大套關於種籽、土壤一類的話。我當時就說：

「你不用搬弄這些空話，這水果是她買來，她自然比你知道得清楚。」

「啊，是丁小姐買來的？」錢令真說：「那我真是班門弄斧了。」接著他就講了一個故事，他說：

「有一次，在從歐洲到美國的大西洋船上，我也出過笑話。我在甲板上同一個人坐在一起談話，有一位小姐走過，我就說這位是法國小姐，一看就是法國小姐；那個人就說她是美國人，我當時說了許多法國人的特徵同他爭辯，你猜那位先生怎麼說，他說：『先生，你講這許多話都很科學，可是我是她的父親。』」

自然，蘋果雖是巧明買的，也不能證明是美國貨，就是店員這麼說過，也不可靠。我的話原是一句笑話，可是錢令真就是這種地方可愛，他永遠有機智，不使自己同人家有正面的衝突，大概就是這個地方引起了巧明的注意，他們就很快做了朋友而戀愛而結婚了。

二

後來我知道錢令真平常所說的加拿大學校教書，美國可以找事，南美有親戚邀他的話，並無什麼根據。他在香港，實際上是一種彷徨與觀望，我不知道他最後決定在什麼地方。總之，他同巧明結婚後，就很快的去了台灣。

巧明到台灣後，起初也有信來，信內有時也附著家信，叫我轉給她母親。但是這些信都是非常簡短，很少同我談到錢令真，好像只提到過他在那面做了什麼處長，以後信就少了。在我經驗中，與我通信的女性，無論是親戚朋友，總是當她們在不順利或困難痛苦時，信來得又密又長，當她們是快樂幸福時，信就又少又短。所以巧明少來信，我相信她是很幸福的，我還想或者已經有了孩子，所以也就把我們淡忘了。

可是，出我意外的，去年四月裡，她忽然來了一封信，說定於某日搭C．A．T．的飛機來香港，要我到機場去接她，我還以為是她是同錢令真一同來的，誰知道了機場只接到她一個人。一別近兩年，她竟很少改變，衣服仍是那麼挺，頭髮也是很整飭，只是稍稍瘦了一點，更顯得清秀出眾。我同她拉拉手，問她：

「你一個人來？」

「我離婚了。」她說著露出一點也不惋惜的笑容。

「你開玩笑？」

「真的。」她平淡無奇她說。

「為什麼？」

「到家裡再告訴你。」巧明還是很隨便的說，接著她就問我的妻與孩子情形。我告訴她，妻因為在家裡預備飯菜，所以沒有來接她。

到了我家，妻自然也問：

「怎麼，錢先生沒有來？」巧明又笑著說：

「我離婚了。」

「不要胡說霸道。」妻也以為巧明開玩笑。

「真的。」巧明又是平淡無奇地說。

「真的麼？」妻驚奇地問我。

「我怎麼知道。」我說，但是我知道巧明不是開玩笑的人，所以就急著問巧明：

「到底怎麼回事？」

「是他不好麼？」妻問。

「我不知道。」巧明微笑著。

「怎麼，他同別人……」我問。

「沒有，沒有。」

「難道你……？」

「沒有，沒有。」

「那麼為什麼，夫妻間除了這個，有什麼不可以原諒的？」妻說。

「是不是他虐待你？」

「也沒有。」

「到底為什麼？」

「說起來話長，」巧明說：「讓我先休息一回吧，晚上再說好麼？」

晚上，等孩子們睡了以後，妻與我在陽台上，開始聽巧明談她離婚的經過。她的態度非常自然，一點也沒有惋惜痛苦的表情，她說：

「我說出來，也許你們還要怪我不好；可是我已經盡我的力量忍耐；實在忍耐不住，才同他離婚的。」

我與妻都沒有說什麼，巧明於是接著說：

「也許你們會覺得他一點沒有什麼不好，可是事實上，我仔細想想，恐怕這就是真正個性不合。」

「個性不合，」妻說：「那麼戀愛時候怎麼會沒有發現。」

「理由，什麼都可以講。」我說：「誰要離婚都是這麼說。其實，嚴格說來，夫妻間，那一對的個性是相合的？」

「我沒有想到，」巧明說：「他竟完全不是我所愛的人。」

「這怎麼講？」

「他也許根本不是愛我，或者他根本是沒有愛情的人。」

「那麼他同你結婚？」

「他只是要找一個像樣的太太就是。」

「那就是普通所謂愛情了。」我說：「你年紀也不輕了，難道老是夢想羅密歐這樣的愛情？」

「不是這麼說，」巧明說：「我覺得他太可憐。」

「你真是……」我說：「你知道他可憐，還有什麼不能原諒他呢？」

「也許我應該嫁一個鄉下人才對。」

「你又是自說自話了。」我說：「錢令真就說不好吧，也是碩士，人也很活潑聰敏，你同他都待不下去。要是嫁給鄉下人，一天不就要離婚了。」

「你們男人大概都以為自己了不得似的。」

「自然有的男人自以為了不得，我想有的女人也是這樣想。但是這也不是什麼可鄙視的。」我說。

「你講這些幹麼？」妻忽然說：「巧明要告訴我們她為什麼離婚，又不是同你討論結婚哲學。」

「可是，」巧明忽然說：「我實在沒有什麼可說的。我只是覺得同他住在一起再無法忍耐了；我不願意他近我，我看他一舉一動都討厭，聽他叫一聲佣人，都覺得可憎，我也不知道為什麼。」

「但是你們結婚也有兩年多了。難道一結婚你就這樣討厭他了？」

「我開始時也許就有了這個感覺，可是一天一天加深。到後來我就覺得他什麼都討厭，尤其是他得意時的笑容，我一直忍耐，忍耐，但是……」巧明說到這裡，突然嘆了一口氣。

「離婚這樣容易？」我說：「一定還有什麼別的原因……？」
「沒有什麼，」巧明搖搖頭，一面站起來說：「我只覺得他卑屑討厭。」
「這……這不是理由，你總可以告訴我們還有些什麼事情？」
「啊，我不願意說了，你們不了解。」巧明一邊說：「我先去睡了。」
妻看她走了，站起來去陪她，一面說：
「早點睡吧，你也累了。」一面同我說：「你們明天再談好了。」

三

巧明每次想使我們了解她離婚的原因，每次都使我覺得不成其為理由，因此我很想使他們破鏡重圓。我一面暗地裡寫信給錢令真，探聽他的意見，一面我想勸服巧明。實在說，巧明年紀也不輕，即使在香港再找一個可嫁的男人，也不見得會比錢令真好。而且像她這樣孤傲，不見得容易碰到她喜歡的。即使自己去做事，一年一年過去很快，青春易逝，也一定不是幸福的途徑。

錢令真很快就有信給我，說他也不知道巧明為什麼要同他離婚。他原說如果巧明想到香港玩一趟，他也不反對。可是巧明一定要辦一個手續，他覺得也沒有什麼關係。他又說，他相信巧明不會去愛別人，他也永遠愛著巧明，隨時歡迎她回去。接著說，他可能會出國，那時候，巧明一定會回心轉意。最後他還叫我們放心。

有了錢令真這樣的信，我自然更想說服巧明。我覺得一定是巧明脾氣怪，從小太嬌養；或者甚至是因為台灣生活苦一點，就受不了了。於是我決定想找一個機會好好同巧明談一次。

有一天，我故意叫妻帶著孩子們出去。家中只剩了我同巧明，我就把錢令真的來信給她看。

巧明讀了信，笑了笑，就還了給我，沒有說什麼。我說：

「我覺得你這樣態度太不應該。巧明，我們自己兄妹，沒有什麼話不可以談。究竟他有什麼不好，或者根本是你自己不好。想想人家也想想自己。」

「他並沒有什麼不好，我也沒有什麼不好；只是我覺得他完全不是我所愛的人。」

「你還是要講這些空空洞洞的話。」

「但是這是真話。」巧明說：「不瞞你說，我現在讀他的信，正像讀一個我不認識的人寫的信一樣。」

「你的意思是不是就決定不回去了？」

「我要是會回去，也不出來了。」

「你不喜歡台灣？」

「我不喜歡他。」

「巧明，老實說，我不喜歡你這樣講話。你們是戀愛結婚的，誰也沒有勉強你，今天講這話，不是很可笑麼？」

說到這裡，巧明忽然流淚了，這是第一次對於她離婚的談話動了感情。這幾天來，幾乎每天都談到她離婚的事，她一直像是不當它一回事似的。

我沉吟了好一回，吸著煙，等她揩好了眼淚。

她嘆了一口氣，最後說：

「你究竟認識錢令真有多久？」

「我還是在北平時候認識他的，可是以後一直沒有來往，所以不敢說相知很深，不過他總是一個讀過書的人，常識也很豐富，人也活潑，是不？」

「也許，也許太活潑了。」巧明又揩揩眼睛，於是很認真的說。

「他並沒有愛我，也許他根本沒有愛情。他所要的是一個像我這樣的太太就是。」巧明說著又嘆了一口氣，抬頭看我一眼，接著說：

「結婚第三天，他就對我說，他因為決定去台灣，所以才同我結婚的。這句話我當時並不覺得有什麼，可是到了台灣以後，我慢慢的發覺，他所要的只是一個像樣的幫他做官的太太。

他很要面子，家裡弄得很像樣；他布置一個書房，書房裡放著整整齊齊的書，可是他很少靜下來看書，每天都是應酬交際。每次有人來看他，他總是要我先去應酬，隔了很久，他才請人到書房裡去，這時候他一定有書攤在寫字檯上。他對於下屬總是很威嚴，處世接物，也很和氣。每次在客人走後，或者在應酬交際回家以後，他總是要談到那些我們碰到的人。他從來不批評人，從來不說誰好誰壞，也不說人們學問道德的高低，他談的都是那個人的背景與關係。

他同我從來不爭論，對於藝術文學的意見，我們很不同，可是他從來不固執自己的意見。奇怪的，在應酬交際的場合，他就把我的意見作為自己的意見，侃侃而談。我在家時間多，沒有事有時候就看看書，看了書同他談起，我明知道他沒有看過那書，可是在交際場合中，他總是就把那本書名搬出來，談了又談，好像他早已讀過一樣，而且發表了許多偉論。」巧明說到這裡，嘴角露出一種諷刺的笑容，換一口氣又說：

「認識他的人的確沒有一個不敬佩他誇讚他；半年中就升了兩次官。他很沾沾自喜，時常對我表示，這一半是我的功勞。

其實那時候我雖是不喜歡他的作風與趣味，可是我是他太太，自然只好忍受。等他升了官以後，我們又搬了家，氣派大了，他的架子就跟著大了。他對於下屬，威嚴十足。有一次，他要派一個姓李的科員到屏東去，那位李先生因為太太要養孩子，很不願意，可是他令出必行，聲色俱厲。李先生沒有辦法，只好服從。令真等他走了以後，就叫我去看他太太，幫助她進醫院。後來那位李先生從屏東回來，看他太太已經平安地養了孩子，對令真非常感佩。像這樣的事情很多。每次在這樣的時候，令真就很得意露出一種可憎的笑容，他認為這就是他的勝利。」巧明說到這裡，歇了一回。我就順口接著說：

「這難道不正是他好的地方？」

「也許，」巧明冷笑一下，接著說：「也許，所以他對這種事做完了以後，很得意的要對我表示他的成功了！

至於對外面的交際，一切應酬的場合，如果需要帶我一同去的，他總是事先要關照我穿什麼衣服，同我詳詳細細講宴會上有些什麼人，每個人背景是怎麼樣，關係是怎麼樣。如果有美國人在場，他就要我多講英文，並且要告訴我隨時替某人某人盡翻譯的責任。

這當然沒有什麼，我會英文，在交際場合中替人翻譯傳話，也是很應該的事情。可是有一次，因為我同一個同席吃飯的人做了翻譯，回來他竟說我太沒有分寸，有失自己身分；當時我有點生氣，他就再三解釋，最後說出他不願意那個人接近那個美國人，所以不希望我一直把那個人的話詳細譯給那個美國人聽。」巧明說著，微喟一下，又說：

「啊，像這類事情實在太多，我也不能一件一件來說，總之，我實在越來越對他太不感興趣。但是我一直沒有想到離婚，生活無聊的時候，我就想去教書或者找一個職業。同他商量，他極力反對。

就在我想到去教書的事情上，我忽然想到我們的經濟情形。他的薪水不多，我當然知道台灣現在的情形，公務員待遇都不高；可是光從我經手的家用應酬請客一類花費來說，也遠超過他的收入了。難道是一直在用他自己的積蓄麼？我當時就提到我去教書，或者到洋機關去充速寫打字，也可以給家用一點幫助。你猜他怎麼說，他很得意的露出那種自傲的可憎的笑容說：『這個你不必管，錢，我難道沒有辦法。』

你不知道，我最討厭他這種表示得意的笑容。偏偏每逢他一些小小的自以為的成功，無論是對於下屬同事的一種假仁假義的賣弄，就露出這個討厭的笑容。我實在看不慣這種笑容。」巧明說著，看我一眼，好像在我臉上在尋令真得意的笑容似的，接著又說：

「不瞞你說，從那時候起，我已經怕他來接近我了。可是我還是沒有想到離婚。我對於他的事業根本不感興趣，可是我知道他很順利，每天晚上，他要同我談他得意的事情。一談得意的事情，就露出他那種低卑的笑容。你說我怎麼受得了？我總是假作打呵欠，我說：『我想睡了！』於是，有一次，我也托辭先睡，可是並沒有睡覺，偷眼看他。你知道他在幹麼？他一個人對著衣鏡，擺著一付官僚架子，得意地自己對自己在笑。

啊！你不知道！一時我也不知道為什麼，我想馬上躲開他，我恨不得有一個地洞可以讓我鑽下去。

當時我沒有辦法，我就逃到浴室；我心裡非常不舒服，我吃了一粒阿司匹靈。在藥櫃裡，我忽然看到了安眠藥，當時我計上心來，我倒了一杯開水，放了兩粒安眠藥，和化了，拿出去給他吃。他吃了不一回就睡著了，我一個人就到他書房裡看書。我一直不想睡，一直到五更時候，天一涼，我忽然害怕起來。我想到我剛才給他吃安眠藥，是不是有一種毒殺他的心理在裡面？我因為討厭他，所以要他睡眠，如果他再可憎起來，是不是我會用更凶的東西要他睡去，一直發展到我不得不毒殺他呢？這樣一害怕，我再也不能看書；許多奇怪的幻想都浮上來，我甚至想到兩粒安眠藥可能使他一眠不醒。我當時很想跑到寢室去看他，又怕去看他。最後天亮了起來，我越想越怕，我匆匆的趕向臥室，唉，你猜怎麼樣？他睡得很好，而他的臉上，在睡夢中還露著這個可憎的笑容。

我一氣之下，就跑了出來。這時候佣人們也已經起來，我關照了一聲，就一個人跑出來到淡水河旁邊散步，那天我孤獨地在那面待了一個上午。

但是我還是沒有想到離婚，我想到的是我必須有一個自己的生活。我要有一個職業，我要有自己的朋友。

以後我就常找機會去看他同事的太太們，我開始交了些與他沒有關係的朋友，我比較有些逃避的世界。除了沒有法子擺脫的應酬以外，我終算擺脫了一些他的環境。一個月以後，我在委內瑞拉使館裡找到一個事情，他自然不贊成。但是我一定要去，他也沒有辦法。我還假托失眠的關係，同他分房睡眠，這樣我的生活也比較正常一些。我想如果這樣過下去，倒是彼此清淨，可是他不能了解這點，還是常常麻煩我。

不過，雖是如此，我還是沒有想到離婚。……」

巧明講到這裡的時候，妻帶著孩子從外面回來。這就打斷了巧明的話。我為要巧明講下去，所以叫妻為孩子們洗澡去，可是巧明似乎並不想講下去，也跟著走出去了。

四

巧明雖是沒有說完她離婚的故事，但是我已經了解要她與錢令真破鏡重圓是再也不可能了。男女的關係，我以為即使是彼此痛恨，還可以重好；到了厭憎，那就無法挽救了。夜裡我與妻談到這件事，妻以為既然如此，我們又應該為她介紹男朋友才對。我說她自己找的都這樣，我們介紹的怎麼會好。妻說正因為錢令真不是我鄭重介紹的。現在她也許會聽我的意見了。

但是這只是說說想想而已，我們認識人雖多，但有的卻有了太太，沒有太太的有的年紀太輕，所以並不是很快就可以為巧明介紹。以後幾天，巧明天天到外面去，我也有應酬，所以並沒有機會可以安安靜靜談談。

有一天，我在家裡，巧明從外面回來，她非常高興，她一見我就說：

「你今天應該賀賀我才對！」

「有什麼喜事？」

「我找到了職業，待遇很好。」

「那有什麼可賀的。」我說：「我還以為你找到了男朋友。」

「男朋友，我要男朋友幹麼？」

「難道你再不結婚了。」

「我不敢說，」她一面關風扇，一面坐下來：「不過，……至少我最近不想結婚。」

「你以為你還是十八歲麼？」

「也許我永遠不想結婚了。」她說：「你們男人把結婚當作手段，我們……」巧明話沒有說完就停止了，她避開我的視線。

「這怎麼講？」

「我覺得我們女人把什麼都當目的，你們男人把什麼都當作手段。」

「什麼都當作手段，那麼目的是什麼呢？」我問。

「目的，我覺得男人根本就沒有目的。」

「只少也還有一個名利或者是權位？」

「這些其實也是手段。老實說，你們男人自己都不知道自己的目的。所以要造出一個字——success。」

「這是美國人的話，你真是一個受洋教育的女人。」

「中國叫『成功』，成功是什麼，是沒有目的的目的。所以一切都是手段。」

「啊，你講的還是錢令真，」我說：「你說你已經想不起他了，但是你還是忘不了他。」

巧明一霎時忽然冷笑一聲，幽默地說：

「是的，他是成功的代表，他的可憎的笑容，我就叫他『成功的笑容。』」

「巧明，」我忽然想到她未完的故事說：「你還是沒有告訴我你實在離婚的理由。」

「你還想知道？」

「自然。」

「我現在可以告訴你。」巧明忽然很直爽的說：「我怕再不離婚，有一天我真會把他毒死的。」

「你那天不說你自己有了職業有了朋友以後，生活得比較正常了麼？」

「是的。」巧明說：「但是他還是麻煩我。最後一次，是他要在家裡請客，一定要我在家裡，我不答應；他懇求我，說這是最後一次要我在家裡做主婦，以後他決不在家裡請客了。我說既然最後一次，我就答應了，誰知道這竟是最後一次！」

「怎麼回事？」

「他那天請了四對要人，兩對中國人，兩對洋人。我也不必說他們的名字了。

你猜怎麼樣。那天的情形，真是出我意外。平常錢令真的官腔，那天竟一點都沒有了；他很早就打扮，打扮好了，對著鏡子看了半天，又看我換衣服，為我拿鞋子，關照我這樣那樣。接著就不斷的看時間，時間還沒有到，就一次一次到外面去，又吩咐佣人這樣那樣的。每次一聽到汽車聲音，就趕快站起來。總之，一直坐立不安的等客人來，最後客人陸續的到了，他臉上馬上浮起一種謙虛自卑的笑臉，非常恭敬客氣。他談吐很有分寸，應對得不露一點自己主張，吃飯的時候，說幾個應對的笑容，都很得體。他的視線一直看著別人，可以說沒有望我一眼。這整個的過程，真是一部官場現形記。」巧明臉上露著諷刺的笑容，歇了一回又說：

「這只是可笑而已，並不使我厭憎。可是當我們客氣地把客人送出大門以後，我回到自己房裡，正想換衣服的時候，他忽然跑了進來，抱住我就吻。我把他推開，你猜怎麼樣？我馬上看到他臉上的那種笑容，那種所謂成功的笑容。我心理頓時有一種厭憎的反感。可是你猜他怎麼樣？他竟得意忘形的把我抱起來打圓圈，一面說：

『明年這時候，你就是大使夫人了。』

我沒有理會他。他把我放下來又在我臉上吻了一下，興奮地說：

『我今天就怕請不到他們，……都來了，你看，我的面子！都來了！』他說著就對衣鏡看他自己成功的笑容，一面整理他的領花。

這時候，我正在換鞋子，我真想把我的高跟鞋打他的得意的笑臉。」

「你打他了沒有？」我開玩笑似的問。

「沒有，因為我結果沒有換鞋；我站起來，告訴他我要出去。」

「你出去了？」

「我自然出去了，而且那天晚上我一直沒有回去。」巧明說：「第二天我回去就告訴他，我要離婚。」

「你沒有回去，」我同她開玩笑說：「是不是有別的男人呢？」

「你這樣想我？」巧明忽然生氣起來。

「我想他會這樣想你的。」

「他肯這樣想我就好了。」

「怎麼樣？」

「我住在一個女朋友的家裡。但是我告訴他，我同別的男人在一起，我說我愛了別人，所以要同他離婚。」

「他就讓你離婚了。」

「他竟沒有感覺！」巧明說：「他也不生氣。他說我要怎麼就怎麼，但是他不答應我離婚。因為這於他前途太有影響。」

「那麼後來……？」

「我當時就更看不起他，我老實告訴他，我是住在女朋友家裡，但是我有意試試他，說有男人，想不到他竟連太太偷漢子都不在乎，那麼我們做夫妻還有什麼意義？所以我一定要離婚。你猜他怎麼說？他竟嘻皮笑臉的說，他知道我不會愛別人；也絕不會放棄大使夫人不做而去談戀愛的，所以他不生氣。我當時就告訴他，我沒有愛別人，但是也不會再愛他了。我還告訴他我並不想做大使夫人，我想馬上到香港去。

這樣談了很久，他知道再無可挽回。他答應我來香港，等明年他發表了大使，上任去時就來接我。我拒絕了他的好意，一定要辦離婚手續，他一定不答應。最後他答應親筆寫一張同意離婚的字據給我，但希望暫時不公開。這樣我就到香港來了。」巧明說到這裡，她霍然的站起來，拉拉衣裳，一面說：

「現在我什麼都告訴你了。以後希望你再不要提到他。」

五

真的，以後我們偶而提到錢令真，巧明就很生氣，這使我們很快的不再在她面前提他。可是錢令真因為我沒有再回他信，他又來信問到巧明，我自然要告訴巧明，可是巧明不許我在給他信裡提到她。

巧明找到的事情是在西歐的一家領事館裡，待遇是一千三百元。她晚上還在文商學院裡教書；她每月收入在二千元以上，但是她把錢都交給我，她每月自己花的錢不過兩百元，她說她要儲蓄一點錢，預備到歐洲去讀書去。

在這個時期，巧明幾乎不交任何的男友；我覺得她生活的潔癖與性格的高貴將使她一輩子會孤獨下去。可是我也無從勸她。我的朋友很多，她從不混到我的圈子裡，逢到我們家裡約人吃飯，她就獨自出門，到了很晚才回來。

今年二月裡，錢令真又有信來。他說他很想來香港找巧明，可是因為工作上不可能離開，沒有辦法。他很自信地說巧明決不會喜歡別人，一定很孤獨的在做事。接著他就很得意的談到他很可能會很快到國外任大使，那時候，他會路過香港，相信巧明一定會回心轉意，同他一同去上任的。

五月中，錢令真又有信提到他的大使已經發表，七月底就可以來香港。我雖然不想在巧明面前提錢令真，可是這樣的消息如果不告訴她，使她突然在我這裡碰見錢令真，那她一定會說我不夠愛護她的。

於是我就在吃晚飯桌上把這個消息告訴巧明，我說：

「我想你這總不會怪我提到他吧。」

「我想得到他是露著成功的笑容寫那封信給你的。」巧明有出我意料的冷靜，露著高潔的帶著諷刺的冷笑著說：「很巧，我在他來香港時，已經不在這裡了。」

「你？」妻驚異地問。

「我已經請到西德的一個獎學金，我想下月中就可走了。」

「你們真是在鬥法。」妻笑著說。

「他是一個永遠成功的人，所以很有自信。」巧明說。

「真的，他很自信；他以為你絕不會找到比他更成功的人。他還相信他到了香港，你一定會跟他去做大使夫人的。」

巧明搖搖頭，嘴角又露出諷刺的笑容，沒有再說什麼。

「難怪他有自信，他在台灣才多久，真是一帆風順。」我玩笑似的說。

「大概他的願望是沒有不成功的。」妻說：「可是這次對巧明的一廂情願，也許會是第一次受到失敗的打擊了。」

「我算得了什麼，」巧明忽然說：「他找不到我，在香港一定會找一個大使夫人的。」

我們怕巧明有太多的感觸，當時沒有再談下去。飯後，巧明出門了，妻問我，是不是要勸勸巧明，使她回心轉意，同錢令真重修就好。我告訴她這是不可能了。

六月中，巧明啟程到歐洲去，我們到船上送她，船開動時，巧明在船欄上望著站在碼頭上的我們，我清清楚楚的看到她臉上的笑容，這是一種她談到錢令真時經常有的笑容，是一種高潔的帶諷刺的冷笑吧。

不知怎麼，這個臨別的笑容給我的印象特別深刻，以後我一想到巧明，眼前就會浮起這個笑容。

不久以後，錢令真果然如期到香港了。我去機場接他。我特別注意到他同我招呼時的微笑，這馬上使我記起巧明所說的「成功的笑容」。我於是想到巧明的那個超脫的諷刺的冷冰冰的笑容。那大概可以說是「失敗的笑容」吧。

人類的笑容也許正可以分為兩種，一種是成功的，一種是失敗的。這也許就注定了一個人一生的命運了。

一九五七，八，五，晨。香港。

失眠

一

在那黃色的大樓裡，鄧醫生的診療所中我認識了張證龍。

鄧醫生的診療所一共有五間房間，一間是候診室，一間是藥劑室，一間是診斷室，一間是洗手間，還有一間則是一間面積大過那四間總和的大房間。那間房子是長方型的。光線充足，溫度適中，四周圍放著二十架左右的電療機，我說二十架左右，因為我在求診期中，鄧醫生已經增加了了設備，這就是說他是不時在擴充與改良的。這確實的數字，應該是十六架到二十一架。十六架是我第一天去電療時的數目，二十一架則是我最後一天去電療的數目。

電療室除了電療機以外，是許多病人的照相：如電療前，面黃肌瘦，電療後壯健如牛；電療前臃腫如豬，電療後苗條如柳；電療前食不下咽，電療後狼吞虎咽，……諸如此類的照相都嵌在精致的鏡框裡，掛在牆壁的周圍，下面都有詳細的說明。

對於醫學，我外行；對於機器，我也是外行；可是當我舒適地坐在電療機上，沒有事做，就很自然的會去數那些大小不一式樣異趣的機器，同那些並沒有一張一張細看過的照相。

我的病是失眠症。治療我的電療機，簡單的說，是一座像牙醫師的椅子，加上一個像長方型大鐘似的櫃子，上面是許多大小的鏡面，刻著不同的度數，另外是一個像寒暑表似的會升降的水銀柱。

從對這個機器的認識，我知道在我左近的四架，也都是治失眠症的。

鄧醫生是我的熟友。我們是在維也納認識的，那時候我們幾乎天天在一個咖啡館裡消磨異國的黃昏。後來我離開維也納，因為所學不同，也沒有常通消息。這次在香港見到，我正患著嚴重的失眠症，他看我面黃肌瘦，就為我治療，問我是否有時間，能每天去電療一小時。我說時間很多，只是沒有錢，恐怕負擔不了他的電療費，他說老朋友不要提這個。於是我就每天去坐一小時。

第一天，我就看到我隔座的一位面目清秀、精神萎靡、頭髮蓬亂，但是衣著很講究的人，我想他不過是三十二、三歲。

他就是張證龍。

二

我雖是第一天就碰見張證龍，可是到第三天才開始交談。

彼此都是患失眠症，也彼此坐在同型的電療椅上。我們在未交談前就已有同病相憐的感覺，所以一談就有很多話。電療機上有襯著柔軟絲絨的頭箍，坐上去就有護士為病人套在頭上，椅子上是一組恰恰合身的大小形狀配合著骨節的彈簧，它是經常的在作按摩的震動的，所以坐在上面的人絕不能夠像坐在理髮師椅上可以看看書報。室內雖然有四個——後來增加到六個年輕美麗穿著白衣的護士，但是她們要管理每一架電療機的運行與招呼病人上下，所以雖可以在她們過來時偶而談幾句話，但她們可不能老陪著你，你也不能追著她。在足足一點鐘的時間，同隔壁病人談談話就變成了我們很自然的要求。

鄧醫生的工作是在診斷室裡接待病人。診斷以後，開了藥方與電療辦法交給一個身材很苗條高大的約二十六、七歲的護士長。護士長一面把藥方交給藥劑室，一面就帶病人到電療室，為你介紹一個護士，訂定每日或隔日的時間；如果電療機有空，你馬上可以坐上去接受第一次的電療。出來的時候，護士交給你衣帽與配好的藥物。以後你每天就像上課一般按時間一直到電療室來接受電療就是。十次八次以後，你偶而會碰到鄧醫生出來巡閱，問你幾句病症是否有減退，食慾如何一類的話以外，你就可以等到完成醫生所指示的次數後，再去與鄧醫生相商。他多半是再請你接受另一期的電療。

張證龍已經在這裡電療了兩個月，所以他可以把鄧醫師、護士長及護士們的工作與種種都講給我聽。

三

我們電療的時間，既是一樣，所以我們常常一同出來。他有車子，有時候他送我，有時候也一同到咖啡館喝一杯茶，吃點點心。我們就很快的成了朋友。

大概一星期以後吧，電療室中忽然多了一個護士，這位新來的護士有一個非常甜美的圓臉，蓄著長長的頭髮，細削挺直的身軀好像非常嬌弱，但動作又非常活潑敏捷，我坐在電療椅上，很自然的對她注意起來。

「又來了一個新來的護士，你看見麼？」我問隔座的張證龍。

「你好像很注意她似的？」張證龍說。

「不很可愛麼？」我說。

「你想約她吃飯麼？」

「我？」

「很容易。」他忽然輕輕的冷笑一聲，說：「晚上你有空麼？我請你們吃飯跳舞。」

「你約她？」

「自然咯。」

「她不來呢？」

「今天沒有空，就明天。」

「你真的……」

「怎麼，你不信？」他說：「回頭你看。」

說實話，電療室中幾個護士，個個都是非常美麗，我每天坐在那裡自然不免對他們有羨慕之感，可是不夠熟稔，我從來沒有想到約她們的事情。還有，是我那時候正是失業，沒有錢可去交什麼女朋友。張證龍說請客，我自然很高興，但他把約她們看得這樣輕易，我還是不十分相信。

可是，當他送我回家，我要下車的時候，張證龍忽然說：

「啊，那麼晚上九點鐘在麗池，不要忘了。」

「怎麼，你約好了？」

張證龍笑了笑。

「什麼時候約的？」我問。

「你不用管了，晚上，啊，……」他忽然改了口氣說：「八點半你就在Ｐ．Ｋ．咖啡館等我吧，我來接你。」

Ｐ．Ｋ．咖啡館，就是在鄧醫生電療室附近，是我們常去坐的一家。

四

晚上，他駕著車帶了兩位電療室的護士來了，一位叫何芸若，就是我所傾倒的新來的女孩子；一位姓李，是有一對大眼睛，蓄著短髮，長得很豐滿的女孩子，她是一種有男孩子氣的，精神煥發，非常愉快的典型。我馬上看出她大概就是張證龍所喜歡的典型了。

那天我們在麗池玩得很晚，我的興趣很好，因為那位何小姐的確可愛，我們在很短的時期就覺得很相投。李小姐也實在不錯，她的舉止與談吐都不俗。張證龍也一改平常萎靡的態度，談笑風生，所以整個的空氣很快活。

這以後，我同何芸若的感情真的生長起來，我在失業期中，手頭只有八百元的積蓄，因為同何芸若的交遊，很快使我的積蓄用去了一半。就在這個時候，鄧醫生的賬單忽然寄來。是二百二十五元。這真是駭我一跳。鄧醫生原說不必計較錢，可是還要我付這麼多。我當時決定把錢付清後不再去電療。我就把這意思告訴張證龍。

「是不是要離開香港？」他問我。

「不是。」我說：「我們現在也是很好的朋友，不瞞你說，我現在失業，這個電療費實在太貴。鄧醫生還說是我的老朋友，他的診費收我二十五元，電療費收我十元一次，二十天來，我要付二百二十五元。」

「那不是已經對折了麼？」張證龍說：「我付診費是五十元，電療費是二十元一次。我覺得不算貴，你看他的房子，機器，護士，要多少開銷？」

「可是，給對折，我還是付不起。」

「你？你同何芸若交遊倒不計較錢了，看病倒捨不得。」

「這個不同。你知道我已經愛上了她，我自然想同她在一起。」我說：「電療，我覺得對我的失眠症也沒有什麼大效。」

「你愛上了她？你真的愛她麼？」

「為什麼不？」

張證龍忽然很輕蔑的笑起來。

我楞了一下。他可是很認真的說：

「你如果不來電療，何芸若也不會同你來往了。」

「這什麼話？」我說。

「你試試看好啦。」他淡漠地笑著說：「但如果你約不到，可以找我。」

「你？」

「因為我還在電療。」

五

張證龍的話沒有錯，自從我不去電療以後，何芸若就逐漸同我疏遠了。每次約她，她總是沒有空。既然如此沒有情意，我自然也不想找張證龍去約她。我那時候生活已開始很成問題，又受了這個打擊，失眠症突然嚴重起來。

張證龍有一次來找我，看我情形很不好，他說：

「你還是再去電療吧，我給你付費。」

我知道張證龍很有錢，他不在乎多花幾百塊一月，但是他究竟不是我多年的朋友，我怎可以去接受他的幫助；而且老實說，我不願再看到何芸若。去接受電療，每天就會看到她，這對我可以說是一種威脅。我願意可以永遠不再見她，我當時就同張證龍說：

「我很感激你的好意，但是我不想再去電療了。如果你願意幫助我，為我找一個職業怎麼樣？」

「但是你失眠症這麼嚴重，怎麼可以做事情。」

「我希望我有點事情做。忙一點，也許晚上睡得著也說不定的。」

「你真想做事情？」他忽然說：「那麼，你想幹什麼呢？」

「隨便什麼。這許多日子來，我們已經很熟，你也知道我的情形。」

「可是，我的事情都是商業的事情。你，不內行，也不見得會歡喜。」

「我可以學，」我說：「你先給我一個機會，讓我試試看，怎麼樣？」

「真的，那麼你就到我公司進出口部去做個副經理吧。我可以給你一千元一月。」

「真的？」我當時還以為他在開玩笑，看他很認真，我不覺奇怪起來，我說：「你可不要為我可憐，給我一個支乾薪的事情。」

「不，不，」他說：「生意是生意。我的進口部有一個很能幹的經理，可是最近一年來我發現他有點舞弊，許多賺錢的生意，他做成功了，就算是自己的買賣。自然我還沒有確實的證據，我要你去，就是要你暗地裡為我注意這件事情；同時你可以好好學習，把有關係的商家實況多有點了解。等你學會了，我就可以把他的位子給你。」

「要真是這樣，我可真要謝謝你了。」

「但是，有一點你要記得。」他忽然沉下臉說：「我當你是朋友，希望你當我也是朋友。你一進去，我的經理一定會聯絡你，收買你，那時候你就要隨時隨地告訴我。如果你同他勾結了來出賣我，那麼我就會當你是仇人了，我會不擇手段來毀壞你的。」

我聽了不覺笑了起來，我說：

「別的你可以說，這個你可以放心，我決不是個貪財的人，也不會這樣忘恩負義。」

「那麼，好，你明天就到我寫字樓來看我好了。」張證龍說著就給我一張名片。

我就是這樣開始做了與光公司進出口部的副經理。

六

我的工作並不很忙，但是我要了解進出口部的過去情形，我必須很用心的看過去的案卷，這使我對進出口的商業發生了一些興趣。初初幾天，我感到很疲乏，但後來我逐漸習慣，奇怪的是我的失眠症慢慢的痊愈了，我的體重也自然的增加。

張證龍這時仍是每天的電療，據鄧醫生說，他需要繼續六個月才可以完全痊癒。我當時把我病癒的情形告訴他，並且對他表示謝意。因為我那時候發現，我的失眠症是完全因為對失業的憂慮而起，有了職業，沒有憂慮，加之生活有規律，病就慢慢好了。我當時就問他的病況，他說有時候好，有時候壞；我問他電療是否有點效驗，他說好像比未就電療前好些，既然鄧醫生說六個月，他想滿了六個月總會好一些的。

張證龍有錢，當然不在乎這些電療費，可是老實說，我對於電療已經沒有信仰；我的失眠症既是對於職業的憂慮，有了職業，病就好了。張證龍當然不是為失業，也許也不是生活憂慮，但一定有別種原因，光靠電療不見得是有用的。我當時不願意說出我的意見，怕影響他對於電療的信仰——或者說是心理的安慰。

但是，因為同張證龍常常見面，我對他了解日深。日子一多，我覺得他雖然有錢，可是生活真是枯燥。他沒有結婚，也不同女人有什麼來往。他好像把任何女人都看得很低。我想到電療室那群美貌的護士，固然都不在他的眼中，就是我們日常在路上在戲院、在馬場裡所看到的，在我以為是很高貴美麗的女性，在他看起來似乎都沒有值得注意的價值。

有一次，我同他兩個人到海邊去，那正是夏天，游泳的人初散，海濱都是一對一對的情人或夫妻。我於是問他說：

「我很奇怪，你會不想結婚。」

「不想結婚，我怎麼不想結婚。」他嘴角浮起一種不易捉摸的笑容，說：「只是不容易。」

「不容易。」我說：「像你這樣有什麼不容易？」

「不容易找理想的人。」

「怎麼會不容易找？只是你不去找就是。你又不必愁……」

「錢！」他搶著我的說話：「就因為我有錢，我無法知道什麼是愛情。」

「愛情？」我說：「你自己沒有愛情，怎麼期望別人給你愛情。」

「我沒有愛情？」

「你愛過誰？」我說：「你把什麼女人都看作一錢不值，還有什麼愛情？」

「你知道我失戀過麼？」

「你失戀過？」我笑了起來，我說：「你把錢買不到的就以為失戀，那太滑稽了。」

「也許不是我失戀，而是失望。」他冷淡地說。

就在這時候，在我們茶座前走過一對男女，男的是個中年胖胖的人，女的有一個高高的身材，穿一件紅的襯衫，白色的褲子，非常苗條語輕盈。張證龍忽然說：

「就是她，就是她。」

我們的座位並不能使我看清那女人的面孔，這不但是因為距離太遠，而且是因為背著光線，但是我知道她們是很容易看清我們的。

「我們走吧。」張證龍站起來，像想躲避她似的說。

七

「對於愛情，我一直有一個理想。我希望有一個非常高貴的女孩子，她從來不理睬任何男子，於是有一天同我會見，我們同時都一見鍾情。她應當純潔得從來不接受任何男子的邀請，從來沒有把任何男子放在眼裡，一直到愛情到來的時候……」張證龍說。

「那麼那個海邊碰見的女子，究竟……」我說。

「六年前，我愛上了她。」張證龍搶著我的話說：「那時候，我二十六歲，她才十九歲，我就是抱著這樣的理想去愛他的。我可以告訴你，我在愛她以前沒有同任何女人交往過。」

「她真是合於你的理想？」

「我們相愛有一年之久。」張證龍沒有理我，接著說：「可是我發現她完全是騙我的；她在認識我以前，交遇不少男友，談過不少次戀愛。但是她一直騙著我。就這樣開始，悲劇就發生了。」

「你不能原諒她？」我說。

「我要她什麼都告訴我。我原諒她。我經過很多痛苦，才忘去她的過去。」

「那不是沒有什麼了？」我說。

「可是我發現她並沒有什麼都完全告訴我，她還有許多事情騙著我。我那時候真是非常痛苦，我就離開了她。足足兩年時間，我跑了許多地方，我過著十分放浪的生活。我碰見過幾百個女人，我很想發現一個合於我理想的女人，但是沒有。」

「那麼，你自己呢？」我說：「你自己也不是你自己所理想的了。」

「也許，也許我因此也再不會碰到真正的愛情了。」他頹喪地說。

「你是說，你現在還是希望一個高貴純潔的女人來愛你。」

「是的。」

「那也不難。」我玩笑似的說：「你可以出錢到鄉下買一個從未接觸過男人的小姑娘來做太太。」

「你別挖苦我，好不？」他說：「我的意思是愛情。她必有許多機會同男子交友，但是她不要，而情有獨鍾的愛上了我。」

「這樣的愛情，我告訴你，是不會有的。有的也不是人人會碰到的。」

「那麼我寧使一輩子做獨身漢了。」

「那你一輩子失眠吧。」這是一句隨口的挖苦的話，但我馬上想到他的失眠也許正是這個原因了。於是我說：「也許世上真有這一類神聖的高貴的愛情，但決不是人人可碰到。世界上幸福很多，都不是人人可以有。比方說錢吧，你有錢就不覺得是幸福。可是在我看來，你真是一個最幸福的人。我不能因為沒有錢，就不做人了。人誰也沒有十全十美的，你什麼都比人幸福，就算得不到理想的愛情，也不過一點點缺憾，比之別人，你不知道已經要多少幸福了。譬如說我吧，我想要的錢只是你的百分之一；我想要的愛情，也只要我喜歡她，她喜歡我，並沒有高超的理想，可是連這點都沒有。你說你要是我，不是早該自殺了。」

「那麼，」張證龍似乎有點被我的話所感動。他說：「照你的意思，我應該怎麼樣呢？」

「照我說，你不要找什麼理想的愛情，只要找你所最歡喜的女人。你喜歡她，你再使她喜歡你。這就夠了。」

「可是，如果沒有愛情，老實說，我對於任何女人最多只能喜歡三天。」

「那麼三天以後再換一個。」

「你教我玩弄女性。」

「女性不也一樣玩弄你。你喜歡她三天，也許她只喜歡你兩天。倘若彼此繼續喜歡，就延續下去；等到碰到一個彼此願意永久將就下去，那就是夫妻。」我說：「不瞞你說，世上的夫妻也只是彼此將就著，可是彼此可以不失眠。」

當時張證龍被我說得啞口無言，他沉默好一回，站起來斟了兩杯酒，遞了一杯給我，他說：

「喝杯酒吧。」

八

三天後，張證龍忽然約我到他深水灣別墅去過周末，要我於下班後到鄧醫生電療室附近的那家K．P．咖啡館等他。

他那天就帶來何芸若與那位李小姐，這一次他對李小姐的態度很有點改變，我還發現何芸若對我的態度也有許多不同。

我們在他的深水灣別墅過了一個我平生最快樂的周末。我不必敘述他的別墅是多麼華麗涼快與舒適。我們所知道的幸福都是錢可以買的，而張證龍並不惜花他的錢。

自從那一個周末以後，我們四個人每逢周末都在他的別墅裡消度。

好像張證龍的失眠症很快就痊癒了。

如今，我與張證龍壯健的照相都掛在鄧醫師的電療室中，同我們在電療前的照相放在一起，照相下面還說明我受電療的時期不過二十天，張證龍也不過三個多月。這當然並沒有一句是謊話。

當我寫這個故事的時候，李小姐已變成張太太，正在醫院裡養第一個孩子。而何芸若，也始終沒有離開過我。我也一直沒有再失業。

一九五七，四，二九。香港。

失戀

世界上似乎有兩種人，一種是喜歡知道別人，見人就愛直接間接的打聽；一種則是喜歡人家知道他，見人就愛或東或西的講自己。

屠先生大概就是屬於後一種的人。我碰見他在芝華尼的輪船上，那已經是六、七年以前的事了。頭等艙是兩個人一間，他就與我同艙。我等來送我的朋友上岸後，才回到艙裡。那時候他已經在裡面，我一進去，他就遞我一支香煙，接著他指指他皮箱上的英文字，告訴我他姓屠，是寰球進出口行總經理。我當時也告訴他我姓什麼，但是他好像並不注意我的話。接著就說：

「我是回新加坡去的。」

「我也去新加坡。」我說。

「好久不來香港，香港真是不認識了。」

「先生在新加坡多年了？」

「快二十年了，我已經是新加坡的人了。」他很得意的說：「我的生意很忙，這次要不是為我的孩子，我還不會到香港來。」

我知道送我的朋友們還會在岸上。那時候船正在起錨，我急於想出去看看，我就說：

「船開了，我出去看看。」

在甲板上，我同岸上的朋友揮別，船就慢慢的移動。一直到看不見他們時，我才回到艙裡。那時候，屠先生不在房裡；所以我得寬寬舒舒的理出我旅途中要用的東西。

屠先生是一個圓胖面孔，頭髮有點禿頂，凸著一個肚子，衣服穿得很講究的人，看上去大概五十幾歲，可是精神很飽滿，聲音也很響亮。他身邊沒有一本書，只帶一份報紙。他似乎很珍貴這份報紙，看了好一回，又摺起來放在床邊，隔一回又拿出來看，看完了又摺好放在床邊。從香港到新加坡有三天多的日子，他似乎始終可以在這份報紙裡找到消遣。

他喜歡逢人都談自己。談的都是他在生意上成功的歷史或是他的勁敵們失敗的故事，多聽了實在沒有意思。為避免他對我談話，我不是裝睡，就是看書。所以他就常常到外面找人去聊天。我們雖是在一間艙內，反而談話不多。

可是第三天早晨，風浪較大，我有點不舒服，不能看書，覺得艙裡太悶，一個人於早餐後就躺在甲板上的帆布椅上。這時候屠先生就過來了，他說：

「你暈船嗎？」這是第一句也是唯一的一句問我的話。但用意似乎也並不是想知道我是否暈船。

「還好。」我笑笑說：「你呢？」

「我從來不暈船。」他得意地拍拍外凸的肚子，於是就在我旁邊的帆布椅子上坐下來，又說：「但是我也不喜歡風浪，一有風浪，大家都去睡覺，連談話的人都沒有了。」

「一個人旅行總是寂寞的。」我說。

「我倒不覺得，」他說：「這次船上客人太少，我上次來的時候，頭等艙都滿了。」

「你是同你少爺一同來的？」

「是呀，我送他進香港大學醫科。」

「你真好福氣。」我說。

不知怎麼，這一句話，就引起了他的許多言論。他把椅子拉近我一點，開始說：

「我只有這一個兒子。我還有一個女兒，已經嫁了人，在美國；所以只有這個兒子。他已經二十一歲，人倒是聰敏。十八歲中學畢業，我們公司裡許多英文信他都看得懂。我實在不希望他再讀書，你知道我自己英文不好，什麼都要靠英文秘書；他如果肯在我身邊，好好學商業，承繼我這份事業多好。可是他偏不要做生意，這次，這次……他差一點同我鬧翻。」

「為什麼？」我說：「不想做生意，肯讀書，還有什麼不好，而且學醫，香港大學，出來的都發財。」

「是呀，你也這個意思。」他臉上的肌肉跳動一下，露出得意的笑聲說：「我就是這樣勸他的。我說，你要讀書，只有學醫。他好容易才相信我的話。你猜他本來想幹麼？」

「想作什麼？」

「想寫小說。」他說：「你看，現在年輕人，真是莫名其妙，想寫小說。」我苦笑了一下。他接著說：

「現成的父親的事業不學，要寫小說，真是莫名其妙。」他說。

「寫小說幹麼？」我不知道說什麼好，隨便的答應著，我說：「賣稿嗎？」

「賣錢？他中學畢業兩年多，就一直在家裡看小說，寫小說，寫好了寄出去，寄出去了等消息；結果只賣掉了兩稿，一共多少錢？二十四塊八角！他第一次收到通知信，他高興得不得了，還把一本雜誌給我看，說裡面就登著他的小說。他交給我一張單據，說有十六塊錢可以拿，叫我公司裡派人去領。我當時就告訴他，要是靠這個為生，他不早就餓死了？十六塊錢，你想想，我放一個屁也不只十六塊錢。我第二天就給他十六塊錢，我把那張單據也撕了。你看，現在學校裡算教些什麼呀，畢業出來想寫小說，真是。」

我再也想不出什麼話可說了。我裝作暈船，閉上眼睛。可是屠先生的話門已開，一時竟停不下來，他接著說：

「說也奇怪，年輕人稍微聰明一點都愛走邪路。我以前在上海，有一個很好的朋友，他家裡也鬧過同樣的事情。」

「那位朋友有兩個兒子，可是大家都喜歡他的小兒子，因為小兒子又漂亮又聰明。他們常到我們家來。他的小兒子比我女兒大兩歲，一起讀中學，感情很好。中學畢業了，兩個人就像一對情人。我們兩家大家都歡喜。那時候，我同我的朋友都做絲綢的出口，我的朋友做得很好，也很有點積蓄。他大兒子中學畢業後就跟他做生意，結了婚，養了孩子，也很像樣。可是不知怎樣，這個大家喜歡的小兒子，中學一畢業，就變了。他要讀大學。讀大學，如果肯讀商科，也沒有什麼不好，他父親也不在乎這點學費。可是你猜怎麼樣？他說他要做詩人，所以要進文科。你想這糊塗不糊塗？我們大家勸他，但怎麼勸他都不聽。我於是同我的女兒談起，想他既然是我未來女婿，他們感情好，想叫她去勸勸他。你猜怎麼樣？」

屠先生說到這裡，發現我已經張開眼睛在傾聽他的故事了，他興奮地拍拍我的肩膀，換了一口氣，又說：

「原來我的女兒竟贊成他去做詩人，說在學校裡先生們都說他有天才。她還把他們校刊拿給我看，裡面就有他的詩作。我看了幾首，都是山呀、水呀、月亮呀、星星呀的字眼。我不懂詩，但是我知道做詩決賺不了錢；他想娶我女兒，他用什麼養活她？」

「那麼後來怎麼樣？」我好奇起來了，問。

「啊，當時我就罵我女兒一頓，說她既然愛他，那他就是她未來的丈夫，要他去做詩，不是自己想挨餓麼？我還告訴她，雖然他父親現在還有點積蓄，但並不是一輩子用不完的；而且他父親的事業，要是他不承繼去幹，將來都會屬於他哥哥的。」

「那麼你小姐怎麼說？」

「怎麼說？你猜她怎麼說，她說她愛他，她願意跟他窮一輩子，也不願意他去進商科，辜負他的天才。接著就嚎啕大哭起來。以後竟兩天沒有吃飯，還同她母親說，一定要我去勸我那位老朋友，讓他兒子去做詩人。你看，有這種事？」

我聚精會神的聽他講下去。他咳嗽一下，拿出紙煙，遞一支給我，自己也抽上一支。但是當時甲板上風很大，所以怎麼也點不著。最後還是我站起來背著身子，才點起紙煙。

「後來你的朋友答應他兒子進大學文科了？」我為要他講下去，所以這樣提醒他。

「我的朋友怎麼也不答應。可是這個孩子，自己偷偷地考進了北平的一家大學，因為家裡不供給他學費，他說要離家去流浪，我女兒愛他，也想跟他。我知道那個孩子從小被寵慣了的，脾氣很剛，還有我女兒一時著迷，很難勸醒她。我想了許久，於是就出了錢讓他到北平去做詩人，勸我女兒安心在家等他。這件事我的朋友很怪我，可是我實在是為我女兒著想。」

「為什麼他要怪你？」

「因為說我鼓勵他兒子去做詩人呀。」

「那麼你小姐……？」

「我自然為我女兒著想，我只有一個獨養女兒，不能不替她想到。年輕人都有糊塗的時候，她一時著迷，我不得不表示同情他們。」

「後來……？」

「後來，後來我把她的情人送走了，我就不斷的讓她接觸漂亮有錢的男孩子。不到一年，她就愛上了一個我另外一個朋友的男孩子。那個朋友對外國人做古董生意，他的孩子也就跟著父親做生意，很能幹精明。我知道他一定是一個好丈夫，也一定是一個好女婿。」

「真的？」

「自然，不出我所料。現在我女婿在美國，我的南洋事業就是同他合夥做起來的。」

「你的小姐也很幸福？」

「呵呵，她已經有了六個孩子，三個男的，三個女的。」他笑笑說：「前年我到美國去看她們。我同她開玩笑，談到她以前所愛的那個想做詩人的人，她自己都笑了。她說，要是當初真是嫁給那個人，真不知道要苦成怎麼樣子。」

我苦笑著，勉強的應酬他說：

「你真是……」

「你不知道，我只有一個獨養女兒，不能不替她想到。年輕人都有糊塗的時候。我把她的詩人送走了，就不斷的讓她接觸漂亮有錢的男孩子。就是這樣……啊，現在我的女婿在美國，很發財，我們都很幸福。至於那個詩人，以後再沒有他的消息。我想，要是活著，大概也不會娶得起老婆的。

我苦笑著，沒有再說什麼。

以後我們在艙裡雖然還常常交談，但是再沒有提起這個有趣的故事。

船快到新加坡時，我把睡衣雜物等收拾到提箱裡去。這時候，屠先生就在我的後面，他突然看到我插在箱蓋裡的一張照相，非常驚異地叫了出來：

「啊，你怎麼有他們照相？」他情不自禁的，不經我許可，就一手把它抽了出來，他說：

「可不是，這就是我告訴你的，我在上海時候的老朋友，旁邊不就是他的大兒子麼？你怎麼有他們照相？」

「我？他是我的父親，旁邊正是我的哥哥。」

一九五七，四，一六。香港。

過客

一

周企正的房子已經煥然一新的布置過了。

這是因為他們的老友王逸心要來香港，他們要預備一間房子招待他。

周家的房子是三房一廳，除了夫婦的一間寢室外，他們兩個孩子——光及與光且——占一間，還有一間是琴室。周企正是音樂教授，他除了在兩個學校教音樂外，還有許多個別來學琴的學生，那間房是專作授課用的。廳很寬敞，吃飯會客都在那裡。

現在為要招待王逸心，他們要把孩子的房間布置一下給他住，把客廳分隔開來，後面一間作為孩子的寢室。原先只打算粉刷那間招待客人的房間，後來因為分隔的牆壁也要油漆，索興就把整個的房子都粉刷油漆一番。這著實忙亂了一陣，如今一切總算就緒，顯得乾淨光亮了許多。

客廳分隔了一下，並不十分顯小。原先的家具只搬出一張圓桌，兩張沙發，就移到琴室裡去。

至於王逸心房間的家具，周企正同他太太費了很大的心機去購置。他們本來只想買得講究一些，後來不知怎麼，因為看到一張寫字檯很像以前王逸心家中的一張，所以周太太提議最好把那些家具都買得有點類似王家所看到的，這就更費了些周折；而且兩個人記憶中的當時王家的家具式樣，彼此竟不十分相同，所以時時有點小爭執。在買床的時候，周企正主張買單人床，周太太則主張賣雙人床，周企正以為王逸心只說他來香港，沒有提起太太，何必買雙人床，而且那間房子，放了雙人床，也就會顯得太小。周太太則覺得王逸心太太遲早總會出來，而且信上並未寫明一個人，也許一起出來也說不定，那麼買了單人床，將來豈不是麻煩？周企正以為王逸心既然沒有提到太太，當然是一個人，如果將來太太要出來，一定還有小孩，一間房子不會夠用，王逸心一定自己要去找房子的。這樣討論很久，最後周企正說：

「如果將來安妮出來，仍舊打算住在我們這裡，再補買一張單人床也不遲。」周太太才接受了他的意見。

這些家具究竟能與以前王家所見到的有多少相像，這很難說，但是顏色總不會相差太遠。還有那窗簾檯布，周太太記得王家後來所用的正是由她經手選購，所以她覺得的確是買得很像安妮房裡的。

如今，在這簇新的房間中，周企正同他太太計算著王逸心到港的日期。想到以前在王逸心家中的日子，好像彼此都年輕了許多。周企正坐在床邊，試了試床上的彈簧，開了開床桌上的檯燈，他說：

「這隻檯燈，真是很像逸心書桌上的檯燈。」

「啊，對啦。」周太太說：「那麼為什麼不放到書桌上來？床桌上還要一隻，我明天去買去。」

「我想你還應該用一隻花瓶。」

「我們房裡那隻拿來好了，那正是安妮送給我們的。」周太太說：「我不懂，為什麼安妮不一起來？」

「也許是申請困難，也許因為小孩子。」

「小孩子，崇林、崇森都已經死了，只有一個崇原，帶來有什麼難？」

「你怎麼知道他們後來沒有再養？」

「真的，他們後來不知為什麼連信都不寫了。」

二

周企正認識王逸心是很久以前的事了。

王逸心的家境很好，家裡有許多地產，還有一家很發達的顏料行。像這樣的家庭裡子弟，做父兄的都希望他承繼自己的事業。所以王逸心雖然對音樂很有興趣與天賦，但還是讀工商管理，畢業後就跟隨著他父親管理這些家裡的業務。因為喜歡音樂，他到音樂院去做選課生，周企正那時在音樂院讀書，這就開始做了朋友。

周企正是四川人，畢業後回家一趟，又回到上海教音樂。那時候他一個人，所以常常到王逸心家裡去玩，王逸心因為周企正的鼓勵，始終沒有放棄小提琴，兩個人還開過幾次音樂會，也頗得好評。

王逸心本來與他父親住在一起，結婚後夫妻倆租了一家公寓房子。周企正到王逸心家去勤了，就像自己兄弟的家裡一樣，他與王逸心太太倪安妮也成了很好的朋友。他認識自己的太太也就在王家。他的太太史妙華是安妮的同學，有一個時期因為父母到歐洲去，她就住在王家。王太太似乎很有意為他們撮合。在周企正與妙華感情很成熟的時候，上海的房子頂費很高，周企正因而遲遲未能結婚。後來因為王逸心有合適房子撥租給他，才得如願以償，以後兩家的友情自然更形深切。

一九四八年，王逸心的父親患病逝世。那時時局很緊張，周企正的生活多數是靠私人學鋼琴的學生，這時大家好像都無心學音樂，所以學生突然少了下來。周企正就預備到香港來，同王逸心商量。王逸心極力鼓勵他，還幫助他一筆數目不小的旅費。王逸心自己也想離開上海，但因為有這許多企業，沒有法子走開。

周企正是一九四九年全家來香港的。靠王逸心幫助他的一筆錢，頂了這個公寓，起初還租出去兩間。後來開了音樂會，有了教書的職業，慢慢的私人學琴的人也多了，才收回了那間房子。這幾年來境況總算很不錯。

至於王逸心，開始常常有信來，但以後信越來越少。周企正知道他經過了三反五反，精神很受打擊，所以寫信去總是勸他出來。王逸心似乎申請很久，都沒有被批准。後來逸心的兩個孩子也去世了，他太太身體本來不好，現在自然很壞。周企正與史妙華常常想到這兩個好友，有時也寄一些維他命丸一類的藥物去，可是也很少收到回信。

現在，王逸心居然來信說要來香港，周企正夫婦自然非常高興。他們想到自己所住的房子，原是靠王逸心幫助他們的錢頂來的，為要表示自己的感恩，自然要特別的去歡迎他。

周企正接到王逸心的信，就到處為他奔走，辦理入境證；史妙華也馬上策劃布置房子。

現在一切都已經舒齊，周企正與史妙華都感到一種收成的愉快。大家都想到，這個家裡有了王逸心，一定會更有趣。王逸心是興致很高，精神煥發的人，他玩照相很有成績，玩提琴尤有天才，網球也打得不錯。周企正不愛運動，王逸心時時鼓勵他，所以也曾一時偶而打網球。到香港以後，因為沒有王逸心，就好久不玩了。史妙華希望王逸心來了，周企正也可以活潑一點。

三

王逸心到的一天，周企正到羅湖去接他。史妙華帶著孩子也到九龍車站等候。史妙華有兩個孩子，一個男的十二歲，已經學了五年鋼琴，女的十歲，也開始在學聲樂。這兩個孩子都是在上海生的。男孩子叫做光及，還是逸心的乾兒子，雖是只是口頭說說，但當時常常帶到王家去的。日子過得很快，光及自然不會認識那位伯伯，王逸心也一定不認識他了。

史妙華住在王家的時候，心裡非常羨慕她的朋友安妮。要不是王逸心是安妮的丈夫，她真會愛上王逸心。王逸心有一個高高的挺直的身材，衣服總是非常整齊，精神永遠非常愉快，花錢尤其漂亮。他待史妙華後來同待妹妹一樣。安妮身體不好，常常臥床不起，那時候妙華就會分心去招呼王逸心。好像為王逸心做點事就覺得快樂。

史妙華在車站餐室裡等候的時候，許多沒有想到的往事都浮到眼前。她拿出鏡子照照自己，把口紅塗勻了。她自己很慶幸這幾年來並不老什麼，只是胖了一些。

可是光及與光且都大了。她看到在吃冰淇淋的兩個孩子，不覺想到安妮。安妮有三個孩子，兩個大的聽說患腦膜炎死了；那個小的，現在也該有十一歲。不知後來有沒有再生育過。她想到安妮比她大兩歲，身體不好，一定不會有她的年輕。很奇怪的，她臉上不自覺浮起了笑容。她又拿鏡子照照自己，她看到了一直被男人稱讚的美麗的前齒，她抿了抿嘴。突然，她心裡起了一種莫名其妙的掀動。不知怎麼，有一種從來沒有想到的思緒浮到她的腦海。這就是當初安妮之所以促成周企正與她的結合，想很可能是因為安妮發現王逸心對她發生不能擺脫的感情，與對她日趨親密的情形，而……這樣一想，她忽然對於安妮有點輕視，怎麼會用這樣卑污的心思來猜度好友？她想，要不是自己看重這份友情，抑制自己，逸心還不是早就……

「伯伯的火車什麼時候到？媽？」旁邊的光且忽然拉史妙華的袖子說，這打斷了妙華的遐想。

她看看手錶，說：

「還有二十分鐘。」一看光及與光且已經吃完了面前的冰淇淋，就說：「你們可以出去玩玩，不要走遠了。」

當光及與光且離開座位，走近餐室的門時，妙華忽然對於安妮這次並不出來有點欣幸。她並不是對逸心還有什麼別種念頭，而是感於那種命運上安排的巧妙。

餐室裡很冷清，除了幾個無精打采的侍者以外，只有另一桌坐著一男一女。這時候又進來三個男人，用很大的聲音在談話。他們坐下後，兩個繼續在談，另外一個似乎不斷的在注意史妙華。這注意像是在注意妙華剛才的心事一樣，使她感到很不舒服。她叫了侍者，付了賬，就走出了餐室。

四

火車一聲吼叫，車站馬上顯得非常熱鬧。

史妙華並沒有到月台上去，她帶著兩個孩子就等在外面，遠遠地看到許多人從車上下來。於是，他看到了周企正，他正同旁邊的一個人談話。

妙華吃了一驚。

「他難道就是王逸心麼？」她想，她一直望著他。她似乎希望那一個不是王逸心，但是正是他。

王逸心挺直的身子已經傴僂，他經常整齊的服裝已像青春一樣，無從尋覓。他穿一襲敞著的，顏色已經不勻的西裝，還戴一頂邊沿下垂的棕色帽子。他腳上套一雙歪斜無型的黑皮鞋，手上提一包帆布包，頭一直低著，眼睛似乎羞於與世界接觸。

這時候，周企正已經看到了妙華，他好像在告訴王逸心。王逸心抬起頭來，妙華最先注意到他支到外套外的襯衫領角，於是她看到那副完全失去了光彩的臉龐。他好像要表示笑容，但已不知道笑是什麼，只是在臉上多劃了幾道皺紋。史妙華舉起手來揚揚，王逸心也舉起他頭上的帽子，史妙華發現他已經禿頂。原來經常梳得一絲不亂光澤鑒人的頭髮，已只剩了兩個歪斜的鬢角。頂使妙華奇怪的，是當王逸心重新戴上帽子，用手摸摸鼻孔時。她發現他原來挺秀的鼻子已經歪斜。她好像有點不忍再看，低下頭，兩手擁挽自己的孩子。

客人陸續的出來，史妙華讓到旁邊，等候周企正與王逸心，但她沒有再看他們。

於是，這兩個男人已經在她的面前，她勉強露出笑容歡迎他們。

「啊，妙華，你還是……」

史妙華知道王逸心底下的話，「同以前一樣漂亮」，可是王逸心沒有說下去，他咳嗽一聲，又似乎笑了一笑，於是看看光且與光及說：

「啊，他們都這麼大了。」他說著用手去摸摸光且，但是光且避開了他。

周企正叫妙華同孩子等一回，他與逸心去招呼行李。

在汽車上，妙華開始問到安妮，她說：

「安妮為什麼不同你一起出來？」

「她……她在教書。」逸心很冷淡地說。

「她身體好麼？」

「很好，很好。」逸心總像心不在焉似的。

「後來我們信通得太少。」周企正自然也覺得王逸心同以前有點不同，他插進他太太的話說：「你們的情形太隔膜；安妮還養過孩子沒有？」

「養過。」逸心說著，口氣好像是說別人的太太一樣：「又養了兩個。」

「那麼……那麼仍舊是三個孩子？」周企正說，意思當然是指補足了已死的兩個孩子。

王逸心眼睛望著窗外，但並不在看什麼，像聽見又未聽見似的點點頭。

一時周企正與妙華都不知說什麼好。周企正把香煙給逸心，但逸心搖搖頭，說：

「我戒了好久了。」

到了家，史妙華叫周企正先上去。車子是朋友地方借來的，所以她打發司機走後才上來。

妙華上去時，發現企正已經把逸心帶進逸心的房內，她說：

「這是我們新為你布置的，你還喜歡麼？」

「很好，很好。」逸心又是心不在焉的說。

妙華看他沒有發現他們為他所下的心機。所以她說明了幾句：

「我們很想把你的房間布置得同你家裡一樣。這家具的顏色，這書桌，檯燈的式樣，是不是有點同你家裡的相仿。」

「很好，很好。」

「啊，這窗簾布，是我自己去買的，你記得我在你家的時候，你們的窗簾也是我去買的嗎？所以我記得。」

「啊，真的。」逸心又是淡淡地說。

周企正似乎覺得妙華有點掃興，他指指地下的三件行李說：

「逸心，你怎麼沒有把提琴帶出來？」

「啊，我好久不玩，也不知道放到什麼地方去了。」

「你還常照相麼？」

「好久不照了。」

「網球呢？」

「好久不打了。」逸心總是用單調的聲音淡漠地說。

「好，」周企正看他神情恍惚，想讓他靜一靜，於是說：「逸心，你把行李理一理，先去洗澡，好麼？」

「要不要我替你理，」妙華說：「你們到客廳裡去談談。」

「隨便隨便。」逸心說著，臉上似笑非笑的堆起了皺紋。

「妙華，你先叫阿靜弄兩杯咖啡吧。」企正說：「逸心，我們到客廳去，你也參觀參觀我們的房子。我有一間專教學生的琴室。」

逸心跟著周企正出來。企正帶他參觀自己的寢室同新布置的孩子的房間。最後帶他到琴室，一面說：

「香港音樂風氣倒很濃，學音樂的學生不少。你慢慢也可以教些學提琴的學生。」

逸心沒有作聲。

回到客廳，咖啡也上來了，周企正很想問問上海的情形，同一些朋友的下落，但是王逸心好像都不想談。周企正想王逸心也許因為心神未定，過幾天總會好的。他於是只好報告自己這幾年來的情形，以及想得到的，王逸心也認識的上海下來一些人的情形，他還故意找些有趣的事情來談，但王逸心對於驚奇的事情並不驚奇，對於可笑的事情並不失笑，周企正覺得王逸心真是變得太多了。

最後，周企正似乎也沒有話可說，兩個人沉默了好一回。周企正不斷的吸煙。他又一再強逸心吸一支，逸心拿了一支，燃著了，吸了兩口，放在煙灰缸邊，眼睛望著空中，又把它遺忘了。

這時史妙華進來，說已經叫阿靜預備了水，請王逸心去洗澡，這總算把空氣轉換了一下。

五

「逸心真是完全變了。」夜裡在床上，周企正對史妙華說。

「真的，他是一個愛說善笑的人，但是今天他一句話都沒有。」

「連抽煙都沒有什麼興趣，奇怪。」

「但是胃口倒還不錯，晚上在上海樓吃飯，他還吃得不少。」妙華說著，忽然變了口吻，放低聲音又說：「他以前是多麼講究衣著的人，可是我今天替他理東西，真是連一件像樣的襯衫都沒有。後來我把你的襯衫放在浴室裡，雖然袖子短一點，也比他自己的要好。我想，明天你應當陪他去做兩套衣服，買幾件襯衫背心什麼的。」

「他大概受了太多刺激，我想休養一些時候總會好的。」

「可是人完全不同了。」妙華說：「車站上要不是同你在一起，我真是不認識他了。他以前一頭光潔的頭髮都禿了。以前他眼睛裡不是常有一種有力的堅強的光芒嗎？現在一點光采都沒有。以前他豪邁的談話，大聲的笑也沒有了。」

「真是奇怪。」

「剛才在飯館裡，我問他安妮情形；他只是哼了兩聲。他想表示一個笑容，可是沒有；每當他擠出一個笑容的時候，總不過是在臉上多幾條皺紋罷了。」

「這大概於胖瘦有關係，他真是瘦了不少，你看他的兩腮尖削著，同以前完全不同了。」

「還有，他本來挺直的身子，現在完全變成駝背，到底怎麼回事？我想你應當帶他先去看看醫生。」

「我想我們把請客的事情暫時取消了吧。」周企正忽然想到請客的事情。他收拾了房子之後，就安排了一個宴會，想要王逸心同一些在這裡的老朋友們會面談談。現在忽然想到應該等王逸心精神恢復一點再舉行才好。

「是的，我們好在只在口頭上同兩三個朋友說過，還是慢慢再說吧。」史妙華也覺得應該慢一點再舉行這個宴會。

周企正這時打了一個呵欠。

「你快睡吧，不要再想他了。」

「真是，今天忙了一天。」周企正又打了一個呵欠，翻了一個身，他伸手關了燈。

可是史妙華並不能立刻睡著。她想到上午坐在車站的餐室裡的遐想。

在史妙華的腦筋中，王逸心一定是活潑整飭，有挺直的身體，奕奕的眼光，談話帶著風趣，笑聲帶著豪情，頭髮一絲不亂，衣服一塵不染；一出車站，就會拍她的臉，抱起光及光且說：「你們長得真漂亮，像你們的母親。」一路上就會不斷的告訴她安妮同她孩子的情形；到了家，就會用命令的口吻說：

「妙華，我先要洗個澡。」

一進他的房間，他應該說：

「妙華，你幾時把我家裡的家具搬來的？但是為什麼不為安妮預備一張床，我就要接她出來呢。」

如果到了琴室，他一定會坐在鋼琴前，彈一曲《家，甜蜜的家》這樣的歌曲。他一定會問有沒有小提琴，他要同企正同奏一曲什麼。他還會四周看看，問企正要照相機，說：

「妙華，讓我先替你孩子照幾張相。」

但是王逸心已經變了，他已經不是以前的王逸心，也不是妙華所能想到的王逸心了。

這樣想著，她忽然聽到企正的鼾聲，接看她又發現門隙中有光線進來。她輕輕的起來，好奇地先從鎖匙洞中看了一下，她看到王逸心的房門開著，她聽到王逸心緩慢而拖延的腳步聲，像是動物園鐵欄裡的熊，走過去又走過來，似乎不是為飢餓，不是為伴侶，而是為一種說不出的不安。

這正是香港很少的秋天，決不會因為炎熱而難眠。逸心已經脫去了上裝，他穿一件米色的羊毛背心。下午妙華為他理東西，匆匆把他的衣著放到櫃子裡去，她雖然理到，但沒有注意，如今它穿在他的身上，她突然想到這正是她在那一年聖誕節送他的禮物。這已經是十來年的往事了。她想到他第一天穿這件背心時是除夕。他配上一條黃條紅點的領帶，笑著問妙華是不是沒有糟蹋她送他的禮物。她記得他那天神采煥發，晚上帶安妮與她去國際飯店跳舞。作為妙華男伴的是逸心的一個同事，他先在國際飯店等他們。出門時就是逸心同安妮與妙華。他一手挽著安妮，一手挽著她的時候，她甚至奇怪地想到多妻制度並沒有什麼不合理。在國際飯店，她幾乎沒有意識到她另有男伴，如今也無從記起那個人的姓名。當她同逸心跳舞的時候，她曾經想到逸心那天沒有穿禮服，正是為要穿她送他的背心的原故，她感到一種光榮的感激。

可是，如今這背心在他身上是多麼不同。從鎖匙孔中看出去，這背心與他灰色的敝舊褲子是多麼不調和，與他傴僂的背是多麼不配合。他身上的襯衫是企正的，衣袖短了兩寸，似乎肩胛也欠寬，可是逸心現在也毫不計較與想到了。

妙華起初很想穿好衣服出去同逸心談談，但她看到逸心一面來回的躑躅，不時用手摸他的禿頂，一面似乎還輕輕的在自言自語，她忽然覺得她對他太陌生了。她離開房門，回到床上。她看見床邊的夜光鐘面是十二點零五分。

六

周企正很想使逸心對於音樂重新發生點興趣。好幾次夜裡，妙華預備了咖啡，邀逸心在音樂室裡聽唱片。逸心雖然沒有拒絕，但是他坐在那裡，總是心不在焉。聽完以後，不但沒有意見，而且也沒有反應。周企正還買了一具小提琴，放在音樂室裡，希望逸心會去試拉，可是逸心竟毫沒有碰它的興趣。有一個星期六的晚上，周企正約逸心一同到外面吃飯，飯後預備一同去聽企正一個朋友的小提琴的recital。出發的時候，周企正與妙華打扮得很整齊，而逸心竟像平常一樣，毫不像有什麼準備。為他新縫來的西服，他一直沒有穿。妙華原以為他那天的機會可使逸心去打扮一下，但逸心竟沒有動它。這時妙華真忍耐不住，她說：

「逸心，你還沒有穿那兩套衣服呢。怎麼，今天你陪我去聽音樂會，你穿新衣服好麼？」

「啊，也好，也好。」逸心嘴裡說著，但並沒有去換。

「那麼馬上去換去。時間怕要來不及了。」妙華說著把逸心推進房裡。

隔了一回，逸心出來，雖然換上新衣服，但還是打一條舊領帶。妙華不得不進去為他拿了一條領帶給他換上。

他們三個人在一間新開的菜館吃飯，逸心照舊吃了很多；但等吃了飯，他忽然說：

「你們去音樂會，我不去了。」

「怎麼？你有事？」周企正問。

逸心不響。

「你想到那裡去？」妙華問。

「沒有想到那裡去。」逸心臉上劃出幾條皺紋。

「那麼一起去坐一回吧。」企正說：「你也可以碰見一些老朋友。」

「我……我不想碰見人。」逸心低著頭勉強地說。

企正還想邀他，但是妙華已經不想勉強他了。她說：

「那麼，企正，你一個人去吧，我陪陪逸心。別人問起我，只說我有點不舒服好了。」

「那麼你們到別處走走也好，去跳跳舞吧。」

逸心毫無表情。

「我們到咖啡館去坐一回？」妙華說。

自從逸心到了香港之後，企正幾乎夜夜同妙華討論逸心的問題。妙華曾經表示，等逸心多住幾天，找個機會同他談談。周企正因此想到妙華也許就以為今天是一個機會了。所以他說：

「也好，也好，那麼我走了。」

企正走後，妙華帶逸心到一家很清靜的咖啡座裡。妙華先是希望逸心對於這個地方有一點反應，後來看逸心毫無表示，只得直截了當的談她想好了的話，她說：

「逸心，你來了已一個星期。你一天到晚在房間裡，從不出門，也不談話。我發現你心裡很不快活。我們是老朋友了，有什麼話不可以談，我希望你可以坦坦白白地同我談談。」

「我沒有什麼，沒有什麼。」逸心說著，似乎故意在逃開妙華的視線。

「譬如今天的音樂會，去去有什麼關係？」妙華說：「以前你對於音樂會很有興趣。說到碰見人，這些人也都是這裡音樂圈子裡的人，而且有好些是你在上海時都認識的。企正正想請一次客，要你同他們碰見碰見呢。」

逸心沒有作聲。妙華又說：

「是不是你住在我們家裡很不舒服？或者……或者你需要安妮，我們慢慢想辦法讓她出來怎麼樣？或者，企正同我說過好幾次，你是不是喜歡到療養院去住些時候？」

「我很好，我沒有什麼。」逸心看了妙華一眼，但隨即避開了妙華的視線。

「可是，你知道你同以前完全不同了，你知道麼？」

「隔了這許多年！」逸心漫不經心地說。

「但是你還年輕，你有你的前途。你可以努力。」妙華說：「你……你也許已經失去了財產，啊，請你不要怪我，我這樣坦白地說話，但是我們是老朋友了，現在我們是兩個人，我連企正都不想讓他聽見，我們應當什麼話都可以談，是不？」妙華說到這裡，停了好一回，望著逸心；逸心還是沒有什麼表情。妙華於是又接下去說：「你失去了財產，但是你對於音樂有興趣，大家都認為你很有天才；你以前所以沒有專心在音樂方面發展，就因為你有財產，有別的事業。如今你別的什麼都失去了，你正可以專心志於你的音樂，這不正是一種開始嗎？」

「謝謝你，妙華。」逸心說著，但並不像有什麼感想。

「如果你以為我的話是對的。」妙華又很認真地說：「那麼你應當振作起來，為安妮，為你的孩子，為一切愛你相信你的人，為你的天才，重新開始。」

妙華這些話，不但是自己想了好些天，而且還同企正商談過修改過好些次的話。她希望逸心會接受這些意見，即使不接受，也不會不發表他自己的想法，或者告訴他心裡的計畫，對於前途，對於生活，對於安妮，他應當自己有自己的想法。究竟他夜裡在房裡一個人躑躅，總也不外乎對於自己的打算？

可是逸心並不表示什麼，他似乎很疲倦，打了一個呵欠。他說：

「讓我們回去吧。」

妙華沒有法子，只得陪他回家。一到家裡，逸心趁妙華走開的時候，就說一句「明天見」，獨自進了自己的房間，還關上了房門。妙華本來再想叫他一聲，請他出來談談。可是她忽然想到企正，她計算音樂會還不到休息時候，她正可以趕去聽下半個節目，於是她就重新出門，跳上了一輛街車。

七

企正在音樂會裡自然碰見不少音樂界的朋友，許多人那認識王逸心，說大家要宴請逸心。這使周企正想到應該提前請大家來家裡吃一次飯，他就同妙華談了。

當兩個人從音樂會回家的時候，逸心房內的燈還是亮著，企正就想把碰見的一些朋友要宴請逸心的意思告訴逸心，他就敲逸心的門，在外面說：

「還沒有睡，逸心？」

「沒有。」

「出來喝一杯茶，吃點點心嗎？」

逸心出來的時候，還是剛才出門時的衣服。妙華在音樂室已經開上了唱機，他們就走進音樂室。女佣拿來茶與麵包。周企正這時就把音樂會節目單給逸心看，逸心翻了一翻就放在鋼琴上，也沒有問這音樂會是否成功。周企正於是才講到碰見杜成美與葉偉開一些人，說他們要發起公宴逸心。關於以前上海音樂界一些朋友，周企正曾經許多次提到過，逸心也從未詢問他們的近況。如今聽說大家要公宴他，他忽然說：

「你想有法子謝絕他們麼？」

「為什麼？」企正說：「我與妙華本來想與你一到的時候，請那些老朋友來敘一敘，後來看你精神不好，想晚幾天，現在你精神比較好一點，我們想先請大家在家裡吃一次飯，以後，再由他們來公宴你。」

「可是……」逸心沒有說下去。

「我只約些老朋友，不約外人，你也不必客氣。」

「我也不是客氣。」

「那麼就定星期四，怎麼樣？」

「隨便，我隨便。」

茶點中，妙華談到音樂會的小提琴，他要逸心馬上拉一曲試試。逸心起初不肯，妙華再三請求，說現在只有三個人，試試有什麼關係。

「我已經好久不拉，我怕我已經完全忘去了。」

「試試有什麼關係。」企正說著為他拿出了小提琴，提給他，一面又說：「我替你伴奏。」逸心勉強拿起提琴，又拿起琴弓，試拉了幾下，似乎怎麼樣也控制不到音階。妙華看見他的手指直發抖。逸心說：

「我已經完全忘了！」他把提琴放在鋼琴上，回到座位，這時候企正與妙華也不敢再勉強他。三個人楞對著好一回，最後妙華忽然說：

「企正，你應當為逸心找一個教授，重新讓他練習。」於是又對逸心說：「好久不拉，自然很生疏，但如果你重新練三個月，一定可以恢復的。」

「啊，我不想再拉琴了。」逸心忽然說。

「為什麼呢？」企正說：「你就當作玩玩不也是很快樂麼？」

「我已經忘記了，完全忘了。」逸心說著，但並沒有什麼表情。

妙華對於這情形覺得很不舒服。她說：

「時間不早了，你們明天再談吧。」

回到臥室，企正與妙華一直沒有說話。等上了床關了燈，兩個人竟都不能入睡。妙華聽到企正還在翻身，突然說：

「企正，我看你明天陪逸心去看看醫生吧。」

「我早就同他說過，他不願意。」企正說：「還是你勸他去吧，羅醫生，你也是認識的。」

「他大概現在還沒有睡。」

「我真是不懂。」企正忽然說：「你今天在咖啡館向他怎麼談的？」

「我在汽車裡已經告訴過你；我什麼都說了，可是沒有正面的反應，沒有正面的反應。」

「這幾天裡，希望你可以帶他去看看醫生。星期四我們請吃飯，杜成美、葉偉開他們都會見到他，我看大家意思怎麼樣，是不是有什麼我們可以努力的地方。」企正說了又翻了一個身。

「一個人怎麼變得這樣快！」妙華像是在自言自語。

「他的琴也真是忘得乾淨，怎麼連一個音都拉不準確了。」

「你有看見他的手在抖麼？」妙華說：「我想你應當為他找一個教授，讓他重新發展起來。」

「我怕他很難再達到以前的水準了。」企正說：「他把提琴放棄真可惜。現在重新練起來，他自己想到以前的水準，一定會再沒有興趣去練它了。」

「那麼除了音樂，他還能幹什麼呢？」

「現在談不到這些，第一步總要他恢復做人的興趣。」

「做人的興趣？」妙華說：「要是他真沒有做人的興趣，他也不會出來了。」

「可是……」企正並沒有把話說下去。而房內的小鐘輕輕地打了兩下。妙華知道企正於早晨九時半就有課，所以就不再說話。她傾聽門外，逸心像又是在房內躑躅，有緩慢單調的腳步聲。

八

客人已經到齊，起初大家都圍著逸心，希望他談點上海音樂界的情形，談點親友們的一些情形，談點他自己的一些情形。但是逸心什麼都沒有說。他對於熱烈地招呼他的朋友都很冷淡，他也並沒有問人家這幾年來的狀況。

有人忽然談到香港音樂界的情形，鼓勵逸心開一個音樂會。逸心沒有提到他已經久不拉琴，也沒有說是否有這個打算，只是勉強地笑笑。他的眼睛始終沒有正眼看一個人，也沒有對哪一個朋友談一件具體的事件或明確的意見。他不像是敷衍，也不像驕傲，他似乎始終在另一個世界裡。

席間，別的朋友們提議定期公宴逸心，商議日子與地址。有人就提議把節目安排得長些，飯後大家再去跳舞去。有人主張索性多請些音樂界朋友，還打算另外約幾個小姐，可以做逸心以及其他孤身朋友的舞伴，這個意見馬上獲得大家的贊同。逸心則並沒有表示可否。

宴會散後，企正送朋友們下樓。杜成美就搖搖頭說：

「變了，真是變了。」

「他好像一直沒有在參加我們的宴會。」葉偉開說。

「我想他身體有什麼毛病，你沒有帶他看看醫生？」

「妙華陪著他看過，醫生給他全身檢查一下，說並沒有什麼，只要修養些時候就可以好的。」

「看他胃口倒很好，我想身體不會有什麼的。也許神經受過什麼刺激，他的財產事業，也許……」

「那麼他以後的生活……？」

「他應當準備一個音樂會。可以教一點學生。」

「可是他已經好久不拉琴了。」

「他可以重新練起來的，他的基礎不錯，也很有天分。」

「但是……」企正想說他真是完全忘了，可是沒有說下去，歇了一回，他說：「我們下星期見。我希望我們這幾個朋友，大家替他想一個辦法。」

企正別了這幾個朋友，回到家裡；逸心已經進了自己的房間，並且關上了燈。企正也沒有再去打擾他。

妙華這時候已經在寢室裡換睡衣，企正就問怎麼不同逸心談談，就讓他去睡了。

「我理理東西，他說一聲『明天見』就進去了。」妙華說。

「今天他似乎一點也不快樂。」

「快樂？」妙華一面在脫襪子，一面說：「他像是並不在這個宴會裡。」

「可是他還是吃得不少。」企正吸上一支煙，坐倒在沙發上說：「我們在談話，他只是獨自在大嚼。」

「所以，我正在想，」妙華像是有所發現，她拖上拖鞋，站到企正面前，微笑著說：「小姚現在是不是還在跳舞？」

「幹嗎？」

「我想逸心也許需要一點刺激。」

企正沉思一會，沒有作聲。

「睡吧，你今天也累了。」妙華一轉身，把企正的睡衣交他，自己就上了床，一面說：「我明天打電話給小姚，要他來約逸心，我想這一定可以改變他一點。」

企正沒有作聲。

當企正關了房燈的時候，他發現對門逸心的燈又開亮了。

「他還沒有睡？」

「不要管他了，你睡吧。」妙華在床上說：「明天我打電話給小姚。」

小姚是一個獨身漢，常常混在舞場裡，他也學音樂的，雖沒有什麼天才，但人還聰敏，所以很會取巧。他為電影公司配音，及為女演員們寫流行歌曲，所以在電影圈與舞場裡，人人把他當作音樂家。他為人很愉快，常常出入周家，有時候吃吃便飯，有時候來聊聊天。

妙華第二天打電話給他，約他在外面吃茶，同他談談逸心的情形，希望他帶逸心到舞場去跑跑，也許可以使他恢復一點人生的趣味。兩個人談定了，妙華才帶小姚回家吃飯，同逸心介紹。飯後由妙華提議，叫小姚請客大家到舞場去。等進了舞場，企正同妙華坐一會就先告辭，讓他們可以自由地去找舞女。

這個計畫初步很成功。但是到了舞場，叫了舞女，逸心並沒有高興起來。等企正、妙華要先走，逸心也不想久待，於是企正與妙華只得陪著他們。就在那時候，小姚叫了幾杯白蘭地，逸心起初不喝，但小姚同兩位舞女一定要同他喝，他勉強不過，喝了一杯，後來又喝一杯，態度開始有點改變。他一直望著空虛的視線，似乎也注意到身邊的舞女。他開始跳了幾支舞，忽然他說：

「啊，我不能喝酒。」他就怎麼也不再喝酒了。

他們一直坐到午夜才回家。

九

逸心從舞場回來後，又是同以前一樣，整天一個人在房裡，很少說話，不願同人接觸。

這樣就到公宴逸心的那天，那天敘會很熱鬧，因為他們希望逸心多認識一些音樂界的朋友，請的客人很多，其中也有小姚。小姚自從上次同逸心一起跳舞以後，一直沒有到過周家。所以同逸心見面，要先敬逸心一杯酒。

可是逸心不喝酒，他只勉強地喝了一口啤酒。妙華知道逸心不喝酒，上次在家裡請客也沒有勉強他喝，這次因小姚敬逸心的酒，使她想到那天在舞場裡，他喝了點酒的情形，所以極力慫恿他喝，可是他怎麼也不肯喝。後來見逸心好像很窘惱，也就不敢再勉強他了。

在這樣公宴的場合，大家起初自然都找逸心談話；但見他這樣不肯說話，也就不再理他。尤其是那些第一次同他見面的人，大家都就各自同自己的熟友飲酒談笑起來。

妙華一直注意著逸心。她看到當別人大家找他談話的時候，他顯得很窘；現在別人不去管他，他倒比較自然。他的胃口很好，他只是一個人大嚼，他好像一直沒有注意旁人，也好像不是在這個宴會裡一樣。

吃了飯，大家到了夜總會，年輕一些朋友大家都各自跳舞。逸心也沒有去邀請那些單身的小姐，他還是呆呆地坐在一角；企正妙華們偶而同他說幾句話，他仍是淡淡的回答一聲兩聲。

這時候，小姚又過來同逸心喝酒，逸心不喝，妙華忽然說：

「那天你不是喝了兩杯麼？」

「我不能喝酒。」逸心說：「我一直不能喝酒。」
「可是你那天喝了兩杯也沒有醉。」
「你一定要我喝，那我喝這一杯。」逸心乾了半杯啤酒。
小姚走開後，妙華說：
「你能喝為什麼不喝，我倒覺得你那天喝了兩杯，好像興趣好了一點。」
「我不能喝。」逸心說：「醫生說我不能再喝酒了。」
「怎麼，你這兩年來喝過酒？」妙華忽然說：「我記得我在上海時候你也很少喝酒的。」
「後來，後來，我……我一度每天酗酒，每天，你知道，啊……」他臉上露出一點紅暈，望了妙華一眼，又說：「一直到我病倒了。」
「你病倒過？」妙華一直未曾聽到逸心談他過去的生活，現在知道他酗過酒，又病了一場，她了解這場病一定是不輕的。
「醫生再不許我喝酒吸煙了。」逸心毫無表情地說著，眼睛又開始離開妙華。
這時候有人來請妙華跳舞，妙華就沒有再同逸心談下去，但是她因此想到，如果能叫逸心多喝幾杯酒，她一定可以多知道一點逸心與安妮這些年來的變化。
下一個音樂，她同企正跳舞，她就把剛才的談話與她的想法告訴了企正。企正說：
「他好像一點沒有人生樂趣，假如喝點酒可以多點人生興趣，有什麼不好呢？」
「我也是這樣想，即使對於健康有害，如果可以有生趣的活十年，也比這樣活二十年好。」
這只是他們夫婦兩個人隨便的談到，舞罷以後也就沒有再提起。
一點鐘的時候，許多人要先走，周企正夫婦與逸心也沒有再待。

回到家裡，逸心還是照舊的說一聲「明天見」，就獨自走進自己的房間。

十

日子過得很快，逸心來香港有兩個多月。他整天都在房間裡，很少說話。但他吃得很多，吃了飯，就回到房裡；半夜裡亮著燈，一個人總是在房內躑躅。

天已經很涼，企正自然又為他添置了一些衣服。有時候同他談談他的計畫，他毫無表示；鼓勵他拉琴，他也沒有興趣。起初企正總帶他到郊外去走走，或者看看電影，吃吃小館子，後來看逸心總是沒有興趣，也就不約他。常常有些逸心可以參加的應酬，起先也總約他同去，後來因為他去了反而把氣氛破壞，所以也不再邀他；因此每當企正夫婦出門的時候，逸心就同孩子們一同吃飯。

日子一天天過去，這樣的機會自然也就常常碰到。

於是有一天，光及對妙華忽然說到昨天晚上的菜他們都沒吃到，被伯伯一個人吃了。妙華一面對光及解釋，說伯伯是客人，你是主人，主人應當對客人客氣；一面心裡覺得很有點不自然。

「伯伯是客人，客人怎麼老住在我們家裡？」光且忽然說。

妙華馬上想到光且這句話一定是從女佣那裡聽來的。

周家有兩個女佣，一個阿靜，有五十幾歲了，人很好，尤其愛那兩個孩子；一個阿施，管燒飯的，才二十四歲，長得很乾淨，她是阿靜找來的，同阿靜有點遠親關係。這兩個佣人，似乎都覺得主人對逸心太好，吃虧太多，而且對逸心有點鄙視。妙華從光且口中發現她們的心理，於是她就找個機會，每人加了十塊錢的工錢，說這是王逸心先生給她們的，要她們好好照拂王先生。

「王先生究竟要住多久呀？」阿施忽然說。

「他是先生的好朋友，從上海出來，這裡就是他家，你管他住多久幹麼？」

「我不過隨便問一句。他的太太到底來不來？」

「申請不出來，一時大概不會來。」

「那麼他是不會搬家了？」

「誰給你說他要搬家？」

「我想他找到飯碗，總要自己成家立業了。」阿施笑了笑。

「我同你說過先生同他是兄弟一樣，這裡就是他家。」

「可是他同先生太不同了，那麼不愛乾淨；吃起飯來只搶菜，我都不好同太太講，你同先生不在家，每次吃飯，孩子們菜就不夠，有時候我只好為孩子先留一點。」

妙華一時似乎沒有話說。阿靜忽然說：

「王先生既然暫時不搬，我想吃飯還是開到房間裡給他吃好，他也舒服，孩子也舒服。」

這以後，每當企正、妙華不在家的時候，逸心的飯菜就由佣人送到他房裡去。但在企正與妙華在家吃飯的時候，還是請逸心出來同吃。這樣過了幾星期，有一天，企正有一個飯約，妙華有點不舒服，不想吃飯，佣人也就把逸心的飯菜送到他的房裡。第二天佣人就自作主張讓逸心先在他房裡吃飯，妙華沒說什麼，可是吃飯時企正問起逸心，妙華隨口的說：

「逸心似乎喜歡一個人在房裡吃，所以我以後叫佣人送進去，也可以讓他自由點。」

從那天以後，逸心幾乎整天在房間裡了。本來他說話不多，但吃飯的時候，終還同企正、妙華見面。現在則常常幾天都不碰頭。偶而浴間進出時他們碰到逸心，他總是點點頭，似笑未笑地不知說一句什麼，就回到房裡。企正有時想同他說點什麼，也無從說起。

企正的家裡也時時有朋友來吃便飯，有時候談談天，有時候玩玩，企正也很想請逸心出來，使他活動活動，但是妙華總是說：

「讓他在裡面吃吧，你們也自由，他也自由。」

有時，飯後吃水果，或是有點新鮮的食品，企正總是說：

「逸心呢，有沒有留給他？」

「你們先吃吧，」妙華要說：「他也不喜歡別人去打擾他。」

日子就在這樣的情形中一天天過去。這位高貴的客人，現在在周家正像是一個幻影了。

自然，老朋友像杜成美、葉偉開般的，偶而到周家來也會問起逸心。但妙華會說：

「不要驚動他了，讓他休養休養。」

事實上，這些問逸心的人，明知道見了面也沒有什麼可談，探問一句也只是表示自己還在想到老朋友。幾次以後，自然也就不再問到逸心，因為逸心沒有來港前，日子也原是這樣過的。

十一

現在，王逸心在家，竟好像是一個幽靈；他整天在房間裡，不再同人見面，吃飯的時候，由佣人送進去；飯吃好了，佣人去拿碗碟；這是唯一同人見面的機會。企正與妙華起初還可以在逸心用浴室時候偶而碰見他，現在逸心似乎有意地避開碰到他們的時間，他有時偷偷地開了一點房門，聽外面有沒有聲音，如果沒有聲音，他就到浴室去一趟，否則他又重新把房門關上。晚上，周企正有時候很想敲逸心的房門，進去同他談談；可是很早就關了燈。等企正他們睡了，他又重新起來，開亮燈，不斷地在房內躑躅。這樣，企正與逸心就常常幾天都不見一面。企正白天事忙，有時候幾乎也不想到有這麼一個朋友住在他的家裡；可是一到晚上，妙華就有許多關於逸心的話同他談。

「你總要想想辦法，雖說是你的好朋友，也不能一輩子住在我們家裡，是不？」妙華現在改變了口氣。

「他也是你的朋友，」企正說：「你為什麼不寫信給安妮？」

「我又不知道地址。」妙華說：「他也不去找人，好像這輩子要在這兒靠老似的，我們又不是他的兄弟姐妹，也不是他的父母。」

「他也才住了不到半年，」企正聽多了妙華同樣的話，有點厭煩，他說：「談不到這些。」

「我並不是討厭你的好朋友，問題是我們責任太大，他就算是在這裡修養，但總要好起來才行；你看他的情形，他有好一點沒有？」妙華口氣裡的逸心，現在已像完全是企正的朋友了，她好像以前並不認識逸心一樣。

「我想你還是打聽安妮地址，寫信叫安妮出來。」

「你叫我寫信？」妙華說：「他來了這樣久，沒有看見他寫一封給安妮，也沒有見到收到一封安妮的信。」

「你怎麼知道？」

「我怎麼不知道，他整天不出門，有信還不是寄到這裡？」妙華說：「他自己，誰知道他整天在房裡幹麼？可是寄信，你看他郵票錢都沒有。」

「郵票錢？」企正沒有辦法想到妙華說出這樣的話，他心裡起了一種說不出的厭憎，他說：「妙華，你不該說這樣的話，你也在他家裡住過……」

「我不是看輕他。他不寫信，我有什麼辦法。他寫了信，我難道不給他寄麼？」

企正沒有再說什麼。他想到明天該留點錢給逸心。

「好，你睡吧。」妙華看企正有點對她生氣，她就說：「我去看孩子。」

企正拿了一本書，就倒在床上。

妙華去了好一回，回來時，她看到企正還沒有睡著，她說：

「你聽見沒有，他又在房裡踱來踱去，晚上像鬼一樣的。」

企正還在看書，沒有理她。

「房間裡三盞電燈，都開著，上個月電費又是四十幾塊。我還叫阿靜把他燈泡換小了，還是這許多。」

企正拋了書，開始假裝睡覺。

像這樣夫婦間的對白，已經是三天兩天的常事。

企正雖是假裝睡覺，但是往往並不能睡著，他雖然不喜歡妙華的態度，可是也覺得應該為逸心想一個辦法；企正已經多年不給上海的朋友寫信，他現在很想寫信給一個合適的與安妮有來往的人去通知安妮，看安妮來信怎麼說。

但是這只是當夜的想法，一到第二天，企正也覺得想不出一個合適的人，也無從知道那些人的地址。對很久不通信的朋友，想去信問問，往往是一件不容易拿起的事情。

這樣一天一天的過去，企正的情緒有很大變化。他意識到逸心影響了他的家庭生活，他對於妙華每天晚上的談話，已經感到一種厭憎的極限；但是他不知道應該怎麼樣表示自己的想法。

白天，當企正去教書，孩子們去讀書的時候，周家是很清靜的；但是在人生舞台中，生活並沒有停止。當佣人收拾房間，買菜回來，妙華打絨線看報紙上電影廣告的時候，她們常常忘不了在自己家中的逸心。究竟逸心一個人在房間中幹麼？在她們是一個想知道的謎，也是一個想干涉的事。

妙華起初很慷慨的多給女佣人每人十塊錢，說是王逸心給她們的，現在她早已說出是她自己給的了，她並沒有直接告訴佣人，她只是同來看她的陳太太說：

「我先還顧他的面子，替他每月給佣人二十塊錢，現在大家全都知道了；我要瞞也沒有用。他也不想去賺錢，不想去做事，吃的穿的都是我們的，就算是企正的好朋友，也不能一直這樣下去，是不是？」

「我想你還是叫周先生設法送他回上海去吧。」陳太太有主意，她說：「將來如果有三長兩短，真是有神經病了，你們怎麼辦？」

神經病的話就是這樣起來的。妙華以後同人談起逸心，也就叫他神經病。她自己似乎也被這三個字所迷惑，她由於對逸心厭憎而開始害怕。夜裡，她常對企正說：

「你總要想想辦法，你不在家，孩子上學，佣人去買菜，我一個人在家裡，多害怕，要他神經病發作起來，我怎麼辦？」

有時候，她出去找朋友，她一定說：

「我們家住一個神經病，我一個人實在不能待在家裡。」

由於妙華表示害怕，佣人們也開始害怕，孩子們也害怕起來。現在已經不是逸心不同人說話，怕同人交接，而是大家怕同他說話，怕同他見面了。無形之中，周家開始充滿了恐怖。

十二

事情忽然有許多變化。

光及開始說，晚上伯伯出來，在客廳裡來回的走。

阿靜說，王先生在房裡今天忽然在吸紙煙，這香煙一定是夜裡從客廳裡偷去的。

阿施說，冰箱裡的麵包、凍雞都少了；除了王先生，是沒有人去偷吃的。

「這叫我怎麼辦？」妙華對企正說：「本來在他自己房間裡，現在半夜三更到客廳裡來了；一天三餐還不夠，還是偷冰箱裡的東西；還有香煙……」

「你不要囉嗦，好不好？」

「你算是對朋友好，可是你也不想想自己的太太同孩子。那一天，他神經病發起來，誰知道，他也許趁你不在家，對我用暴力……」

「你說什麼話呀！」企正實在忍不住了。

「我說什麼，這是可能的事，你知道麼？」

「你說這些，也不想想安妮？」

「安妮，」妙華冷笑一聲又說：「今天我從陳太太那裡聽到，她說上海有人出來，是認識安妮他們的，說安妮早就同他離婚了。」

「離婚？」企正倒愣了一下。

「我已經請陳太太再確確實實替我打聽一下，究竟是真的還是假的？」

周企正沉思著，一時說不出什麼。

「我想這也難怪安妮，一個人沒有錢了，不想做事，還是要過少爺般生活。誰做他太太，不要離婚。」

「算了，算了。」

「那麼你總要想想辦法，我們不能養他一輩子，是不？」

「還不過幾個月，是不是？」企正說：「過了年，天氣暖和一點，我同杜成美、葉偉開他們商量商量再說，好不好？」

企正一面說著，一面想到安妮。他曾經聽到許多在上海的朋友們的離婚消息，所以對於安妮與逸心離婚也無法懷疑。在他腦子裡，無形中已經把前後的見聞拼湊起來，事情一定是這樣的：先是環境變了，逸心破產失業，精神失常，酗酒，對太太發脾氣，生活成問題。於是安妮去教書，撫養孩子，夫妻時常勃谿，也許還有別人的挑撥，甚至引誘。於是安妮帶著孩子離開了逸心，同他離婚……。

在他沉思之中，他唯一希望妙華可以不再說什麼，所以他極力壓制自己，寬慰妙華，但是妙華並不停止，她看企正已經軟了口氣，她就說：

「商量，商量有什用？成美、偉開他們還不是落得說幾句冠冕堂皇的話，逸心又不是住在他們家裡？照我說，我們應當在聖誕節前送他去上海才對。聖誕節有許多朋友來往，有一個神經病在家裡……」

「算了，算了！」企正現在真是耐不住了，他站起來，一面說：「我出去散散步。」

「企正，你……」

「妙華，」企正打斷了妙華的話，他逼近妙華，用鄙視的眼光看著她說：「你也在他家裡過過聖誕節！」

妙華楞了一下，坐倒在沙發上。

企正拿著大衣就出去了。

妙華突然想到她送逸心那件背心的那個聖誕節。當時的逸心又開始在她心上出現。他是多麼瀟灑、愉快、活潑、健康、漂亮。她一度很希望他會對她表示一點情意，有一次，逸心回來帶了三張電影票，安妮忽然頭痛，不能去，但鼓勵逸心帶妙華去。逸心說：

「你放心我單獨帶這樣漂亮的小姐去看電影麼？」

「同妙華，」安妮笑著說：「我什麼都放心。」

後來在客廳裡，沒有一個別人，逸心為她穿大衣，她真希望逸心會在後面抱她。但是逸心沒有這樣做，她回過頭去，對逸心笑笑，她說：

「安妮倒放心我同你單獨出去，我倒有點不放心。」

「你是小姐，自然隨時要提防男人才好。」逸心說著，臉上浮起一個像兄長一樣的笑容，這笑容很誘惑妙華。妙華當時故意為逸心整領帶，靠近他的身邊，他身上的溫暖對她有一種可依靠的力量。她希望逸心會擁吻她，但是逸心昂著首，讓她整他的領帶，最後，他叫了一聲：

「安妮，我們走啦！」

想到這裡，妙華的臉紅了起來，她突然後悔這些日子來對逸心的歧視。——啊，他沒有神經病！為什麼沒有神經病？假如真有神經病，他這時候，也許真會從房裡出來，奔到我的面前，把我……

妙華沒有再想下去，她突然哭了出來。

十三

自從那天以後，一連幾天，妙華沒有同企正談到逸心，企正也並不提及，可是他已經發現了佣人們給逸心的伙食的粗薄，他不得不有時候親到廚房去看看。

企正想到聖誕節以後，他有十天的假期。他計畫在這假期中，同逸心兩個人到郊外單獨去過十天，他希望由此可以多了解一點逸心，也使逸心多了解一點自己，所以他只是忍耐著不說什麼。

事實上當時離聖誕也沒有幾天，許多人送禮物來，妙華也忙於買東西送禮。

企正於是想到送點什麼給逸心，忽然又想到自己竟一直沒有問過逸心是否需金錢。他知道問逸心是否需要錢，對於逸心自尊心很有損害。在逸心來了以後，他曾經有幾次在逸心房裡留過一些零用錢，但沒有看逸心買什麼或者出去用過，所以以後也沒有同他談到他有什麼需要。現在趁這聖誕節機會，他想送一筆錢給逸心，他沒有同妙華談及，就偷偷地在信封裡裝了一千塊錢，附一張賀卡塞在逸心的房門下面。這一方面是提醒逸心已經是聖誕節了，另一方面也是希望他會出去買點小禮物給妙華、光及與光且，一同參加這過節的慶祝。

企正把那隻信封送進去以後，一直等候逸心的反應，他希望逸心會出來同他談談，或者對他表示一點謝意，或者把錢還他。但是逸心還是一無表示。

可是第三天早晨起來，阿靜說，昨天晚上王先生一個人在客廳裡，把送禮來的白蘭地酒喝乾了一瓶，今天一早就獨自出去了。

企正很擔心他會搭火車去大陸。到他的房裡去看看，倒是什麼都沒有動。妙華也有點著急，大家猜測他的去處，幾乎一點沒有頭緒。在沒有辦法之中，企正認為大家只有忍耐，如果等過二十四小時還不回來，那麼他只好去報警署了。

整整一天，妙華都在後悔她不該這樣厭憎逸心。下午有聖誕樹送來，妙華同光及、光且點綴聖誕樹。企正到外面有事，回來是傍晚，一進門就問：

「他有沒有回來？」

「沒有。」

「你想他會到那裡去麼？」

「我怎麼知道。」妙華說。

企正沒有再說什麼，他又走到逸心的房裡。他想逸心如果不回來，一定會留有字條的。他在逸心房裡找了很久，但尋不出有一張紙一個字。

晚飯的時候，企正又親自為逸心留下一些飯菜。

但是逸心還沒有回來。

飯後，企正一直等在客廳裡。孩子們先睡，佣人也就寢了，妙華說：

「你還不睡？」
「我等逸心，你先去睡好了。」
「我陪你。」
企正沒有再說話。歇了許久，妙華說：
「你說他會不會……？」
「誰知道。」
妙華以後就不再說什麼，她心裡一直在後悔她對不起逸心。是不是逸心會知道她在厭憎他，因而一去不返呢？她經常不安地獨自走進逸心的房間。幾個月來，逸心的房間有一種神祕，如今這房間還是普通的房間，神祕已經帶在逸心身上走了。她看遍每一件家具，又看到她認為有紀念性的窗簾；過去在逸心家情形又在她腦中浮起，她想到了安妮。
「安妮已經同他離婚了！」她輕輕地說著。
床桌上有一隻小鐘，這時候正是十一時一刻，整個的房子沒有一點聲音；她感到一種威脅，她又走回客廳。企正坐在那裡，不知道在想什麼。
「你說說，你說些什麼，好不好？」妙華說：「你在想什麼？」
「我在想，」企正忽然說：「我們頂這房子的錢還是逸心的。」
妙華這時候突然啜泣起來。
就在妙華啜泣的時候，突然門鈴響了。
「他回來了。」企正嚷著就站起來去開門。
妙華也停止啜泣，拿出手絹揩眼淚。

企正打開門，門外正是逸心，他手上捧著許多東西，一進門就嚷：

「啊，企正，我終於來香港了。」

企正已經聞到逸心的酒氣。他一面接逸心手上大包小包，一面關上了門。這時候逸心見到了走過來的妙華，他把東西拋在地上，一面說：「我是王逸心，你認識我麼？我到了香港，我不會回去了。安妮已經同我離婚，安妮，你知道她已經同我離婚了麼？」

企正一面把地下的東西拾起，一面叫妙華去燒點咖啡。於是他走到逸心面前說：

「逸心，你喝醉了，你去休息吧。」

逸心這時候忽然站起來，推開企正，一面走著一面說：

「我沒有醉，我到了香港。啊，你們這裡倒很好。」

逸心忽然唱起歌來。他唱著歌，就向著音樂室走去，企正跟著他，並為他開亮了電燈。

這時候，逸心忽然看到了小提琴，他拉了一段莫差特的夜曲，又拉了柴可夫斯基Conterto in D minor的一節。

這使企正不禁驚喜非凡，本來已經完全忘卻了琴藝的逸心，這時候正拉得非常出色。妙華拿著咖啡到客廳，聽到琴聲，就輕輕地進來。企正不禁擁著妙華驚喜地說：

「妙華，你聽你聽，逸心已經好了，他已經會拉琴了。」

最後，逸心收起提琴，放到鋼琴上，嘆口氣說：

「我好久不拉了。」

「但是你還是同以前一樣，過了聖誕節，我們來籌備一個音樂會。」

「哈哈，」逸心忽然大聲的笑了：「過了聖誕節，過了聖誕節。」於是他從袋裡摸出一只首飾匣子說：

「妙華，Merry X'mas！」逸心說著把匣子遞給妙華，兩手握著妙華的兩臂，又說：「你還記得這件背心麼？是你送我的啊，是哪一個聖誕節來著？」

這時候，妙華突然看到逸心臉上的笑容了。這是一個與逸心以前的笑容相仿的笑容，妙華從逸心的眼睛裡看到他以前的光芒。

但是逸心忽然拉著企正說：

「日子過得真快，你的孩子都那麼大了。」

「逸心，現在我們又在一起了，」企正說：「我們還不老，我們還可以做點事。明天我們詳細談談。現在你去休息吧？」

「我不睏，」逸心忽然說：「你倒一杯酒給我，好不好？我們大家喝一杯。」

「你不是不喝酒了麼？」企正說。

「我要喝，要喝，慶祝慶祝我們的重會。」

「我去倒去。」妙華說著到外面去倒酒。逸心拉著企正一同坐在沙發上。逸心又說：

「企正，日子過得真快，人在世上不過是一個過客；我們差不多年紀，現在大家都老了。老了，我們在這世上幹過什麼？什麼也沒有，什麼也沒有，只是翻了幾個跟斗！有的翻上，有的翻下。一樣是一個過客，是不？」

妙華倒了三杯淺淺的酒進來。逸心舉起杯子說：

「大家喝乾了。我們都是過客，不過是這個世上的客人，正像我在你家作客一樣。」

「逸心，你應當把這家當你自己的家才好。」

逸心一面喝乾了酒，一面說：

「我不要家，我已經沒有家了，安妮同我離婚了。其實我在安妮心上也只是一個客人，來過，去了；我們在這個世上還不都是客人，來過，去了。妙華，請你再給我一杯酒。」他把杯子交給妙華，又對企正說：

「你還沒有喝乾，喝乾了，奏一曲琴給我聽，我好久沒有聽你奏琴了。」

妙華於是又拿一杯酒進來，遞給逸心，她一面說：

「外面咖啡已經冷了。」

「你再去燒一點，順便弄點點心給逸心。」企正很希望妙華出去，他想借此同逸心單獨談談。

妙華出去後，企正順便拉上了門。這時候逸心手裡拿著酒杯，坐倒在沙發上，又說：

「你奏一曲琴讓我聽聽。」

企正坐到琴邊，他隨手撿一張舒曼的琴譜開始彈奏。但正當企正的精神慢慢地沉入音樂的世界裡，一聲突兀的聲音打斷了企正的情緒。

企正一回頭，發現逸心手上的酒杯已經碎在地上，逸心的右手垂在沙發外面，頭垂在肩上，張著嘴。企正還以為逸心在瞌睡，但過去一看，逸心的面色已經青下來了。

等企正叫妙華進來的時候，逸心已經是連呼吸都沒有了。

十四

第二天，逸心就火葬了，沒有人知道他是怎麼來與怎麼去的。

聖誕節前夜，企正與妙華打開逸心那晚帶回來大小的包裝，裡面有各種的玩具，同一件合於企正身材的一件背心與一件外衣。

逸心送給妙華的匣子，裡面是一串養珠的頸鍊。

企正沒有說一句話，但是妙華突然哭了。她靠在企正身上揩著眼淚說：

「是不是我不應該……。」

一九五七，一一，八，晨一時。香港。

徐訏文集・小說卷17　PG2010

神偷與大盜

作　　者　徐　訏
責任編輯　劉亦宸
圖文排版　周妤靜
封面設計　王嵩賀

出版策劃　釀出版
製作發行　秀威資訊科技股份有限公司
114 台北市內湖區瑞光路76巷65號1樓
電話：+886-2-2796-3638　傳真：+886-2-2796-1377
服務信箱：service@showwe.com.tw
http://www.showwe.com.tw
郵政劃撥　19563868　戶名：秀威資訊科技股份有限公司
展售門市　國家書店【松江門市】
104 台北市中山區松江路209號1樓
電話：+886-2-2518-0207　傳真：+886-2-2518-0778
網路訂購　秀威網路書店：http://store.showwe.tw
國家網路書店：http://www.govbooks.com.tw
法律顧問　毛國樑　律師
總 經 銷　聯合發行股份有限公司
231新北市新店區寶橋路235巷6弄6號4F
電話：+886-2-2917-8022　傳真：+886-2-2915-6275

出版日期　2018年2月　BOD一版
定　　價　360元

Printed in Taiwan

國家圖書館出版品預行編目

神偷與大盜 / 徐訏著. -- 一版. -- 臺北市 : 醸
出版, 2018.02
面 ;　公分. -- (徐訏文集. 小說卷 ; 17)
BOD版
ISBN 978-986-445-245-3(平裝)

857.63　　　　107000143

讀者回函卡

感謝您購買本書，為提升服務品質，請填妥以下資料，將讀者回函卡直接寄回或傳真本公司，收到您的寶貴意見後，我們會收藏記錄及檢討，謝謝！

如您需要了解本公司最新出版書目、購書優惠或企劃活動，歡迎您上網查詢或下載相關資料：http:// www.showwe.com.tw

您購買的書名：________________________

出生日期：________年________月________日

學歷：□高中（含）以下　□大專　□研究所（含）以上

職業：□製造業　□金融業　□資訊業　□軍警　□傳播業　□自由業

□服務業　□公務員　□教職　□學生　□家管　□其它_____

購書地點：□網路書店　□實體書店　□書展　□郵購　□贈閱　□其他

您從何得知本書的消息？

□網路書店　□實體書店　□網路搜尋　□電子報　□書訊　□雜誌

□傳播媒體　□親友推薦　□網站推薦　□部落格　□其他__________

您對本書的評價：（請填代號　1.非常滿意　2.滿意　3.尚可　4.再改進）

封面設計____　版面編排____　內容____　文／譯筆____　價格____

讀完書後您覺得：

□很有收穫　□有收穫　□收穫不多　□沒收穫

對我們的建議：________________________

____

____

____

請貼
郵票

11466
台北市內湖區瑞光路 76 巷 65 號 1 樓
秀威資訊科技股份有限公司 收
BOD 數位出版事業部

（請沿線對折寄回，謝謝！）

姓　名：________　年齡：____　性別：□女　□男

郵遞區號：□□□□□

地　址：________________

聯絡電話：(日) ________ (夜) ________

E-mail：________________